Amore in ufficio

Incontro a Mezzanotte

alia smith

BAL
KON
media

INCONTRO A MEZZANOTTE
Pubblicato da Balkon Media

Edizione brossurata ISBN: 978-1-916970-44-1
Disponibile anche in e-book

Editing a cura di Hanna Elizabeth

Illustrazioni e grafica di copertina: graphichouse123

www.aliasmithbooks.com

ANCHE DI ALIA SMITH

*Per gli ottimisti e i sognatori,
i pensatori iperattivi alimentati dal caffè...
e tutti coloro che si sono innamorati quando meno se lo
aspettavano.*

UNO

LILY

«La pressione sta crollando, dottoressa Harper» afferma Patty con la stessa urgenza di chi recita la lista della spesa.

Il mio polso è l'unica cosa in questa stanza a non essere piatto. Il sangue si raccoglie sul tavolo. I monitor stridono come per deriderci. L'unica cosa più forte è il ronzio che ho nella testa.

«Allora smettiamola di perdere tempo» rispondo, con voce ferma. Un morsetto attende nella mia mano tesa. C'è uno schizzo scarlatto, un tremito e uno specializzando di chirurgia pronto a sbriciolarsi come un biscotto secco. «Se esita di nuovo, è fuori. Si concentri». Se lo ripeto abbastanza, forse uno di noi lo farà davvero.

Lo specializzando vacilla. Il mio istinto scatta prima che abbia la possibilità di combinare altri pasticci. Afferro lo strumento e prendo il controllo. Metodica. Spietata.

«Aspiratore» scatto, spostando la mia attenzione sul passo successivo. Le ore si confondono nella mia mente. I minuti si trasformano in secondi intrisi di sangue. Il torace del paziente è spalancato; fisso la ferita e mi chiedo cosa mi ucciderà per prima, la pressione o la privazione del sonno.

«Morsetto, morsetto, morsetto» ripeto. La vista si restringe mentre ignoro il caos che mi circonda. I monitor, il sangue, il fallimento, tutto svanisce in sottofondo. Individuo l'origine dell'emorragia, ne identifico il punto debole. Mani ferme. Mente lucida. Altri cinque secondi e sarà finita.

I parametri vitali del paziente crollano ancora.

«Andava fatto dieci minuti fa». Di nuovo Patty, come se non ne fossi consapevole.

Come se non fossi stata iperconsapevole fin da quando sono entrata in questa stanza. Il ronzio nella mia testa è diventato una motosega, che sommerge tutto tranne il mio polso. Non serve anestesia; sono diventata completamente insensibile da sola.

«Lo stiamo perdendo». Una voce, un tremito, un dubbio sulla mia abilità.

No.

«Non lo stiamo perdendo!»

Concentrazione. Morsetto. Concentrazione. Morsetto.

Le mie mani passano veloci su una dozzina di strumenti. Bisturi. Pinze. Sutura. Non mi fermo a capire quale. Niente tempo per una trasfusione. Niente tempo per i loro ripensamenti. Non posso perdere un altro paziente questa settimana. Non così. Non per colpa di uno specializzando di chirurgia che non riesce a tenere il passo. Sento la stanchezza schernirmi, sfidarmi a fallire, e la metto a tacere con precisione.

«La pressione sta risalendo» dice Patty, stavolta più dolcemente.

Suturo la ferita, conto tre respiri regolari, aspetto che il torace si sollevi da solo. E lo fa.

«Bel lavoro, dottoressa».

Il silenzio dovrebbe essere confortante, ma è un promemoria di quanto fossero rumorosi i miei fallimenti un minuto fa. Ispeziono il campo di battaglia insanguinato intorno a me, notando la carneficina sul tavolo operatorio e soprattutto sul pavimento.

«È stato fortunato a non morire dissanguato» aggiunge Patty, passandomi la cartella, dicendo le cose come stanno. «È stato un bel casino».

«L'abbiamo controllato» rispondo. Il suo sguardo dice che entrambe sappiamo cos'è "il casino". La parola aleggia tra noi come una domanda.

Un'emergenza superata, altre cento in arrivo. Mi sfilo i guanti e li getto nel cestino. «Non succederà più».

«Stanno arrivando altri pazienti dello stesso incidente. Sarà lunga» mi avverte Patty. «Hai intenzione di fare una pausa o continuerai a lavorare come se avessi manie suicide?»

Ignoro il commento, la preoccupazione, le ultime venti ore. «Se vedi una sala operatoria libera, fammelo sapere». Incontro lo sguardo dello specializzando. Gli faccio capire con un solo sguardo che se l'è segnata. «Non esiti più» gli ricordo mentre ci laviamo le mani.

Il corridoio è freddo e luminoso, il che rende più facile fingere di essere sveglia. Non riesco a ricordare l'ultima volta che ho dormito. I miei piedi mi portano in due direzioni, verso la sala d'attesa dei familiari e verso un altro turno di dodici ore.

La famiglia siede in un ammasso di panico, semi accasciata su sedie con fazzoletti fradici e visi rigati dalle lacrime. Conosco il tipo. Gli isterici. Quelli che ringraziano all'eccesso. Quelli che prendono e prendono e prendono finché non rimane altro che privazione del sonno e rimpianto. La moglie del paziente stringe il braccio della figlia, usandolo come un fazzoletto. I suoi singhiozzi riempiono l'intera stanza. Il suo respiro è affannoso.

«Andrà tutto bene, mamma» dice la figlia. Sembra avere sedici anni, e per niente convinta dalle sue stesse parole. «Ce la faranno. Vero?»

Sono a un metro e mezzo di distanza e stanno già elemosinando speranza.

«Signora Martin?» chiedo, dando un'occhiata alla cartella come se non l'avessi memorizzata ore fa. Come se non avessi ogni dettaglio tatuato dietro agli occhi.

La donna alza la testa, gonfia e irritata, con gli occhi che trapelano sollievo. «Oh, Dio» dice, stringendo più forte la figlia, cercando nel mio viso delle risposte. Più che risposte. Rassicurazioni e cose che non ho. «Sta bene?»

«L'intervento è andato bene» dico invece, lasciandomi cadere su una sedia di fronte a loro. La signora Martin si avvicina, ignorando il mio tentativo di mantenere un tono clinico. «Abbiamo trovato la fonte dell'emorragia e lo abbiamo stabilizzato». La mia voce è uniforme. «È stabile in terapia intensiva».

Nuove lacrime si formano, accumulandosi agli angoli degli occhi della moglie come il sangue sul mio tavolo operatorio. «Grazie. Grazie, grazie, grazie». Ogni parola suona come un singhiozzo. Come se fosse abituata alla delusione. Come se si aspettasse che io fallissi.

Cominciano a sgorgare, una diga che si rompe, un fiume di sollievo. La donna mi si getta addosso con la disperazione sconsiderata di un paziente in fibrillazione ventricolare.

Sono svelta a suturare. Sono lenta a reagire.

Le mie membra si irrigidiscono. Il respiro si fa corto. Resto in piedi come un'idiota con le sue braccia che mi stringono.

Il mio cuore sa esattamente a quanti battiti al minuto è questo disagio. Non mi muovo. Non respiro. Non riconosco la stretta al petto. Mi abbraccia come se le stessi salvando la vita, ma tutto ciò che sento è il fallimento che mi serpeggia lungo la schiena.

Questa è la peggior figura che faccio dall'incidente dell'appendicite del 2018. Non avrei mai potuto prevedere quanto sarebbe stato duro il colpo.

Deglutisco a fatica, scorro una checklist emotiva e non trovo nulla. Devo dire qualcosa. Qualsiasi cosa. Una frase intera. Ma tutto ciò che esce è: «È il mio lavoro».

Sono l'essere umano meno umano che abbiano mai visto.

La signora Martin mi lascia e crolla tra le braccia della figlia, dove la gratitudine sembra un po' più meritata. Io invece mi ritiro, massaggiandomi il collo dove sento ancora il contatto. Il calore. Il fallimento.

«È sicura che stia bene?» Stavolta è la figlia, speranzosa e triste e a due secondi dallo scoprire che non ho nulla da dare se non aggiornamenti medici.

«Abbiamo controllato l'emorragia» ripeto, tornando al tono clinico con il pilota automatico. «Potete chiedere in terapia intensiva». Le parole riempiono il silenzio.

«È stabile» li rassicuro. Il sottotesto: io non lo sono.

La signora Martin piange tra i capelli della figlia. È una scena tenera e silenziosa che mi fa rivoltare lo stomaco come se avessi ingoiato un virus. È il tipo di legame che non riesco a elaborare, quindi lo analizzo. Lo scompongo in parti minuscole e gestibili. So quanto sono stata vicina a deluderli. Loro no.

«Grazie» dice la figlia. «Davvero tanto».

Mi alzo e mi allontano, rigida, consapevole del casino che mi sono lasciata alle spalle. La mia schiena ha più rigidità di quella di un cadavere. La famiglia è una macchia indistinta mentre esco. Il loro sollievo è troppo rumoroso. Mi mette a disagio. Mi fa provare delle emozioni.

Fingo di non sentire.

Mi fermo nella tromba delle scale e lascio che il muro freddo mi morda la schiena, che mi ricordi che sono un chirurgo, non una fallita. C'è una vocina nella mia testa che assomiglia sospettosamente a quella di mio padre, che mi dice che la differenza tra le due cose è sottile come la carta. Lo zittisco, zittisco tutto. Gli echi delle ultime ventiquattro ore rimbalzano sui muri, mi si avvolgono attorno al collo. L'incertezza di tutto tranne la mia stanchezza.

Il mio corpo duole come un muscolo sovraccarico. La mia mente sta peggio, ribolle di rumore bianco e perdita di sangue. L'adrenalina è sparita e sento ogni singolo secondo dell'ultimo turno, venti ore accumulate una sull'altra. Mi lascio scivolare lungo il muro, fin dove il mio orgoglio me lo permette, finché non mi siedo sulle scale con la testa tra le mani e la stanchezza mi raggiunge.

Una risata echeggia nella tromba delle scale, attutita e distante e destinata a persone con una vita al di fuori di queste mura. È una conversazione di cui non farò mai parte, voci da un altro mondo. La mia mente è pesante, ma non si spegne mai. Ronza e mormora e mi dice che il riposo è per le persone che non hanno niente da dimostrare.

Se i miei genitori potessero vedermi ora, accasciata sulle scale, direbbero che sono una delusione. Direbbero che non ho la grinta né la determinazione. E avrebbero ragione. Non le ho. Non oggi. Non così.

Il freddo del pavimento di cemento mi penetra attraverso il camice e nelle ossa. Chiudo gli occhi, ma è un errore, perché tutto ciò che vedo sono le immagini che ho cercato di seppellire in profondità: l'incidente d'auto, il sangue, il ragazzo che ha quasi perso suo padre perché io avevo esitato.

Non succederà più.

Spalanco gli occhi. Le pareti bianche e sterili si stringono intorno a me. Il polso mi martella nelle orecchie.

La moglie. L'abbraccio. Le parole goffe e strozzate che mi hanno fatto sentire più impotente di un intervento fallito. Perché la gente deve rendere le cose così maledettamente complicate? Il petto mi si stringe e vorrei scappare, ma la fatica ha altri piani.

Ecco perché non mi permetto di pensare.

Quando ti tieni insieme con i punti di sutura, inizi a sfilacciarti nel momento in cui smetti di muoverti.

La porta della tromba delle scale si apre con un cigolio e lascia entrare due specializzandi, allegri e ridenti come se l'ultimo turno fosse stato una passeggiata. Forse per loro lo è stato. Forse lo sarà sempre. Mi passano accanto senza notare che sono lì. Dovrei esserne grata. Se mi vedessero accasciata sulle scale, saprebbero quanto sono stata vicina a crollare.

Poggio la testa all'indietro e fisso il soffitto, ignorando il dolore pulsante nel cranio e quella piccola, insistente parte di me che dice che tutto questo non è sostenibile.

«Pancake e waffle?» dice uno di loro, come se non potesse credere che esistano cose del genere.

«La colazione dei campioni» risponde l'altro. «Ci sto».

Cerco di non essere acida. Cerco di convincermi che non voglio quel tipo di libertà, quel tipo di distacco. Che ho scelto questo, e lo sceglierei di nuovo.

«Viene anche lei, dottoressa Harper?» Uno degli specializzandi si ferma e mi guarda dall'alto. Non deve conoscermi molto bene. Non deve sapere che sono un fantasma, che infesto questo posto senza nemmeno più sapere perché.

Sono tentata di rispondergli male. Sono tentata di dire qualcosa di crudele, tipo: «Se ha tempo per fare colazione, non è un vero medico».

Ma mi sorprendo. L'esitazione è una sensazione estranea, una fitta insolita nel petto.

«Forse la prossima volta» dico. Per un momento, non sono sicura di chi io sia.

Gli specializzandi se ne vanno e io ascolto i loro passi svanire, ascolto le loro risate spensierate mentre spingono la porta delle scale a un piano inferiore e scompaiono nel mondo.

La loro felicità è un'eco, un suono vuoto che mi risuona nelle orecchie e mi rende più stanca che mai.

Riprendo fiato, il polso, il contegno. Raddrizzo le spalle, mi alzo in piedi e scaccio via la fatica. È così che deve essere. Questo è ciò che serve.

Non è bello, ma è stabile.

Spingo la porta e la lascio chiudere con un colpo secco.

DUE

NOAH

Il sangue sgorgava come in un film dell'orrore di serie B, una fontana di violenza esagerata. Contai sei battiti cardiaci sul monitor — ognuno più lento del precedente — prima che il tipo fosse spacciato, e non avevo intenzione di sprecarne neanche uno. Non oggi.

«Noah, lo stiamo perdendo» gridò l'infermiera Patty. Era tutta grinta e amore burbero, il che spiegava perché mi piacesse così tanto.

Lanciai un'occhiata alla matricola, che era a cinque secondi dal rovinarsi il camice.

«Non dovremmo aspettare il dottor Patel?» domandò lui con la voce incrinata, ma io mi stavo già infilando i guanti con uno scatto. «Se aspettiamo, è morto.» Non sono un tipo che aspetta.

L'arteria di quel tizio era squarciata, il suo sangue formava piccoli laghi rossi attorno alle ruote della barella. Non vedevamo un'emorragia così dalla notte di Capodanno: la ferita che ti procuri con bottiglie di whiskey e stecche da biliardo, non le più comuni coltellate.

L'infermiera Patty strappò una nuova confezione di garze e mi lanciò un'occhiata che diceva sia 'sei un pazzo' sia 'sbrigati'.

«Sta crollando, Noah!» urlò, abbaiando ordini e dando una gomitata allo specializzando perché aspirasse.

I monitor mi dicevano che non avevo margine di errore. Nessun margine per nient'altro se non un polso instabile e una pressione in calo. Una frequenza cardiaca memorabile solo perché stava precipitando velocemente. Ecco perché non ci pensai due volte alla toracotomia o a quanti guai mi avrebbe procurato. Istinti come il mio non si possono insegnare, ma puoi riceverne una bella lavata di capo per averli usati. Affondai la lama nel suo petto e sentii un leggero tremito quando la mano colpì la cassa toracica. La matricola sbiancò ancora di più.

«Lo stiamo facendo davvero?» chiese, più che altro a sé stesso, mentre Patty aveva già le mani sulla ferita, mantenendola stabile, tenendo la situazione sotto controllo.

Sapevo che era meglio non rispondere. Mi concentrai. I polmoni del ragazzo erano d'intralcio, i suoi tessuti e muscoli resistenti, carnosi, si opponevano. Era come un libro di anatomia che prendeva vita in una versione molto vietata ai minori, e il ragazzino sembrava sul punto di vomitare. Divaricai le costole. La mia mano guantata frugò all'interno, come se stesse cercando il peggior premio di una pignatta che si possa immaginare.

Erano passati alcuni secondi. Troppi.

«Novanta su quaranta» annunciò Patty.

Lo specializzando stava ancora trattenendo il fiato, e stavo per prenderlo a pugni per fargli uscire l'aria se non avesse ricominciato a respirare presto. «E adesso, dottore?» lo spronò Patty, senza paura, d'acciaio.

«Ci penso io» insistetti. Lo speravo.

L'organo era una massa informe, flaccida e violacea, e tastai l'arteria, sentendo dove era annodata e lacerata e sul punto di cedere.

Ma non sono un tipo che si arrende.

Poi: la vita.

Palpitò sotto le mie dita come un uccellino appena nato. Un colpo. Due. Poi un ritmo pieno, e giurai che fosse il suono più dolce che avessi mai sentito. Meglio del vinile. Meglio delle vecchie chitarre. Un *lub-dub* costante dall'ECG che spazzò via la scena dell'orrore, e per un momento non ci fu nient'altro che questo. La vittoria.

«Pulsazioni a centodieci. La pressione sta risalendo.» Il monitor si rianimò con un segnale acustico. Le labbra di Patty si piegarono in quello che poteva passare per un sorriso, e la sua soddisfazione era quasi meglio di un biglietto di ringraziamento. «Non male, dottore. Per un uomo che lavora da solo.»

Mi asciugai la fronte con un polso insanguinato, sentendo la tensione e l'adrenalina in ogni molecola del mio corpo. «Mi conosci, mi piacciono i lieto fine.»

Patty sbuffò. «Qualcosa di grosso ti piace di sicuro.»

Lo specializzando riacquistò un po' di colore. Era ancora più spaventato che sbalordito, ma si sarebbe ripreso. Il resto della squadra esalò un sospiro. La stanza passò dal panico al sollievo, la paura collettiva si staccò come una vecchia pelle. Solo l'unità di aspirazione ansimava ancora, lo schizzo umido di sangue sotto i piedi come pioggia. L'avevano visto tutti. Avevano visto tutti cosa succedeva quando mi spingevo troppo oltre, troppo in fretta, e riuscivo davvero a cavarmela.

«È stabile. Portiamolo in sala operatoria.» Patty prese il comando, spingendo la barella fuori dalla porta mentre il resto del personale rimaneva lì, come se avessimo appena assistito agli ultimi dieci secondi del Super Bowl. La maggior parte di loro non sapeva ancora cosa dire quando Noah Carter si impossessava di un caso di trauma, e a me andava benissimo così.

Per ora, almeno.

Perché i miei festeggiamenti durarono circa il tempo che impiegò il dottor Patel a entrare con noncuranza, a dare un'ampia occhiata alla carneficina e a fissare lo sguardo su di me. Era impeccabile. Senza fretta. Ricostruì l'intera situazione prima ancora che io avessi la possibilità di gongolare.

«Dottor Carter» disse. «Due parole.»

L'aria condizionata dell'ufficio del dottor Ajay Patel era impostata così bassa che sentivo il sangue gelarmisi nelle vene. Se il mio colloquio con lui fosse durato più di cinque minuti, gli avrei fatto causa per congelamento. La scrivania era una landa desolata, e le espressioni di Patel non erano da meno. Non si prese la briga di salutare o di invitarmi a sedere, andò dritto al sodo.

«Dottor Carter» esordì, senza preamboli, «lei non prende quella decisione senza la presenza di un medico strutturato.»

Era il re del rispetto delle regole, e potevo quasi sentire il manuale di protocollo scagliarmisi contro la testa.

«Sarebbe morto» replicai, ma non abbastanza forte da sembrare che avessi delle valide argomentazioni.

«Non è una decisione che spetta a lei» insistette Patel, con la voce secca e sterile come il resto del suo dannato ufficio. Si appoggiò allo schienale, con le braccia incrociate in un modo che mi spinse a incrociare anche le mie, per puro dispetto. «Lei è uno specializzando, non un eroe.»

La mia mascella ebbe uno spasmo. Speravo non fosse troppo evidente. «Con tutto il rispetto, ho fatto quello che ritenevo necessario.»

I suoi occhi mi scrutavano, implacabili, come una TAC particolarmente estenuante. Stavo ancora cercando di scongelarmi dall'accoglienza glaciale quando mi sferrò il colpo successivo.

«Questa è l'ultima volta che avremo questa conversazione» affermò.

Il non detto — *altrimenti* — fluttuava tra di noi come un iceberg, e sapevo di essere sul punto di sbattere contro qualcosa di duro. Mi ci volle ogni grammo di autocontrollo per non alzare gli occhi al cielo o scoppiare a ridere. Non perché non gli credessi, ma perché gli credevo. Patel non era tipo da bluffare. Anzi, probabilmente si sentiva offeso dal fatto che non lo prendessi più sul serio.

«Capito» dissi, con parole il più brevi e taglienti possibile.

Patel non rispose. Il suo silenzio parlava chiaro, e quasi tutti i volumi si intitolavano *Sei su un ghiaccio fottutamente sottile*. Fui fuori dalla porta e nel corridoio prima che le pareti cominciassero a stringersi. Le mie pulsazioni erano ancora accelerate, ero ancora su di giri per l'emozione di essermi tuffato a capofitto e di averla quasi fatta franca. L'unica cosa che odiavo più di essere ripreso era essere ripreso quando sapevo di avere ragione, e questo mi stava divorando vivo.

«Patel sembra incazzato» disse una voce dalla guardiola. Marcus Young. Il mio complice, solo che lui non si faceva mai beccare e non sudava mai. Era appoggiato al bancone, con aria disinvolta, sorridendo in quel modo che mi diceva che stavo per essere preso in giro. «Quanto è andata male?»

Lo raggiunsi, cercando di imitare la sua aria spensierata, cercando di dimenticare la crepa nella mia facciata che Patel doveva aver visto.

«Poteva andare peggio.»

Scosse la testa con finto sconcerto. «Poteva andare meglio. Quindi questo è, cosa, il tuo terzo avvertimento?»

«Quarto» lo corressi, come se fosse un motivo di vanto. «Ma chi le conta?»

Marcus rise, e fu un suono solido, rassicurante, come una coperta calda su tutta quella merda fredda e clinica. Mi porse una cartella da esaminare e mi diede una pacca sulla spalla.

«Tu le conti» disse. «O almeno, dovresti.»

Sbuffai, fingendo che non m'importasse ma importandomene più di quanto avrei mai ammesso. Era sempre la stessa discussione, e Marcus me ne aveva viste superare abbastanza da avere il copione a memoria.

«Patel non vuole una ripetizione dell'anno scorso, amico. Non sei più a New York. Tieni un profilo basso per un po', okay?»

«Che divertimento c'è?» risposi a tono, scorrendo la cartella, scrutando il suo viso. Era l'unico che osava sempre dirmi la verità nuda e cruda, anche se sapeva che non l'avrei ascoltato. Soprattutto se sapeva che non l'avrei ascoltato.

Eravamo nell'occhio del ciclone, infermiere che correvano in ogni direzione, cartelline che volavano, casi che si accumulavano come bollette scadute, ma io e Marcus stavamo fermi nel caos, ancorati.

Feci spallucce, o almeno ci provai. «Finché i pazienti vivono, ha davvero importanza?»

Gli occhi di Marcus erano comprensivi, ma irremovibili. Aveva perfezionato la parte del migliore amico perspicace.

«Forse non per te» rispose, «ma questo posto non è la Città di Smeraldo, e tu non sei il Mago. Qui giocano con regole diverse.»

«Ma quali regole!» replicai, fingendo spavalderia, ignorando il nodo stretto nel petto, quello che non riuscivo mai a sciogliere quando qualcuno mi faceva notare le mie cazzate. Quello che Marcus vedeva chiaro come il sole. «Andrà tutto bene.»

Inarcò un sopracciglio. «Va sempre tutto bene finché non va più bene.»

Sapevo che lo diceva a fin di bene, ma era più di quanto potessi gestire in quel momento. Troppa verità, troppo realismo. Sorrisi, una maschera che avevo perfezionato nel corso degli anni.

«Hai ragione, papà. Cercherò di non mettere in imbarazzo il nome della famiglia.»

Marcus rise di nuovo, questa volta più forte. «Troppo tardi.»

E forse era così. Forse era troppo tardi da un pezzo. Ma almeno ne stavamo ancora ridendo.

Il sedicenne skater successivo nella lista aveva l'espressione da cane bastonato di uno a cui erano state spezzate gravemente sia le ossa che l'orgoglio. Avrei scommesso che l'orgoglio fosse la ferita più dolorosa delle due.

«Amico, credo di essermela rotta» gemette, indicando il pallone gonfio che un tempo chiamava mano.

Ero ancora fresco della mia prima ramanzina della settimana, ma non avevo perso il mio tocco né con i pazienti né con il sarcasmo.

«Cosa te l'ha fatto capire?» chiesi, studiando la sua cartella. «Il dolore lancinante o il fatto che il tuo polso sembra un pretzel?»

Mi guardò torvo, lo sguardo che ogni adolescente riserva agli adulti che non riconoscono immediatamente quanto sia tragica la loro situazione. «Oh, sei simpatico.»

«La maggior parte della gente lo pensa» ribattei, un sorriso che si faceva strada nonostante i lividi lasciati dalla ramanzina di Patel. Gli toccai delicatamente il braccio per controllare il raggio di movimento, e il ragazzo trasalì in modo plateale.

«La perderò?» chiese, metà preoccupato, metà aspettandosi che gli dicessi che non avrebbe mai più giocato alla Xbox.

«Sopravviverai» lo rassicurai, infilandomi un paio di guanti. «Ma la prossima volta, forse limitati a Tony Hawk?»

Non rise, ma vidi gli angoli della sua bocca contrarsi. Un altro duro abbattuto, per gentile concessione del dottor Carter.

La stanza era un caos diverso da prima, ancora affollata ma che ronzava. Questo tipo di caos potevo gestirlo a occhi chiusi. Palpai di nuovo delicatamente il polso martoriato, poi lo guardai dritto negli occhi.

«Pronto?» dissi, assicurandomi che sapesse cosa stava per succedere.

L'adolescente annuì, un atto di coraggio che durò giusto un secondo prima che chiudesse gli occhi stretti.

«Ci siamo» gli dissi, con le mani ferme sulla frattura. «Tre, due...»

Un movimento rapido e preciso. Lo schiocco rimise tutto a posto con un clic soddisfacente.

«Aspetta, hai...?»

«Fatto» confermai, sorridendo al suo sollievo confuso. «Farà un male cane per un po', ma ci farai l'abitudine.»

Mi sfilai i guanti e lui mi osservò, con uno strano misto di stupore e incredulità. Avevo visto quello sguardo un milione di volte, ma non stancava mai. Non c'è niente come fare colpo su un adolescente che non è mai stato impressionato da niente.

«L'hai fatto in, tipo, cinque secondi» disse, chiedendosi chiaramente se fossi dopato.

Mi appoggiai al bancone, incrociando le braccia e godendomi il raro momento di essere il buono, quello a cui nessuno stava urlando contro. «Meglio che passare dieci settimane con un gesso, eh?»

I suoi occhi incontrarono i miei, ancora pieni di sospetto e ammirazione e un po' di quello sguardo torvo residuo. Gli applicai una stecca temporanea e lo mandai a fare una radiografia.

«Fategli un controllo e mandatelo via» dissi all'infermiera, consegnandole la cartella. «Questo ragazzo ha una storia da raccontare, e non sembrerà credibile se lo teniamo qui tutto il giorno.»

L'infermiera annuì, e l'adolescente mi lanciò un'ultima occhiata mentre veniva portato via in sedia a rotelle.

«Grazie, dottore» borbottò, imbarazzato e sollevato, come la maggior parte dei miei pazienti. Come la maggior parte delle persone nella mia vita.

«Nessun problema» gli gridai dietro, anche se era già fuori portata. Non mi aspettavo una parata in mio onore, ma mi sarei accontentato di una tazza di caffè tranquilla, solo io, il caos e il sordo ruggito di un reparto di traumatologia che non smette mai di essere rumoroso.

La scrivania era sommersa da altri casi. Un'anziana con dolore all'anca, un uomo di mezza età con oppressione toracica, un bambino con un Lego dove i Lego non dovrebbero mai stare. Routine. Rassicurante.

È una linea sottile, quella che percorriamo qui. Camminare in equilibrio tra urgenza e tranquillità, crisi e calma. Un minuto prima sto letteralmente tenendo il cuore di qualcuno tra le mani, stringendolo come se volessi far ripartire il mondo, e il minuto dopo sistemo ossa, faccio battute e fingo che nulla mi scalfisca. Non il lavoro. Non gli avvertimenti. Non il modo in cui corro da una cosa all'altra, sperando che questo posto riesca a starmi dietro, sperando di riuscire a stare dietro a me stesso.

«Dottor Carter, abbiamo bisogno di lei nel box quattro» chiamò l'infermiera, e la tregua svanì, una nuvola di fumo. Una bella illusione.

«Arrivo» dissi, afferrando la cartella successiva e preparandomi a rituffarmi nella mischia.

Quando arrivai nella sala relax, la mia intera giornata era stata carente di caffeina, dipendente dal sarcasmo e disperatamente bisognosa di cinque minuti di tranquillità. Aprii una bibita e trovai la dottoressa Lily Harper, un'incredibile chirurga e regnante regina di ghiaccio di Emerald Bay, in piedi accanto alla macchinetta del caffè come se avesse appena insultato tutta la sua famiglia.

«Ovviamente» borbottò lei, in quel modo che mi fece capire che mi sarei divertito molto di più di lei in questo incontro.

«Sembri sorpresa» dissi, appoggiandomi con noncuranza al bancone. «Il caffè del turno di notte è una scommessa, nella migliore delle ipotesi.»

I lineamenti affilati di Lily erano tesi in un'irritazione concentrata, del tipo che di solito riservava agli specializzandi poco collaborativi. «Eppure, in qualche modo, perdo sempre.»

In sottofondo si sentiva il ronzio dell'aria condizionata rotta. Sorseggiai la mia bibita, lasciandole pensare che mi stesse ignorando, che era esattamente l'opposto di quello che stava facendo.

«Nottata difficile?» chiesi, con la voce più innocente che riuscii a fare.

Finalmente mi guardò, gli occhi castani che lampeggiavano con l'intensità di mille piani andati a rotoli. «Ho passato le ultime cinque ore a ricucire organi. E ora, l'unica cosa che mi teneva in piedi è sparita.»

«Il lavoro o la caffeina?» scherzai, sapendo benissimo cosa intendesse.

«La caffeina» affermò seccamente lei, senza battere ciglio. Dovevo ammirare la sua dedizione. E la sua testardaggine. Era forte quasi quanto la mia.

«Povera Lily» dissi, la finta compassione che gocciolava dalle mie parole mentre sollevavo il mio energy drink mezzo vuoto. «Ne vuoi metà?»

«Preferirei morire» replicò, così veloce e impassibile che quasi mi fece cadere a terra.

Dovetti ridere, perché era esattamente quello che mi aspettavo da lei. Qualsiasi cosa io dicessi, lei aveva una risposta due volte più rapida, due volte più sprezzante.

«D'accordo, dottoressa» dichiarai, godendomi il gioco, godendomi quanto la infastidisse il fatto che ci stesse giocando. «Facciamo un patto. Rifornisco io la caffettiera se tu ammetti che sono il tuo medico del pronto soccorso preferito.»

Mi fissò, per nulla impressionata. «Questa è un'ipotesi audace.»

«Mi piacciono le mie probabilità.» Ghignai, e fu il suo turno di ignorarmi, solo che entrambi sapevamo che non poteva. Osservai, divertito, mentre finalmente afferrava il contenitore del caffè e si metteva al lavoro.

Lily Harper non sapeva perdere, nemmeno in questo. Non sapeva tirarsi indietro. Non quando la mettevo all'angolo così, e forse era per questo che lo facevo. Per vedere le crepe nella sua armatura, i lampi di vera, umana irritazione.

Stavo ancora sorridendo mentre mi voltava le spalle, il segnale universale per *ho chiuso con te*, il che significava che era solo questione di tempo prima che venisse trascinata di nuovo nel gioco.

La caffettiera prese a gorgogliare, e lei le dedicò più attenzione di quanta ne meritasse, come se ignorandomi abbastanza io me ne sarei andato, come se non sapesse che sarei rimasto finché non avesse ceduto per prima.

«Tutto qui quello che sai fare?» la incalzai, amando la testarda rigidità delle sue spalle. Amando la sfida.

«Sono abbastanza sicura che tu sia in ritardo per un altro salvataggio eroico» ribatté lei, senza guardare, senza perdere la presunzione nel suo tono.

Ridacchiai, alzando la mia bibita in un finto saluto militare. «Ci vediamo dopo, Lily.»

L'uso del suo nome mi valse un'occhiataccia, ma ne valeva la pena. Ogni volta. Uscii dalla stanza, con l'energy drink ancora in mano, e già mi chiedevo cosa avrebbe detto dopo.

Già contavo i minuti fino a quando avrei potuto provocarla di nuovo, per vedere quello sguardo che riservava solo a me.

Quella donna era esasperante. Quella donna era brillante. Quella donna non avrebbe mai, mai ammesso che ero il suo preferito. Ma un giorno, forse l'avrebbe fatto. Forse l'avrebbe anche pensato davvero.

TRE

LILY

Quando la porta si aprì, provai quasi una delusione. Il silenzio che mi aspettavo di trovare nella sala relax non era affatto tale. La macchina del caffè industriale, che di solito borbottava e tossiva come un gatto in fin di vita, stava preparando una caraffa fresca, riempiendo l'aria con quello che si sarebbe potuto scambiare per vero caffè arabica.

Mi fermai sulla soglia, l'attimo sospeso in un'atmosfera carica di possibilità e caffeina, finché i miei occhi non si posarono su Noah, appoggiato al bancone. *Non di nuovo.* La sua bocca si piegò in un sorrisetto lento e compiaciuto, e mi resi conto che il bastardo mi stava aspettando.

Indugiai sull'uscio, mentre il sospetto si faceva strada in me. Era una situazione insolita, una che non quadrava con le variabili standard di un turno di notte. Mi ero preparata mentalmente a un'iniezione di caffeina di mezzanotte, pronta ad affrontare altre otto ore alimentata esclusivamente da grinta e sarcasmo. Invece, mi ritrovavo di fronte a questo: questa apparizione presuntuosa, dalla barba incolta e intenta a fare il caffè. Non sapevo se voltarmi o caricare a testa bassa.

Noah era calmo fino all'eccesso, sempre inopportunamente rilassato nel bel mezzo di qualsiasi caos il pronto soccorso gli lanciasse contro. Lì, fuori dal reparto traumatologico, sembrava quasi domestico. La caffettiera terminò il suo ciclo con un allegro "din" e lui si allungò a spegnerla, alzando lo sguardo per incrociare il mio con un cenno disinvolto.

«Lily» disse, pronunciando il mio nome lentamente, come se fosse una domanda e una risposta insieme.

Lo spazio tra noi era lungo più o meno quanto l'incisione per un trapianto di cuore. Non avrei dovuto sorprendermi che fosse lì: se c'era una cosa che avevo imparato nelle ultime settimane, era che Noah Carter era come i pettegolezzi di ospedale. Proprio quando pensavi di essertene liberato, spuntava nei posti più inaspettati.

«Dottor Carter» dissi io, cercando un tono formale e secco, ma che suonò più come se avessi un rospo in gola. Non potei fare a meno di seguire la scia aromatica che si snodava verso il bancone. «Quello è... caffè?»

«No, in realtà è un nuovo farmaco cardiotonico» replicò lui, con un'aria irritantemente soddisfatta di sé. «Non ti aspettavi una ricarica, vero?»

Lasciai che il suo sarcasmo gocciolasse per un istante, rispecchiando il caffè che si raccoglieva nella caraffa.

«Ho pensato di aver sentito un odore sospetto.»

Stretto gli occhi su Noah, cercando di decifrare le sue intenzioni come avrei fatto con una radiografia del torace particolarmente criptica. Lui non si mosse, si limitò a osservarmi con uno sguardo che era irritantemente consapevole e frustrantemente attraente. L'intero scenario — le luci soffuse, la caffeina a sorpresa, la sua posa fin troppo rilassata — sembrava progettato per ottenere il massimo effetto.

Mi schiarii la gola e inarcai un sopracciglio, recitando la

parte della donna la cui notte, attentamente programmata, non era stata appena mandata all'aria.

«Non mi ero resa conto che fossi di turno con me. O è così che ti diverti adesso? Seduto in sale relax vuote a sorprendere chirurghi ignari?»

Lui sorrise. «Ho pensato di fare un favore al turno di notte e riempire la caraffa. Meglio della solita brodaglia, no?»

Sapeva fin troppo bene quanto fossi prevedibile, contando sul fatto che sarei finita lì esattamente a quell'ora. Incrociai le braccia, cercando di sembrare indifferente sia alla sua presenza sia all'aroma che rendeva sempre più difficile reggere la parte.

«Perché sei qui?» domandai, facendo del mio meglio per sembrare infastidita anziché incuriosita. «Il pronto soccorso è troppo noioso per te?»

Noah si strinse nelle spalle, l'espressione così irritantemente disinvolta che avrei voluto scuoterlo. «Avevo un paio d'ore libere, ho pensato di fare un salto. Sai, per ricordarti che sapore ha il vero caffè.»

«Avrei dovuto immaginare che fossi tu. Chi altro ha tutto questo tempo libero?»

Nonostante i miei sforzi per rimanere distaccata, mi diressi dritta verso il bancone e l'aroma invitante. Odiavo essere così trasparente quando si trattava di caffeina. Odiavo quanto Noah sembrasse saperlo bene.

Mi guardò avvicinarmi con divertimento, come un gatto che osserva un topo molto testardo. Spostai lo sguardo da lui al caffè e di nuovo a lui, decidendo come muovermi al meglio in quel campo minato di battute e chicchi. Il suo sorrisetto si allargò e fui colpita dalla ridicolaggine della situazione: una specializzanda temprata, devota ed esausta che si agitava per una dannata tazza di caffè e un medico rilassato del pronto soccorso.

«Non mi ero reso conto che il mio caffè avrebbe fatto tutta

questa impressione» disse Noah, con la voce carica di finto stupore. «Se l'avessi saputo, avrei iniziato a prepararlo prima.»

«È questa la parte in cui dovrei ringraziarti?» chiesi, inarcando un sopracciglio.

«Solo se lo pensi davvero» mi prese in giro lui.

Feci finta di considerare la caraffa fumante davanti a me. «Mmm. No.»

«Mi sembra giusto» ridacchiò Noah. «Ma ho visto quello sguardo nei tuoi occhi, dottoressa Harper. Non puoi nascondere i tuoi sentimenti per sempre.»

Le sue parole indugiarono più a lungo di quanto mi aspettassi, stratificandosi di significati che forse lui non intendeva nemmeno. All'improvviso mi resi conto di quanto fosse facile parlare con lui, di come questi piccoli scambi avessero iniziato a sembrare una versione distorta di una pausa.

Ora era appoggiato al tavolo, abbastanza vicino da permettermi di vedere l'accenno di barba sulla sua mascella. L'intimità dello spazio tra noi era sconcertante.

Determinata a mantenere quest'interazione nel regno del sarcasmo prevedibile, feci un cenno verso la porta. «Non hai niente di meglio da fare?»

«Onestamente?» disse, sporgendosi all'indietro con finta aria pensierosa. «No. Questo è un po' il momento clou della mia serata.»

Il bastardo. Sospirai, più rassegnata che esasperata, e alla fine cedetti alla tentazione a cui stavo resistendo.

Il caffè era straordinario proprio come avevo immaginato.

«Così buono, eh?» La voce di Noah squarciò la mia nebbia di caffeina e gli lanciai un'occhiataccia da sopra il bordo della tazza.

«Diciamo solo che sono sorpresa» ammisi, non volendo concedergli di più.

«Lo prenderò come un complimento.»

Ci avrei giurato. E in qualche modo, contro ogni buon

senso, mi ritrovai seduta, partecipando controvoglia a questo appuntamento improvvisato per un caffè.

Presi un altro sorso, lasciando che il sapore indugiasse prima di concedere a malincuore: «Non è male».

«Non è male? Wow, ora sono davvero lusingato.»

Strinsi gli occhi, cercando di proiettare più scetticismo di quanto il suo caffè meritasse. «Questa è un'eccezione, vero? Non voglio che ti faccia strane idee.»

Lui finse di essere scioccato, portandosi una mano al petto. «Lily, sono offeso. Pensi che non abbia niente di meglio da fare che fornire caffeina a specializzandi oberati di lavoro?»

Era esattamente quello che pensavo, e lui lo sapeva. Mi accomodai su una sedia, combattendo la forza gravitazionale delle nostre battute e ritrovandomi comunque a sprofondare sempre più a fondo.

«Allora» disse, allungando la parola come se fosse un invito. «È la prima volta che ti siedi da quando è iniziato il turno?»

Il cambio di argomento fu sottile, ma lo colsi. Sapevo dove voleva andare a parare. Mi preparai al suo inevitabile tentativo di sezionare le mie scelte di vita, come se fossero un interessante caso di studio.

«Non tutti possiamo ciondolare nelle sale relax aspettando di tendere imboscate a colleghi ignari» replicai.

«Andiamo» mi spronò lui. «Non dirmi che non hai fatto una pausa da quando sei entrata in servizio.»

«Io non faccio pause, dottor Carter. Io lavoro.»

«Perché non mi sorprende?»

Le parole rimasero sospese nell'aria. Non c'era giudizio nella sua voce, solo curiosità. La cosa mi infastidì più di quanto volessi ammettere.

Cercai di deviare il colpo, ricorrendo al sarcasmo. «Intendi dire, a differenza di te?»

Lui si strinse nelle spalle. «Qualcuno dovrà pur mostrarti come si fa.»

Non ero abituata a questo tipo di attenzioni, a questo insistente e mirato tentativo di entrarmi sotto la pelle. Io davo il meglio di me nelle sale operatorie, dove le uniche cose di cui dovevo preoccuparmi erano le statistiche e le suture, e a nessuno importava cosa facessi nel mio inesistente tempo libero. Questa, con lo sguardo vigile e la pazienza irritante di Noah, era un campo di battaglia completamente diverso.

«Seriamente, però» insistette lui, con un tono leggero ma uno sguardo implacabile. «Cosa fai quando non sei qui?»

«Cerco di non pensare al fatto di essere qui.»

«Quindi, mai?»

«Esatto.»

«Ti stai perdendo qualcosa, Harper. Mi stai dicendo che non hai mai scaricato la tensione? Mai marinato la scuola, nemmeno una volta?» chiese.

«Non tutti hanno questo lusso.»

Noah rimase in silenzio per un attimo di troppo, limitandosi a osservarmi con un'espressione indecifrabile. Non sapevo perché all'improvviso fosse così difficile sostenere il suo sguardo, ma era così. Distolsi gli occhi, concentrandomi sulla tazza tra le mani.

«Tu pensi che io non prenda le cose sul serio, vero?» disse lui.

«È così. Fluttui per l'ospedale come se niente avesse importanza.»

«Questo è un modo di vedere le cose.»

«È il modo in cui le vedo io» insistetti.

«Non sei obbligata» disse lui, così a bassa voce che quasi non lo sentii. «Ma ho imparato che aiuta se riesci a lasciar andare.»

Avevo passato tutta la vita a tenere duro, a lavorare di più, a essere la migliore, perché cos'altro c'era? Non sapevo come lasciar andare. Non ero nemmeno sicura di voler imparare.

«È così che lo chiami?»

«Come lo chiameresti tu?»

Cercai la battuta giusta, qualcosa che mettesse fine a questa conversazione prima che si avvicinasse pericolosamente a una verità scomoda. Ma prima che potessi parlare, la porta della sala relax si aprì e l'infermiera Patty entrò con un passo autoritario che richiese attenzione immediata.

«È odore di caffè fresco quello che sento?» chiese, posando su di noi uno sguardo carico di tagliente divertimento. «A quanto pare il dottor Carter serve a qualcosa, dopotutto.»

Noah rise, un po' troppo forte, come se fosse stato colto a fare qualcosa che non avrebbe dovuto. «Ho i miei momenti.»

«È un miracolo, non c'è che dire.»

Patty annuì, afferrando una tazza e riempiendola con la bevanda fumante. «E io che pensavo facesse solo il cascamorto con le infermiere.» Ci lanciò un'occhiata carica di significato, di quelle che dicono che sa esattamente cosa stiamo combinando, anche quando non lo sappiamo noi.

«Sono un uomo dai molti talenti» replicò Noah, ma potei sentire la leggera tensione nella sua voce, la consapevolezza che Patty aveva interrotto qualcosa. Qualcosa che mi aveva scossa.

«Buono a sapersi» disse Patty, sorridendo maliziosamente mentre tornava verso il caos del pronto soccorso.

La porta si richiuse e il silenzio riempì la stanza, opprimente, con un'intensità difficile da ignorare.

«Ora puoi tornare a evitare i tuoi sentimenti in pace» disse Noah.

Ero a metà strada verso la porta quando mi richiamò, con la voce leggera come un'ancora di salvezza.

«Ehi, Lily» disse. «È bello, non trovi? Sapere di non essere soli?»

Non risposi. Lo lasciai al suo caffè e alla sua psicologia da quattro soldi.

Il caos del pronto soccorso mi travolse come un'onda gradita. I monitor emettevano la loro colonna sonora di urgenza, i pazienti bisticciavano da dietro sottili tende e gli specializzandi si affannavano come formiche con una scadenza. Un collega medico mi passò accanto, facendomi un cenno che registrai a malapena. Lasciai che il caos controllato mi avvolgesse, trovando rifugio nella familiare confusione delle emergenze altrui.

I miei piedi si muovevano con il pilota automatico, navigando attraverso la zona del disastro controllato. Una donna si stringeva una caviglia nella sala d'attesa; un bambino si lamentava come se fosse il primo della sua età a ricevere dei punti di sutura. Era questo il mio habitat naturale, dove i problemi erano clinici e le soluzioni arrivavano in scatole ordinate, delle dimensioni di una cartella clinica.

Il trambusto esterno avrebbe dovuto essere sufficiente a soffocare ciò che accadeva dentro di me, ma la mia mente continuava a tornare alla sala relax, alla domanda sincera di Noah: «È bello, non trovi? Sapere di non essere soli?».

Il frastuono del pronto soccorso era preferibile all'inaspettata intimità delle sue parole. Mi feci strada bruscamente attraverso la confusione, fingendo di non sentire l'eco della nostra conversazione che rimbalzava sulle pareti antisettiche. Un paramedico passò di fretta, seguito da un'infermiera che urlava ordini a nessuno in particolare. Il mio cuore batteva un po' troppo in sincrono con i segnali acustici delle macchine.

Svoltai un angolo e vidi l'infermiera Patty, posizionata come un generale che ispezionava le sue truppe. Impartiva ordini con tono secco, smistando gli infermieri con l'efficienza di un controllore di volo, finché i suoi occhi non si posarono su di me. Il suo sguardo era penetrante, consapevole. Mi sentii esposta prima ancora che aprisse bocca.

«Dottoressa Harper» disse, ma il modo in cui sorrise maliziosamente al mio nome mi fece preparare al peggio. «Non c'è voluto molto. L'appuntamento per il caffè è già finito?»

All'improvviso mi sentii di nuovo una diciassettenne, sorpresa da mia madre molto delusa mentre rientravo di soppiatto in casa.

«Non era un appuntamento» insistetti, ma la mia voce suonò debole persino a me.

«Mi avresti potuta ingannare» replicò Patty.

Il suo sarcasmo aveva un che di tagliente che di solito trovavo rassicurante. Oggi, era sconcertante.

Incrociai le braccia, cercando di sembrare impegnata e indifferente. «Non dovresti stare a rammendare una di quelle persone che hanno fatto l'eccellente scelta di vita di schiantarsi con la moto contro il traffico in arrivo?»

Fece un gesto con la mano, liquidando la mia deviazione con la disinvoltura di un'infermiera esperta. «Oh, loro stanno bene. Abbiamo emergenze più grandi, come il dottor Carter—»

«Noah e io—» iniziai, ma Patty mi interruppe.

«Siete solo amici?» suggerì lei.

«Siamo colleghi» la corressi.

«Certo, tesoro.» Ridacchiò, un suono che riuscì a essere sia caloroso che tagliente. «Continua a raccontartela.»

Avrei dovuto andarmene. Avrei dovuto aggiornare le cartelle, esaminare le radiografie o fare letteralmente qualsiasi cosa che implicasse evitare questa conversazione.

Lo sguardo di Patty si addolcì, il suo tono passò dalla presa in giro a una genuina preoccupazione. «Senti, Lily, per come la vedo io? Ti ci vorrebbe un po' di divertimento.»

«Divertimento» feci eco, come se fosse una parola straniera che non riuscivo a pronunciare bene.

«Sì, sai. Quella cosa che la gente fa quando non è al lavoro.»

Non avevo idea di come rispondere. La verità era che non riuscivo a ricordare l'ultima volta che avevo fatto qualcosa per il puro gusto di farlo. Tutta la mia vita era stata un'abile funambola tra traguardi e aspettative, e l'idea di mandare all'aria l'equilibrio per un po' di "divertimento" era attraente quanto un intervento chirurgico facoltativo.

«Pensaci e basta» disse Patty, posandomi una mano sulla spalla. «E magari sii un po' più indulgente con te stessa.»

Tornò alla sua postazione con un'ultima, eloquente occhiata che mi seguì come uno spettro mentre percorrevo il corridoio. Superai le porte a battente, di nuovo nel pandemonio del pronto soccorso, cercando di scrollarmi di dosso la sensazione di essere conosciuta troppo bene. Più veloce mi muovevo, meno spazio c'era per Noah e Patty nella mia mente.

Passai le due ore successive a soffocare i miei pensieri con il lavoro, ma il caos non fu così totalizzante come avevo sperato. Il pronto soccorso si svuotò verso le due del mattino, lasciandomi sola con i miei pensieri e un paziente con un'epistassi particolarmente ostinata.

Mentre firmavo l'ultima cartella e mi allontanavo dal trambusto, mi resi conto di qualcosa che non ero pronta ad ammettere. Volevo quella connessione che avevo passato così tanto tempo a fingere di non aver bisogno. Il pensiero mi turbò più di qualsiasi emergenza avesse mai potuto fare.

Quando finalmente uscii, le parole di Noah e le osservazioni di Patty erano saldamente annidate nella mia mente. Non ero abituata a sentirmi così esposta, così a nudo, così umana. Avevo passato anni a costruire un'identità basata sull'essere incrollabile, intoccabile, ma questo? Questo era nuovo. E non sapevo cosa farci.

QUATTRO

NOAH

Un uomo adulto non dovrebbe essere così orgoglioso per sette punti di sutura. È imbarazzante. Si pavoneggia come se avesse appena vinto una medaglia d'oro, ma il sorriso tremante e il ginocchio ballerino mi dicono che, nonostante le sue affermazioni, non è di certo un tipo da aghi. Applicai una benda impermeabile sul mio lavoro e usai la scusa per dargli una piccola botta al ginocchio. Solo una volta, appena appena. Questo lo fece sobbalzare e scoppiare in una risata sorpresa che rasentava la follia. Almeno non stava urlando. Ce n'erano state abbastanza di urla per oggi, anche per essere un lunedì.

Gli diedi le istruzioni di base su cosa non fare se voleva che i punti tenessero. Principalmente, evitare motoseghe e non lottare con i porcospini, visto che quelli sembravano essere i veri pericoli. Lui annuiva un sacco e continuava a sbattere le palpebre, quindi o era toccato dalla mia premura o aveva una commozione cerebrale. Cominciai a cercare i fogli di dimissione quando notai Marcus dall'altra parte della stanza, che si lavava le mani al lavandino.

Stava sorridendo con quell'aria da 'ho qualcosa da dire', così finsi di non vederlo, e durò per ben trenta secondi.

«Okay, cosa hai combinato?» Marcus cercava di sembrare disinvolto, ma c'era un luccichio nei suoi occhi che suggeriva che conoscesse già la risposta.

Feci lo gnorri, con le mani in tasca. Puntavo all'innocenza, ma probabilmente ottenevo un risultato più vicino a un'accusa per un reato minore.

«Niente» dissi. «Mi sono solo fatto una nuova amica.»

Inarcò un sopracciglio, come a dire: *Vuoi davvero giocare a questo gioco?* E io non avevo intenzione di perdere il vantaggio, così mi limitai a un'alzata di spalle. Lui incrociò le braccia.

«Un'amica o un'altra persona che ti vuole morto?» domandò, allontanandosi dal lavandino. Il pavimento era ancora bagnato dove si trovava, ma a Marcus non importava della sicurezza sul lavoro quando c'erano pettegolezzi in gioco.

«Un po' entrambe le cose, probabilmente» gli dissi. «Rende la vita più eccitante.»

«Chi era?»

Camminai all'indietro, costringendolo a seguirmi come un'anatra molto impicciona. «La dottoressa Harper.»

Marcus si bloccò e per poco non gli cadde la spazzola chirurgica. La risata che gli sfuggì fu così forte da attirare gli sguardi delle infermiere, ma a lui non importò.

«Lily Harper?» disse. «La Regina di Ghiaccio?» Marcus sogghignò. L'espressione sul suo volto era impagabile. Un misto di ammirazione e di 'sei-un-uomo-morto'.

«Lei preferisce Dottoressa Regina di Ghiaccio» dissi.

Marcus scosse la testa, con il sorriso ancora stampato in faccia, come se fosse incollato. «Da quando ti interessano le stacanoviste?» chiese. «Pensavo ti piacessero le donne un po' più divertenti e molto meno inclini ad accoltellarti.»

«Beh, ti sei già sbagliato in passato» gli ricordai. Era

successo più di dieci anni fa, ma potevo fingere che non fosse così.

«Mai a questi livelli» disse Marcus. «L'unica cosa che Lily Harper ama è la chirurgia. È come un robot. O un vampiro. O un robot vampiro.»

Non aveva torto. Il che era probabilmente il motivo per cui mi mandava fuori di testa. Era intelligente, rapida, terrificante: come una macchina sportiva costosa che non avrei assolutamente dovuto provare a rubare.

«So gestire Lily» affermai, con una nonchalance a cui quasi credevo io stesso.

Marcus alzò gli occhi al cielo e mi diede una spallata. «Sì, adesso dici così.»

Superammo la postazione delle infermiere ed evitammo per un pelo di finire nel fuoco incrociato di una discussione a tre sull'assegnazione dei letti. All'Emerald Bay Hospital, questa era la versione per adulti della ricreazione, con tanto di urla e gente che si arrendeva in lacrime. Arraffai una pila di moduli di dimissione dal bancone e guardai Marcus pescare dalla tasca il cercapersone che vibrava. Lo controllò e gemette.

«Dannazione» disse. «Sembra che mi abbiano trovato. Andiamo a berci una birra dopo questo turno. Voglio sentire tutto su come pensi di far incazzare l'intero reparto di chirurgia.»

«Certo» dissi. «Magari prenderò appunti da te, visto che lo fai dal primo giorno.»

Marcus mi rivolse un ultimo sorriso, di quelli che dicono *so cosa hai in mente*, prima di svanire nel caos del pronto soccorso.

Non mi sfuggì il trambusto nella sala visite accanto a cui stavo passando. Era difficile, visto che il tizio all'interno stava implorando a gran voce la moglie di fargli un'epidurale. «O una pistola, tesoro, dammi solo qualcosa!»

Risi tra me e me e contai mentalmente i minuti che mancavano alla fine del turno, quando avrei potuto torturare Marcus con altre storie ancora. Ma per il momento, mi concentrai sulle scartoffie e sul finire il turno senza altri drammi, anche se una piccola parte di me era delusa che Marcus si fosse convinto tanto facilmente. Aveva ragione su Lily. Questo avrebbe dovuto preoccuparmi più di quanto non facesse.

L'ufficio del dottor Hale puzzava di successo di livello ospedaliero. Era tutto spigoli vivi e legno lucido, pragmatico e sterile. Era il tipo di posto che ti faceva venire voglia di confessare i tuoi peccati e promettere di non ripeterli mai più, nel caso fossi uno dei germi che stava cercando di disinfettare.

Hale stava in piedi dietro la sua scrivania a braccia conserte, fissandomi come se mi avesse beccato ad attaccare una gomma da masticare sotto una di quelle sedie luccicanti. Stava cercando di essere intimidatorio, e probabilmente funzionava con la maggior parte delle persone. Ma io non sono la maggior parte delle persone e sapevo cosa aspettarmi.

«Dottor Carter» disse, freddamente. «Dobbiamo discutere del Suo coinvolgimento nel caso di trauma cardiaco di stamattina.»

Ci risiamo.

«Ho sentito che si è inserito in una situazione per la quale non era né assegnato né qualificato.» Hale fece una pausa, come se aspettasse che confessassi un omicidio.

«Ero al pronto soccorso quando l'hanno portato» dissi, senza abboccare. «La sua pressione stava crollando. Ho pensato di dare una mano prima che lo perdessimo sul tavolo. Sono sicuro che il dottor Patel avrebbe fatto esattamente lo stesso, date le circostanze.»

«Lei ha pensato.» Hale disincrociò le braccia e si sporse in avanti. Il riflesso della lampada da scrivania faceva sembrare che i suoi occhiali stessero per sparare laser. «E ora mi giungono voci di sconsideratezza?»

Lasciai che quella parola aleggiasse tra noi e finsi che fosse un interessante mistero medico.

«Non direi» risposi lentamente, e lo osservai osservarmi.

«Ma altri sì.»

«Direbbero 'vivo'» suggerii, quasi sottovoce.

Le labbra di Hale ebbero un fremito. La pronunciò come se fosse una maledizione. «Dottor Carter.»

Padroneggiava alla perfezione lo sguardo da 'sono deluso da te'. Era un talento, davvero. Mi chiesi se lo insegnasse in quei seminari di formazione continua, subito tra *Come sconfiggere i tuoi nemici* e *La professione sanitaria e come gestire il tuo ego smisurato.*

«Lei continua a confondere il confine tra l'essere disinvolto e l'essere responsabile» mi disse. «E non posso permetterlo. Non in questo ospedale.»

Lasciai sospesa anche quella frase. Era uno dei suoi discorsi preferiti.

«Capito» dissi.

Hale strinse gli occhi. Non gli piaceva quando la gente cedeva troppo in fretta. Si sarebbe trovato meglio alla facoltà di legge, dove tutti si oppongono.

«Un giorno, quell'eccesso di sicurezza costerà caro a qualcuno.» Sembrava quasi addolorato, ma sapevo che stava solo cercando di spaventarmi. Come se non l'avessi mai sentita prima.

Annuii come se fossi stato umiliato, e Hale la prese come una vittoria. «Questo è tutto, dottor Carter.»

Uscii dall'ufficio con la mia coda immaginaria tra le gambe. Non rallentai finché non raggiunsi la sala relax e vidi Marcus appoggiato al frigorifero.

«È una bella strigliata dal dottor Hale da aggiungere alla collezione. Due in un giorno... Ottimo lavoro» scherzò Marcus. Sembrava divertito, che era esattamente lo scopo dell'esercizio.

«È un tutore dell'ordine gentile e premuroso» dissi. «Potrebbe però lavorare un po' sui preliminari.»

Marcus mi porse una tazza. «Caffè con due zollette di zucchero e una dose extra di guerra politica?» chiese.

Alzai gli occhi al cielo e presi la tazza.

«Stessa ramanzina, giorno diverso. A quanto pare, salvare vite non è abbastanza. Devo anche fare il bravo bambino.»

Aprii il frigo e mi bloccai. Il mio cartone del latte era mezzo vuoto. Strinsi gli occhi per assicurarmi che non fosse la mia immaginazione.

«L'ha fatto davvero» dissi.

Marcus inarcò un sopracciglio. «Fatto cosa?»

«Dichiarato guerra.» Forse era solo latte, ma era una questione di principio. Inoltre, non mi piaceva il caffè nero e questo poteva rivelarsi catastrofico verso le quattro del mattino.

«Tu sposerai quella donna» scherzò Marcus.

«Non se mi uccide prima» gli dissi, guardandolo andare via. Borbottai un «Grazie per il caffè», ma era già sparito. Passai i minuti successivi ad aspettare che il mio cercapersone suonasse, chiedendomi come facesse Lily a rubare la mia attenzione anche quando non era nella stanza.

CINQUE

LILY

Sono le sette del mattino, sono di turno da otto ore e corro da una sala visite all'altra. Qualcuno si scansò appena in tempo prima che lo travolgessi con una pila di cartelle cliniche. Niente tempo per le scuse, niente tempo per i convenevoli, niente tempo per...

«Come, niente "ciao"?» Noah era dall'altra parte del corridoio, e un attimo dopo era lì, proprio lì, con le sue falcate lunghe e agili accanto alla mia camminata decisa da chirurgo. Teneva il mio passo senza il minimo sforzo, fastidiosamente atletico.

«Buongiorno, Lily» disse con un sorriso capace di adescare proseliti.

«Sono la dottoressa Harper» replicai, pur sapendo che era immune a ogni correzione. «E non c'è tempo per i saluti.»

«Immagino tu abbia già letto gli aggiornamenti del mattino. Due volte.»

«Tre volte» dissi, sperando di seminarlo.

Il corridoio era una corsa a ostacoli di persone, barelle e

Noah. Lui si muoveva come se fosse tutto un gioco, destreggiandosi nel caos con quel fascino indolente e imperturbabile che in qualche modo attirava ogni sguardo nella stanza. Il suo atteggiamento da figo menefreghista era il canto di una sirena che mi rifiutavo di ascoltare.

«Allora, qual è la fretta oggi?» mi chiese, tornando al passo. «Sei in ritardo per una cerimonia di premiazione?»

«E tu che ci fai qui? Non pensavo che al pronto soccorso servissero nemmeno gli orologi.»

«Immagino che sia questa la differenza tra di noi» disse, con le mani infilate nelle tasche del camice. «Non mi preoccupo troppo delle scadenze.»

«No, la tua specialità è la gestione delle crisi» dissi. «Mai pianificare in anticipo, sempre piombare all'ultimo minuto.»

Annuì come se gli avessi appena fatto un complimento. «Esatto. Dovresti provare qualche volta.»

«Mi piace avere la mia vita in ordine, grazie.»

«Sei sicura che sia della tua vita che stai parlando? Sembra più una biblioteca meticolosamente organizzata.»

Gli lanciai un'occhiata tagliente, anche se sembrava solo incoraggiare la sua insistente vicinanza. L'aria ronzava di conversazioni sovrapposte e della voce di Noah che le sovrastava tutte.

«Sembri molto sicura» dissi, «che il tuo metodo di "improvvisare" sia sostenibile.»

«Ehi, mi ha portato fin qui.»

«È proprio questo il punto.»

«Carino. Hai un senso dell'umorismo sepolto da qualche parte in mezzo ai tuoi impegni» disse. «Sapevo che alla fine l'avrei trovato.»

Scansammo un gruppetto di infermiere, sfiorandoci quasi con le spalle. La sua presenza era gravitazionale, mi attraeva a sé indipendentemente da come cercassi di allontanarmi.

Si voltò a guardarmi, i suoi occhi mi sfidavano ad ammettere che l'inseguimento mi divertiva.

«Sai, questa cosa mi piace» disse, a malapena senza fiato. «Un po' di allenamento mattutino. Sgombera la mente.»

«Non è un allenamento» dissi, aggirando uno specializzando dall'aria smarrita. «È un vantaggio.»

«Stai ancora cercando di seminarmi?»

«Ci sto provando e ci sto riuscendo» dissi, riuscendo a guadagnare mezzo passo di vantaggio.

Eravamo vicini all'ala di chirurgia, e quasi potevo immaginare l'espressione sul suo volto — un misto di ammirazione e malizia — mentre sparivo attraverso le doppie porte. Ma quando rischiai un'occhiata indietro, era ancora lì, ancora esasperantemente Noah, ancora del tutto inscalfibile.

Fece un finto saluto militare. «Ci vediamo dopo, dottoressa Harper.»

Alle undici del mattino, ero nella sala riunioni di chirurgia quando tutti gli altri entrarono strascicando i piedi come se non avessero un posto migliore dove andare. Noah prese posto di fronte a me.

«Congratulazioni per il nuovo progetto» sussurrò qualcuno.

Aggrottai la fronte. Il primario non aveva ancora annunciato nulla. Accadde due minuti dopo, e allora il mondo crollò.

«Dottoressa Harper, dottor Carter, contiamo su di voi per questo.» Protocolli chirurgici d'urgenza, sforzo congiunto dei reparti di Pronto Soccorso e Chirurgia. Noah, che già splendeva di una vittoria immeritata. Io, che ricacciavo indietro un'espressione di orrore accuratamente composta. *Non può essere vero.*

La stanza si mosse intorno a me, la gente si sporgeva per

discutere della notizia come se ci avessero fatto un regalo invece che consegnato una bomba a orologeria. Tenevo lo sguardo fisso sugli appunti che fingevo di prendere, le parole che nuotavano sulla pagina. Progetto congiunto. Protocolli d'urgenza. Interazione inevitabile.

«Vorrei unirmi alle congratulazioni» disse Noah, fin troppo compiaciuto.

Gli lanciai un'occhiata che avrebbe dovuto incenerirlo.

«Andiamo, Lily, sarà divertente» aggiunse, stiracchiandosi all'indietro come se avesse già completato l'incarico.

Rivolsi la mia attenzione al primario, la cui espressione suggeriva che fosse soddisfatto della piccola esplosione che aveva innescato. Non era un errore; era un abbinamento deliberato. Volevano davvero che lavorassimo insieme. Che collaborassimo.

«Mi aspetto che tutti supportino pienamente la dottoressa Harper e il dottor Carter» disse. «Questo progetto è una priorità.»

La stanza alla fine si svuotò, lasciando solo le parole «sforzo congiunto» a echeggiare come una provocazione.

Noah non si mosse, rimase semplicemente seduto lì, l'ultima persona con cui volevo avere a che fare ma in qualche modo l'unica rimasta nella stanza.

«Dico sul serio» disse. «Congratulazioni.»

«Cosa hai fatto?» domandai, posando la penna con un clic secco.

«Niente. Immagino che qualcuno si sia finalmente reso conto che squadra da sogno saremmo.»

«Questo non è un sogno» dissi. «È un potenziale incubo.»

«Solo se insisti a pianificare tutto in modo eccessivo» disse, per nulla turbato dalla mia crescente irritazione.

«Si chiama preparazione, Noah. Dovresti provarci qualche volta.»

«E perdermi tutte le tue brillanti reazioni di panico? Neanche per sogno.»

«Non sono in preda al panico» mentii, raccogliendo le mie cose con una precisione che avrebbe dovuto essere interpretata come furia.

«Semplicemente non ti piace condividere i riflettori» disse, non scortesemente. «Pensi che ti trascinerò a fondo.»

«No» ribattei, «so che mi trascinerai a fondo.»

«Sembra che tu abbia un po' paura di un po' di sana competizione.»

«Dovremmo essere nella stessa squadra» dissi, anche se non sembravo neanche io convinta.

«Allora non hai nulla di cui preoccuparti» disse.

Si alzò, disinvolto e sicuro di sé, come se fosse stato questo il piano fin dall'inizio.

La mia risposta fu un cenno secco, un dietrofront e un'uscita il più rapida umanamente possibile. Mi stava seguendo, ne ero certa, ma questa volta riuscii a scappare prima che mi raggiungesse.

La sala relax era un'incubatrice, e io stavo per surriscaldarmi. Era primo pomeriggio, e Noah era seduto di fronte a me a un tavolino sepolto da riviste di ricerca e laptop. Era rilassato e incontenibile come sempre. Io, ero l'opposto, con i nervi a fior di pelle a malapena tenuti insieme da evidenziatori e disciplina.

Spinsi verso di lui uno schema meticolosamente strutturato, carico di dati concreti sui tassi di sopravvivenza post-chirurgia d'urgenza. «Questo dovrebbe guidarci» dissi.

«Adoro come riesci a distorcere i numeri per adattarli alle nostre esigenze» rispose.

«Non è così che funziona la ricerca» sbottai.

«Se lo dici tu» sogghignò.

Pensai che stavo per implodere.

Era un'ora che andavamo avanti così, forse di più. Noah sembrava impassibile, ma io sentivo l'inizio di un'emicrania da stress.

«Abbiamo bisogno di un piano chiaro» insistetti, spingendo un'altra stampa sul tavolo. Era codificata per colore, completa e perfetta.

«Abbiamo bisogno di spazio per respirare» disse, come se fossimo a una lezione di yoga.

Le mie dita tamburellavano un ritmo staccato sul tavolo. «Non si può improvvisare un progetto di ricerca.»

«E chi lo dice?» Si passò una mano tra i capelli, trasandati e ribelli. «Magari scopriremo qualcosa di inaspettato.»

«E magari sprecheremo settimane a girare a vuoto.»

«Si chiama innovazione.»

«Si chiama caos.»

Si sporse in avanti, troppo vicino per i miei gusti. «Ti è fisicamente doloroso lasciarti un po' andare?»

«Sì» dissi, scherzando solo a metà.

«Senti, rispetto il tuo metodo» disse. «Ma abbiamo bisogno di flessibilità. La vita reale non è un ambiente controllato.»

«Questo progetto può esserlo.»

«Non ti annoi, Lily? A fare tutto secondo le regole?»

«Ottengo risultati» dissi, come se quella fosse la fine della discussione. Con lui non lo era mai.

«Certo, ma ti diverti un po'?»

Sollevò un documento dalla pila, scorrendolo con una fastidiosa disinvoltura. «Questo è buono» ammise. «Dettagliato. Possiamo lavorarci.»

«È quello che sto dicendo» borbottai, rifiutando di lasciarmi placare dalla sua approvazione.

«Ok, dividiamoci il lavoro» propose. «Tu fai il lavoro pesante, io riempio gli spazi vuoti.»

«Non dovrebbero esserci spazi vuoti» dissi, pizzicandomi la radice del naso.

«Credo tu sia convinta che il mondo finirà se non ne controlli ogni secondo.»

«Solo perché tu sei determinato a fare il contrario» replicai, guardandolo fisso.

«È questo che ci rende una squadra così forte» disse.

Mi fermai, incerta se volessi essere in disaccordo.

«Non sarà facile» dissi, con voce più bassa ora.

«No» concordò. «Ma sarà interessante.»

Sostenne il mio sguardo un momento più del necessario.

«Dovremmo tornare al lavoro» dissi.

«Già» rispose, stiracchiandosi come un gatto. «Mettiamoci all'opera.»

Qualcuno gridò «In arrivo!» e poi il mondo si offuscò, l'adrenalina e l'urgenza presero il sopravvento su ogni altro senso. Il pronto soccorso si riempì di uno tsunami di traumatizzati da un incidente stradale a più veicoli. Le barelle affluivano, il rumore acuto e stridente contro la mia concentrazione. Lo spazio si riorganizzò attorno a una massa critica e a un caos sanguinoso. La voce di Noah sovrastò tutto, più forte delle sirene e delle grida. Era al comando, un faro nella tempesta.

«Polmone collassato in sala tre» ordinò. «Dottoressa Harper, andiamo.»

Uno specializzando armeggiò, con le mani viscide di sudore o di sangue.

«Se aspettiamo, è morto» disse Noah.

Ero proprio lì, bisturi in mano, la mano ferma che accompagnava il suo istinto. Non ci guardammo nemmeno, ma era come se condividessimo lo stesso battito cardiaco.

Ci muovevamo in un mare di rumore e disperazione. Noah urlava istruzioni, ogni parola decisa e chiara.

«Tamponate le emorragie!» ordinai, la mia voce che fendeva il rumore mentre ci facevamo strada nel corridoio affollato.

«Priorità alle vittime da schiacciamento!» diresse Noah, e la squadra si mosse come una macchina ben oliata.

Era qui che ci scontravamo e ci fondevamo. Era qui che ero più viva.

La sala tre era un campo di battaglia. Il torace del paziente era una zona di guerra traumatica, ogni secondo era critico.

«Ha bisogno di un tubo toracico, subito» disse Noah, le mani che si muovevano rapide sulle costole rotte dell'uomo. «Lily, sei pronta?»

Mi ero già preparata e avevo indossato la mascherina, l'anticipazione che pulsava come un secondo battito cardiaco. «Sempre» risposi.

Un'infermiera aspirò il sangue, rosso e viscerale contro il bianco sterile. Le luci erano accecanti; la tensione elettrica.

«Facciamolo» disse Noah, come se fosse una sfida.

Ci muovemmo insieme, un assalto a due contro la morte stessa. La stanza svanì fino a quando non ci fummo solo noi e il trauma, le nostre competenze che si fondevano come una nuova lega metallica.

«Divaricatore» chiesi, precisa come un direttore d'orchestra.

«Aspiratore!» seguì Noah, senza perdere un colpo.

Era audace, aggressivo, esattamente ciò che la situazione richiedeva.

«Ago e filo» disse, sigillando l'ultima emorragia con sicurezza e un pizzico di spavalderia.

«La pressione sta scendendo!» gridò un'infermiera, con gli occhi sgranati e incerti.

«Iniziate le compressioni» ordinò Noah. «Lily, massaggio interno. Ora.»

Affondai la mano nella cavità toracica, sentendo il ritmo della vita e della morte sotto le mie dita. Era raccapricciante. Era vitale. Era tutto ciò per cui mi ero allenata.

«Preso» dissi, il battito cardiaco che si rafforzava a ogni secondo.

I nostri occhi si incontrarono per un breve, intenso momento sopra il bordo della mascherina, e in quell'attimo tutto il resto scomparve.

«Bel lavoro, dottoressa Harper» disse Noah mentre i monitor si stabilizzavano, la sua voce venata da una minima nota di ammirazione.

«Lavoro di squadra, dottor Carter» risposi, cercando di tenere il mio rispetto sepolto sotto la professionalità.

Facemmo un passo indietro, lasciando che le infermiere finissero, con i camici macchiati dalla prova del nostro successo.

La tensione passò da frenetica a sollevata. Sentii l'adrenalina cominciare a svanire.

«Allora» disse, «sei ancora preoccupata che ti trascinerò a fondo?»

Gli lanciai un'occhiata di sbieco. «Vedremo» dissi, e per la prima volta, lo pensavo davvero.

Mi sto caffeinando. È il rituale di tarda serata di chi va avanti a riserve di energia e progetta di andare avanti con altre riserve. La sala relax era un santuario dedicato all'energia artificiale, disseminato di bicchieri di polistirolo e cattive intenzioni.

Mi sedetti di fronte a Noah, le cartelle cliniche e l'adrenalina che ancora ci ronzavano in testa. Il trauma della giornata incombeva tra di noi, metà intensità, metà trionfo.

«La tua capacità decisionale là dentro ha salvato delle vite» borbottai, fissando il mio caffè come se potesse offrirmi qualcosa di più forte.

Noah sollevò la sua tazza in un finto brindisi. «E la tua precisione ci ha impedito di andare in pezzi.»

Il suo tono era meno scherzoso ora, quasi sincero.

Nessuno di noi due sapeva cosa dire dopo.

Il silenzio era confortevole in un modo a cui non ero abituata, come una coperta che non sapevo se avvolgermi addosso o gettare via. Stavamo entrambi ancora riprendendo fiato dalla follia della giornata, la stanchezza che si insinuava nelle ossa, gli spigoli vivi della competizione smussati fino a diventare qualcosa di più simile al cameratismo.

Rischiai un'occhiata verso di lui. Sembrava diverso, spogliato della sua solita spavalderia. Stanco ma non sconfitto. Umano.

«Pensi davvero che sia stata la decisione giusta?» chiesi, anche se conoscevo già la sua risposta.

«Sì» disse. «Ma non mi aspettavo che ti buttassi in quel modo.»

«È quello che faccio.»

«È quello che abbiamo fatto» mi corresse, e questa volta non c'era arroganza nella sua voce. Solo un dato di fatto.

«Dicevo sul serio» aggiunse, con voce più bassa. «Sul fatto che siamo una buona squadra.»

«Non abituartici.»

Fece un sorrisetto. «Credo che ti sia piaciuto.»

Alzai gli occhi al cielo, la vecchia abitudine di respingerlo più un riflesso che altro. «Quello che mi piace è un risultato chiaro.»

«E come chiami la giornata di oggi?» chiese, sinceramente curioso.

«Un casino» dissi, poi dopo un attimo, «Una vittoria.»

«Me la prendo» disse.

Noah tamburellò le dita contro la tazza, un ritmo smorzato nella stanza silenziosa.

«Non so tu» disse, alzandosi finalmente, «ma io potrei provare a dormire stanotte.»

«Non so tu» replicai, riecheggiando le sue parole, «ma io potrei lavorare.»

Rimanemmo in silenzio, sospesi in un momento che nessuno di noi si aspettava di vivere.

Annuì. «Buonanotte, dottoressa Harper» disse, uscendo con la calma sicurezza di chi non si preoccupa di ciò che accadrà dopo.

Mi ci volle un minuto intero per rendermi conto che stavo sorridendo nel mio caffè.

SEI

NOAH

Il grido del cercapersone mi lacera il ciclo del sonno e probabilmente anche il timpano. C'è qualcosa di unico in quel suono: non è come una normale sveglia, che insiste e supplica; è un lamento da banshee, che esige attenzione e promette sangue. Do un'occhiata al display: "EMERG PED—CODICE ROSSO".

È così che si inizia la giornata in pronto soccorso. Niente riscaldamento, niente stretching. Solo uno scatto dalla sala relax al trauma center, con il caffè che mi sciaborda nelle vene e mezzo panino che giace defunto sul tavolo alle mie spalle.

Il pronto soccorso è già in tilt. Una delle porte girevoli di vetro è bloccata, aperta, e fuori piove a dirotto e fa freddo, bagnando l'ingresso con una striscia di pioggia di Seattle. All'interno, l'équipe del trauma si prepara all'impatto, spostando forniture e carrelli come una squadra di meccanici sotto metanfetamine. Incrocio lo sguardo dell'infermiera Patty mentre mi faccio largo. Ha già i guanti pronti e il kit per il trauma aperto.

«Parlami, Patty», dico. Ho già le mani infilate nei guanti prima ancora di arrivare dal bambino.

«Maschio, otto anni. Caduto dalla cima di un castello per arrampicata a scuola. Non rispondeva all'arrivo. Sospetta emorragia interna. La madre è a pezzi.» Con un cenno del capo indica una donna che cammina avanti e indietro lungo una linea di un metro vicino alla barella, mormorando preghiere tra le nocche.

Il bambino sul tavolo è piccolo, il che in qualche modo peggiora le cose. Il sangue secco si allarga sulla sua maglietta come una ferita di guerra, e le sue gambe sono immobili, divaricate nel modo in cui atterrano solo i bambini privi di sensi e gli insetti morti. È pallido, con una sfumatura spettrale, le labbra troppo blu, il respiro un fremito superficiale sotto la maschera d'ossigeno.

«Okay, gente, mettiamogli una linea endovenosa e avviamo un cross-match. Voglio le TAC pronte tra cinque minuti, non dieci», ringhio.

Uno specializzando prova a inserire l'ago per la flebo e fallisce, tremando più del dovuto. «Mano», dico, e lui cede il posto sul braccio del bambino, la cui pelle è così sottile che si potrebbe tracciare la vena con un'unghia.

La madre mi è già addosso prima che possa dire altro, con il mascara che le cola in rivoli neri lungo entrambe le guance. «Lui stava solo... stava solo giocando, lui...»

«È in buone mani», dico, usando la mia voce calma. Quella che riservo ai genitori, ai pazienti ansiosi e a volte a Lily, quando è troppo su di giri. «Ha fatto tutto nel modo giusto, portandolo qui. Risolveremo la situazione.»

C'è un barlume di fiducia, o forse è solo sfinimento. In ogni caso, crolla su una sedia, con un occhio incollato al caos, l'altro velato di terrore.

I bambini sono l'unica cosa che non riesco a compartimentalizzare. Gli adulti, certo, ognuno ha un numero nella tabella attuariale, e ti prendi quello che ti capita. Ma i bambini? Non hanno ancora avuto la possibilità di rovinarsi la vita. Sembra sempre che qualcosa gli sia stato rubato, non solo perso.

Un'ondata di ricordi: Lucy, sei anni, sangue sulle ginocchia, io che le tampono la testa con un tovagliolo di carta, dicendole che va tutto bene, che sta bene, ma ora lei non respira, e nemmeno io.

«Il polso sta scendendo», grida una delle infermiere.

Sono già sul pezzo. La stanza si stringe attorno al mio focus; tutti aspettano la mia prossima mossa, come se fossi l'unico adulto rimasto nell'edificio.

«Preparate un carrello per le emergenze. Voglio che venga chiamato immediatamente un chirurgo traumatologo.»

Patty mi legge nel pensiero. «Già fatto.»

«Stabilizziamolo per la diagnostica per immagini», dico, poi al bambino: «Tieni duro, amico. Non ti è permesso mollare così presto. Regole della casa.»

Le sue palpebre hanno un fremito, o forse sono solo io a volerlo.

L'équipe segue il protocollo come se fosse il Vangelo, ma io improvviso, riscrivendo i versetti in tempo reale. Sta perdendo troppo, troppo in fretta. C'è un'esplosione di attività mentre lo carichiamo sulla barella, di quel tipo in cui ogni secondo rimbomba più forte del precedente.

Mentre lo portano via, incrocio di nuovo lo sguardo della madre. Sta stringendo la sedia così forte che le sue dita sono diventate bianche.

«È forte», le dico, perché a volte una bugia è una medicina migliore della speranza.

Annuisce, tremando, e ho la sensazione che mi senta lo stesso.

Il trauma center si svuota, lasciando dietro di sé solo il caos: garze insanguinate, un camioncino giocattolo che qualcuno ha tirato fuori dalla tasca del bambino e l'immagine residua di un disastro evitato per un pelo.

Prendo un respiro, contando alla rovescia da dieci. Il mondo ritorna alla sua solita sfumatura di caos. Getto i guanti nel cestino e cerco qualcosa, qualsiasi cosa, da fare con le mani.

«È fortunato che lei fosse qui», dice Patty, avvicinandosi con una cartella clinica.

Faccio spallucce, ma il mio cuore non ha ancora rallentato. «Vedremo quanto sarà fortunato dopo il bisturi.»

Mi lancia un'occhiata che dice che sa più di quanto lasci intendere. «Vuole che tenga aggiornata la madre?»

«Me ne occupo io.» Le parole mi escono di bocca prima che possa ripensarci. «Solo... le dia un minuto.»

Patty annuisce, allontanandosi, e io rimango tra le rovine del trauma center, a guardare la pioggia rigare le finestre e a cercare di non vedere il volto del bambino in ogni ombra.

La sala operatoria è un universo a sé, luminoso, freddo e assolutamente indifferente. Il bambino è sul tavolo, con il torace preparato e coperto, una singola stella in mezzo a un campo verde. Tutto il resto svanisce: le scarpe bagnate, i pavimenti appiccicosi, il cuore della madre che batte all'impazzata in corridoio. Qui, ci sono solo carne, sangue e tempo.

Scorro la lista di controllo. Strumenti: presenti. Infermiera strumentista: triplo controllo. Anestesista: occhi fissi sui monitor. Gli specializzandi sono in posizione, mani alzate, volti sbiancati e protetti da occhiali. Il primario di chirurgia, tecnicamente il mio superiore, fa un cenno secco e dice: «È lei a condurre, dottor Carter».

Ricambio il cenno, e il bisturi è nella mia mano come se non l'avesse mai lasciata. «Facciamola sembrare una passeggiata», dico, e l'équipe ride, nervosa e flebile.

Il primo taglio è netto, da manuale. Lascio che gli specializzandi aspirino e pinzino, osservando le loro mani e sentendo il vecchio ritmo prendere il sopravvento. Il cuore del bambino è stabile ma debole sul monitor, una cosa che non smetterò di guardare.

Sono a metà della dissezione quando la vedo: una lesione all'arteria, a un passo dal disastro. Il sanguinamento è nascosto, subdolo, e ci vuole una frazione di secondo per decidere: andare in profondità e rischiare un trauma maggiore, o lavorare ai margini e pregare. Opto per la terza opzione: afferrarla, pinzarla e sperare che le mie mani siano ferme quanto la mia voce.

Lo sono.

Proprio mentre sto passando il filo di sutura, alzo lo sguardo verso l'infermiera strumentista e noto un lampo di rosso sopra la sua mascherina: una chiazza secca e irritata proprio sotto l'occhio, evidente anche sotto le luci da stadio.

«Ehi, Collins, la sua guancia», dico, senza distogliere lo sguardo dalla sutura, «dovrebbe provare una pomata alla calendula per quella. Con prescrizione. Funziona meglio di quella dell'ospedale.»

Lei sbatte le palpebre, sorpresa. «Preso nota, dottore.»

«Mi scusi, è solo che non sopporto l'inefficienza. Soprattutto quella della pelle.»

La stanza ridacchia e la tensione cala di cinque gradi. Persino il primario accenna un sorriso.

Torno al bambino. Il vaso tiene, il flusso sanguigno si normalizza. I passi successivi sono da manuale: pulire, chiudere, sperare. Ogni mossa è memoria muscolare, ma la differenza sta nella posta in gioco. Questa è una persona che la prossima settimana potrebbe disegnare degli omini stilizzati su un biglietto di ringraziamento per le infermiere, se facciamo tutto bene.

La chiusura finale procede senza intoppi. I monitor si illuminano, i valori si stabilizzano. L'équipe espira all'unisono.

«È stato... dannatamente bravo», dice uno degli specializzandi, con voce riverente.

«Lavoro di squadra», dico. «E la prossima volta, qualcun altro farà l'eroe. Ho bisogno di un pisolino.»

Mentre ripuliamo il campo, alzo lo sguardo sull'infermiera Collins. Mi sta osservando come se avessi appena indovinato il suo codice fiscale.

«Grazie per il consiglio», dice.

«Prego», rispondo, e per un secondo mi permetto di provare un minuscolo fiore di orgoglio. Poi mi ricordo della madre in corridoio e della montagna che devo scalare per tornare alla normalità.

Mi sfilo i guanti, li getto, e scambio la sala operatoria per l'aria riciclata del corridoio, lasciandomi alle spalle la versione più costosa al mondo della speranza, ricucita in tre strati.

In sala d'attesa, la madre è una statua: nessun altro potrebbe apparire così svuotato e ancora animato. Il suo ginocchio si muove a un ritmo di panico, e sussulta quando pronuncio il suo nome.

«Signora Jacobs?»

Si alza, cerca di sembrare più coraggiosa di quanto non sia, e fallisce. Le faccio cenno di sedersi, poi mi accovaccio in modo da essere al suo livello, come se non fossi lo stesso uomo che ha appena tirato fuori mezzo litro di sangue da suo figlio.

«Sta bene», dico, saltando i convenevoli. «Abbiamo fermato l'emorragia. Avrà una cicatrice, ma è un bambino forte. Tornerà a correre di nuovo tra una settimana o due.»

È come spegnere una centrale elettrica. Le sue spalle crollano, il mento le tocca il petto e, per un secondo, tutto ciò che riesce a fare è singhiozzare, con i pugni premuti sugli occhi come se potesse nascondersi nelle sue stesse ossa.

La lascio sfogare. La migliore medicina a volte è il silenzio, o almeno non peggiorare le cose.

«Posso vederlo?», chiede infine, con la voce a pezzi.

«È in sala risveglio, sta ancora dormendo. Ma sì, può.»

La guido attraverso il labirinto delle sale risveglio, con l'aria pesante di disinfettante e preghiere sussurrate. Il bambino è lì, piccolo e fasciato, il petto che si alza lento e regolare. Lei resta sulla soglia, spaventata di toccarlo, come se fosse di vetro.

«Può avvicinarsi», le dico.

Lo fa, e quando gli sposta i capelli dalla fronte, le sue mani tremano così tanto che quasi lo manca.

Porgo alla madre una scatola di fazzoletti, perché è più facile che affrontare le lacrime.

«L'équipe qui è la migliore, è in buone mani», dico.

Mi ringrazia mille volte, le parole che escono troppo in fretta per essere afferrate. Annuisco, dico che è stato un lavoro di squadra, e sgattaiolo via prima di iniziare a interessarmi troppo.

Nella stanza di guardia, le luci sono soffuse, il divano bitorzoluto e sfondato. Il mio panino è esattamente dove l'ho lasciato, così come la mia fame. Fisso il muro per cinque minuti buoni, lasciando che la stanchezza si faccia strada.

Questa è la parte di cui nessuno parla: non l'intervento, non il salvataggio, ma l'eco vuoto che segue. Vinci un round, ma la lotta non finisce mai. E nessuno stacca mai veramente dal servizio.

Il divano nella stanza di guardia è la cosa più simile a un letto che ho. È una reliquia riciclata dal salotto di qualcuno, con l'imbottitura che fuoriesce dai lati, e probabilmente un veicolo di diversi ceppi di MRSA. Mi ci stendo sopra, fissando le mattonelle del soffitto, ognuna di una sfumatura leggermente diversa di giallo nicotina. Il mio cervello non vuole spegnersi, ripercorrendo il trauma, la vittoria, le probabilità impossibili, e di nuovo da capo.

Il telefono mi vibra contro la coscia. Mi aspetto quasi che sia una chiamata dal pronto soccorso, un altro disastro in arrivo. Ma no, è solo un messaggio. Anzi, non solo un messaggio. È di Ava.

Ava è, o meglio era, un'infermiera del pronto soccorso prima di partire per un anno per "ritrovare se stessa" in Messico. Adesso è tornata. Lo so perché lo ha annunciato in stampatello maiuscolo nel momento in cui il suo aereo è atterrato, seguito da una sequenza di emoji con l'occhiolino che mi hanno dato il prurito.

Il suo messaggio è breve, ma non sottile:

> Mi annoio. Vuoi venire a risolvere la cosa?

Lo fisso, con il pollice sospeso sulla risposta. Sappiamo entrambi di cosa si tratta. Vuole una scappatella, non qualcuno con cui parlare. Un tempo mi sarebbe bastato, diavolo, a volte era addirittura preferibile. Niente complicazioni, niente sentimenti, niente manutenzione. Come ordinare cibo da asporto per l'anima.

Ma ora, tutto ciò a cui riesco a pensare è l'ultima volta che sono stato con Ava. Dopo aver fatto sesso, entrambi ai lati opposti del suo letto, a scorrere i nostri telefoni. Il silenzio era così assoluto che sembrava costruito a tavolino. Lei era proprio lì, ma a un milione di miglia di distanza. C'è una parola per questo: noia. Termine francese per dire "va bene, ma a che pro?".

Un'altra vibrazione:

> Ci sei?

Sì, ci sono. Solo non nello stesso "ci sono" di prima.

Scorro con il pollice i nostri vecchi messaggi, cercando qualcosa di reale. Ci sono un sacco di flirt, un sacco di allusioni, ma niente che sopravviva al momento. Persino i nostri litigi erano noiosi, quasi recitati. Scorro ancora, come se potessi trovare il pezzo mancante da qualche parte nel feed, ma è sempre la stessa cosa: usa e getta, temporaneo, uno sballo senza emivita.

Penso a Lily, e la cosa mi fa incazzare. Lei non è per niente come Ava. È più tagliente, più cattiva, più viva. Mi smaschera quando dico cazzate, squarcia le mie difese come se fossero fatte di carta di riso. Con lei, ogni conversazione è un duello; ogni silenzio, un armistizio. Non so cosa voglio da lei, o cosa lei voglia da me, ma so che non mi sono mai annoiato.

Ava manda un altro messaggio:

Va bene se ti vedi con qualcuna. Dillo e basta.

Non è così, ma l'idea non mi dispiace. Forse dovrei. Forse voglio.

Chiudo la conversazione e, dopo un attimo di esitazione, la cancello del tutto. È stranamente soddisfacente, come togliersi un dente che dondola. Fa male per un secondo, e poi sparisce.

Il silenzio nella stanza è ancora lì, ma non sembra più così vuoto. Anzi, sembra più pulito.

Lancio il telefono sul bracciolo, chiudo gli occhi e aspetto qualunque cosa debba arrivare.

La nuova sezione del protocollo per i traumi a cui ho lavorato è esattamente dove l'ho lasciata: al centro del tavolo della sala relax, mezza sepolta sotto una pila di riviste abbandonate e una lattina di energy drink vuota. La apro, aspettandomi lo stesso freddo gergo burocratico che ha infestato ogni ospedale dalla notte dei tempi.

Invece, è un capolavoro di medicina legale. La calligrafia di Lily è una forza della natura: minuscola, tutta in stampatello, ogni parola compressa al suo limite assoluto, ma affilata come un rasoio e perfettamente allineata. Ogni margine è pieno di note, correzioni, modifiche. Ha fatto riferimenti incrociati a studi, segnalato protocolli, persino usato evidenziatori di colori diversi come se stesse costruendo una bomba e il minimo errore potesse far saltare in aria l'intero piano.

Mi ritrovo a sorridere, il che è uno sviluppo nuovo e allarmante. Ha cerchiato una statistica nella seconda sezione — tre volte, nel caso non avessi colto il punto — e ha scritto, con un inchiostro nero e deciso: "ECCO PERCHÉ SI PIANIFICA IN ANTICIPO, IDIOTA."

Traccio la riga con il dito e, per un secondo, mi chiedo cosa farebbe se mi presentassi alla sua porta e le dicessi che voglio lei, non il fascicolo, non il progetto, ma... lei. L'idea è così folle, così completamente fuori copione, che scoppio a ridere.

Esamino i suoi commenti uno per uno, revisionando ed espandendo, cercando di eguagliare la sua logica implacabile. Mi ci vuole più tempo di quanto vorrei, ma quando ho finito, il documento è la migliore versione di sé che abbia mai visto. Scarabocchio le mie note in rosso, solo per lasciare un segno. Non per competere, solo per... esistere accanto alle sue.

Quando finisco, fuori è buio, e l'orologio dice che ci sono stato sopra per due ore. Guardo la bozza finita e sento lo strano impulso di mostrargliela, di vedere la sua reazione, di renderla orgogliosa, o almeno meno infastidita.

Potrei semplicemente lasciarla nel suo ufficio, ma mi sembra una mossa da poco. Invece, raccolgo i fogli, li impilo con precisione chirurgica e mi prometto di consegnarglieli domani. Di persona.

È una scusa debole per vederla di nuovo. Ma è meglio di niente. E in questo momento, mi basta.

SETTE

LILY

La sala relax è vuota, a parte me e Noah. È seduto vicino, e la sua presenza è un promemoria costante e facile del fatto che ho di meglio da fare che assecondare la sua sconsiderata spontaneità.

Gli presento la nostra bozza revisionata: battuta a computer, pinzata ed evidenziata per colore. Sono sicura di sentirlo soffocare una risata quando gli mostro il diagramma di Gantt che ho aggiunto stamattina, ma continuo a parlare per fargli capire quanto sia seria questa cosa.

Lui ascolta a braccia conserte, con uno sguardo meno sprezzante del solito. «Un po' ambizioso, non trovi?», dice, sfogliando il mio duro lavoro come se fosse il giornale di ieri. «Forse varrebbe la pena lasciare che la gente respiri tra un compito e l'altro.»

Mi ricordo di dover essere civile, che la professionalità è la chiave per sopravvivere a questa collaborazione. Discutiamo i meriti delle scadenze strutturate rispetto agli approcci flessibili e incentrati sul paziente, e mi viene quasi un colpo quando, inaspettatamente, ci troviamo d'accordo su qualcosa.

Non sarà facile.

«Davvero, Lily. Sembra che tu abbia svaligiato una cartoleria.» Noah sorride, appoggiandosi allo schienale della sedia, incredibilmente disinvolto.

«Questo è un progetto, non una serata di cabaret», sbotto, sperando che la mia irritazione gli cancelli quel sorriso dalla faccia. «L'organizzazione è la chiave del successo.»

Prende una copia della bozza e la sventola come una bandiera. «Pensi che ce ne voglia una a testa, o risparmiamo carta e le condividiamo?»

«Posso farne altre.» Guardo l'orologio, per fargli capire che ho di meglio da fare che ascoltare le sue battute. «È importante, Noah. Voglio che sia fatto bene.»

«E farlo bene significa respirare», dice, incrociando il mio sguardo. «Una cosa a cui teniamo molto al pronto soccorso.»

Sento la tentazione di ricordargli che al pronto soccorso, quando le cose si complicano, devono chiamare i chirurghi veri, ma mi trattengo. Invece, faccio un respiro anch'io. Posso farcela. Noah potrà anche non rispettare orari o schemi, ma è bravo nel suo lavoro, e posso sfruttare questa cosa.

«Allora, da dove vuoi iniziare?», chiedo, riportandoci in carreggiata. «La mia bozza suggerisce di iniziare stabilendo dei protocolli chiari.»

Lui inarca le sopracciglia. «Davvero? Pensavo dicesse: 'Ecco una condanna a sei mesi per chiunque abbia una vita al di fuori dell'ospedale'.»

«È una tempistica efficiente», insisto, anche se non posso fare a meno di notare come lui faccia sembrare tutto così semplice. *Troppo semplice.* «Otterremo risultati migliori se avremo un piano concreto. Qualcosa di adattabile porta al caos.»

«O all'innovazione», ribatte lui. Tamburella con un dito

sul tavolo, con un ritmo fastidioso, ma almeno è concentrato. «Pensiamo più in grande che a spuntare semplicemente delle caselle. Cosa aiuterà davvero i pazienti?»

«I protocolli aiutano i pazienti», insisto. «È ciò che li tiene al sicuro. In chirurgia non si "improvvisa", Noah.»

Lui fa spallucce, troppo rilassato per essere uno che sta discutendo con me. «Ma non sempre sappiamo cosa abbiamo di fronte finché non lo vediamo. Specialmente nei traumi. Abbiamo bisogno di margine per adattarci.»

Ha torto, ma non così tanto come mi aspettavo. Picchietto la penna, considerando le sue parole. «Adattamenti», concedo, anche se la parola ha un sapore amaro. «Va bene. Possiamo inserire un po' di flessibilità. Ma ci deve essere una base.»

«D'accordo.» Il cenno di Noah è più serio, il suo tono scherzoso finalmente smorzato. «Ma se ci sono solo le fondamenta, non si costruisce niente.»

È più collaborativo di quanto non sia stato per tutto il giorno. Mi concedo un piccolo sorriso. «Sembra una frase da poster motivazionale.»

Mi punta un dito contro. «Vedi? Ti stai già sciogliendo.»

Con il passare delle ore, l'atmosfera nella stanza cambia. La mia irritazione nei suoi confronti si scioglie in una sorta di rispetto sorprendente. Noah mi osserva organizzare il nostro caos in un piano di lavoro fattibile, e io osservo lui trasformare linee rigide in percorsi flessibili e dinamici. Stiamo costruendo qualcosa di nuovo, e non è affatto quello che pensavo.

«Quindi è così che lavori», dice mentre appende il nostro grafico finale al muro. «Chi l'avrebbe mai detto che una maniaca del controllo potesse essere così aperta ai suggerimenti?»

Alzo gli occhi al cielo, ma senza più astio. «E chi l'avrebbe mai detto che il signor Rilassato potesse davvero concentrarsi abbastanza a lungo da dare un contributo?»

Lui ride, un suono che risuona nella stanza e tra di noi, riempiendo spazi che non sapevo esistessero.

«Dovremmo chiudere per oggi», dico, mettendo via le mie cose, ma senza avere fretta di andarmene.

«O firmare una tregua», suggerisce Noah, appoggiandosi al tavolo. «Se continuiamo ad andare d'accordo così, la gente inizierà a sparlare.»

Gli lancio un'occhiata, un po' minacciosa e un po' divertita. «Se continuiamo ad andare d'accordo, potremmo davvero finire questo progetto.»

«E dove sarebbe il divertimento?»

Alzo lo sguardo dopo un'altra ora circa di pianificazione dei protocolli, e mi rendo conto che siamo gli unici due rimasti nella sala relax, circondati da tazze di caffè, appunti sparsi e troppe parole. I miei occhi bruciano per la mancanza di sonno, le mie dita sono macchiate d'inchiostro per aver riscritto protocolli che Noah insiste non essere necessari.

Mi guarda mentre metto ordine nel nostro caos; la sua mente è troppo acuta per essere quella di una persona che dovrebbe essere esausta.

«Dovremmo davvero andare», dico, anche se suona più come una domanda di quanto vorrei.

Non risponde, si limita a fare un sorrisetto in quel modo esasperante che significa che non ha ancora finito. Dovrei odiare il fatto che siamo ancora qui, ma per qualche motivo non è così.

«Sai dare un senso al caos meglio di chiunque altro io abbia mai incontrato», dice, indicando la nostra ragnatela di fogli. «Io starei ancora cercando di trovare la prima pagina.»

«Ovviamente, sono un genio», rispondo, anche se sono più orgogliosa della sua ammissione di quanto lasci intendere.

«Un genio che ha bisogno di dormire.» Dà un'occhiata all'orologio. «Pensi che ci cacceranno fuori?»

Scuoto la testa. «Naa. Questo posto è praticamente nostro.»

Si appoggia allo schienale, esaminando i nostri progressi con un cenno soddisfatto. «Non avrei mai pensato di vedere questo giorno. Tu che vai davvero d'accordo con me?»

«Non farci l'abitudine.»

«Sai», dice Noah, sporgendosi in avanti, «ho sempre voluto fare il veterinario.»

Inarco un sopracciglio. «Un'altra delle tue famose battute?»

«Non stavolta.» Sta sorridendo, ma è più un ricordo che un divertimento. «Poi sono svenuto la prima volta che ho visto un cane con una zampa rotta.»

«Svenuto?»

«Svenuto di colpo. Una vera disgrazia.» Fa spallucce, e riesco a vedere il ragazzino che era un tempo: quello impavido, finché non lo è stato più.

«Avresti dovuto capire allora che non eri tagliato per la vera medicina», lo prendo in giro.

«Avrei dovuto», concorda, i suoi occhi che incontrano i miei. «Ma non so mai quando è il momento di mollare.»

«Io operavo i miei peluche», ammetto, e l'improvvisa svolta sorprende perfino me. «Con delle forbici vere. I miei genitori mi confiscarono i giocattoli.»

Lui ride. «Quanti anni avevi, cinque?»

«Tre.»

«Hai vinto tu. Vinci sempre tu.»

«Okay, allora. Storie della facoltà di medicina?», chiede Noah, alzando un sopracciglio. «Scommetto che eri la prima del tuo corso.»

Fingo di essere scioccata. «Chi te l'ha detto? È un'informazione riservata.»

«Ho tirato a indovinare.»

«Riesci a indovinare il momento peggiore del mio internato?»

«Non ci provo neanche», dice lui. «Raccontami.»

Faccio un respiro, mi tuffo nel ricordo. «Turno al pronto soccorso. Prima settimana. Incidente d'auto. I medici che hanno assistito alla scena ancora oggi mi chiamano Dottoressa Panico.»

Lui ridacchia, un suono inaspettatamente gentile. «Non ti facevo il tipo che va nel panico.»

«E infatti non ci vado», insisto. «Non più.»

«Io ho avuto un sacco di momenti peggiori.» Noah guarda oltre me, verso la finestra o da qualche parte al di là. «Ho perso un bambino. Probabilmente avrei dovuto mollare anche allora, ma sono testardo.»

La stanza si fa pesante sotto il carico delle sue parole, l'aria carica di storie condivise.

«Non hai mollato», dico.

«Nemmeno tu.»

È chiaro che per oggi abbiamo fatto tutto il possibile. Raccolgo le mie cose con efficienza consumata, un rituale tanto preciso quanto vuoto.

«Pensi mai che lavoriamo così tanto perché è più facile che affrontare il resto della vita?», chiede.

La domanda riecheggia. Mi concentro sul riordinare le mie cose piuttosto che guardarlo. Computer nella borsa, appunti impilati, penne allineate. «Lavoro perché sono brava a farlo», dico, e le parole suonano meccaniche perfino alle mie orecchie.

«Questo è un dato di fatto», risponde Noah, la sua voce più vicina. «Però non risponde alla domanda.»

Alzo lo sguardo, catturata dalla calma intensità del suo. Sta aspettando qualcosa di più, qualcosa di vero, qualcosa di umano.

«Cos'altro c'è?», svio la conversazione. «Al di fuori di questo?»

Lui non risponde subito, si limita a guardarmi con una comprensione che è quasi insopportabile.

«La vita», dice infine.

Infilo una penna nella borsa, infastidita dal suo rifiuto di stare ferma, infastidita da tutto.

«Forse per alcune persone.»

Noah non molla la presa. «Tu sei una di quelle persone, Lily.»

La pacata convinzione nella sua voce è esasperante e, per un secondo, considero di andarmene, lasciandolo lì con le sue scomode verità e i suoi occhi incrollabili. Ma non posso. Qualcosa mi inchioda sul posto, mi lega a questa conversazione come la forza di gravità.

«Ti sbagli», insisto, in un ultimo disperato tentativo di recuperare una parvenza di controllo. «Il lavoro non è più facile. È solo meglio.»

«Ne sei sicura?»

Devo spezzare questa connessione, questa comprensione che minaccia di disfare tutto ciò che ho costruito. «E tu, allora?», ribatto. «Sempre qui. Sempre a lavorare. Forse sei tu quello che sta evitando qualcosa.»

Lui annuisce leggermente, un movimento lento e conciliante. «Forse», ammette, ma non c'è difesa nelle sue parole. Solo un riflesso di ciò che vede in me.

«Devo andare», dico, con la voce più aspra di quanto volessi.

Noah non cerca di fermarmi. Mi guarda solo con la stessa espressione consapevole, e odio quanto mi faccia sentire esposta.

«Ci vediamo domani?» Le sue parole sono gentili, un promemoria del fatto che sarà ancora qui.

Annuisco, incapace di fidarmi della mia voce, e mi volto per andarmene.

La porta si chiude alle mie spalle, ma la distanza non attutisce la domanda che ora si è annidata nella mia mente. *Lavoro davvero così tanto per evitare tutto il resto?* Non lo so. Pensavo di no, ma ora, con l'intuizione di Noah scomodamente insediata dentro di me, non sono più sicura di niente.

Cammino lungo il corridoio, il suono dei miei passi vuoto nella sala deserta. Ogni passo mi allontana dalla sala relax, ma mi avvicina alla consapevolezza che forse Noah non ha torto. Forse sono solo troppo spaventata per ammetterlo.

OTTO

❤

NOAH

Lily si strofinò le mani come se cercasse di lavarsi via la pelle. La superficie d'acciaio del lavandino era un campo di battaglia di sangue e acqua, e le sue spalle erano così tese che mi stupivo non si fossero ancora spezzate. Dalla soglia della porta, vedevo quanto fosse meccanico il suo gesto, come forzasse i movimenti anche quando le braccia iniziavano a cederle. Era appena uscita da un intervento di sei ore, ma era ancora lì, a lavarsi come se un altro cuore stesse per finire sul tavolo operatorio da un momento all'altro.

Guardandola, mi ricordai perché non riuscivo mai a decidere se esserne affascinato o terrorizzato. Mi appoggiai al muro, a braccia conserte, cercando di non dare l'impressione di aspettare che crollasse per prenderla al volo.

Sei ore in sala operatoria e faceva a malapena una piega. Era impressionante, certo, ma la sua implacabilità, il fatto che non riuscisse a fermarsi, era ciò che mi frenava. Anche quando era sfinita, continuava a spingere, a strofinare, come se bastasse lavorare abbastanza sodo per ottenere quello che voleva. Mi chiesi, non per la prima volta, cosa ci sarebbe voluto per farla smettere.

Mentre Lily chiudeva il rubinetto, vidi le sue mani tremare per un istante prima di afferrare un asciugamano, asciugandosi le dita come se le stesse contando una per una, controllando che fossero ancora tutte lì. Ancora ottimali.

Erano momenti come questo che mi facevano considerare di intervenire, ma poi mi ricordavo: lei era una forza della natura. Un uragano. Quel tipo di disastro naturale a cui danno nomi di donna, e quando ti trovi nel mezzo o impari a tenerti forte o vieni spazzato via.

Credo di capirla. Ma in quel momento mi stavo chiedendo se tutta quella storia del "lavoro finché non ti cadono le mani" fosse la sua versione di una richiesta d'aiuto. Una minuscola, microscopica parte di me voleva correre da lei e dirle che andava bene prendersi una pausa. Ma una parte più grande, più incline all'autoconservazione, sapeva che sarebbe stato come gettarsi in un vulcano. Forse stava solo aspettando che qualcuno glielo facesse notare. O forse era semplicemente convinta che non ci fosse altro modo.

Il fatto che fosse innegabile di cosa avesse paura non aiutava. Fallimento. Debolezza. Li trattava come malattie che doveva debellare dal suo sistema. Capivo perché lo facesse, la pressione a cui era sottoposta, ma vorrei che vedesse quello che vedevamo noi: un chirurgo così talentuoso che faceva male solo a guardarla tentare di essere di più.

Più perfetta. Più preparata. Più in controllo.

Si asciugò le mani, gettò via l'asciugamano e, senza perdere un secondo, tornò a grandi passi verso il caos che la teneva in vita.

C'era ammirazione, certo, ma ora? Ora, iniziava a somigliare molto a preoccupazione.

Ricordavo quando aveva un'aria un po' più rilassata, meno incline a farsi scoppiare una vena alla ricerca della perfezione.

In quel periodo, però, l'ambizione l'aveva caricata a tal punto che non ero sicuro di dove finisse lei e dove iniziasse la pressione.

Guardandola ora, era chiaro che non lo sapeva neanche lei. Afferrò la cartella clinica più vicina, con gli occhi che ardevano della stessa intensità che aveva dal primo giorno, e si gettò nel suo prossimo intervento. Nessun segno di voler rallentare.

La luce della saletta relax ronzava come una zanzara ed emanava all'incirca lo stesso calore. Me ne stavo seduto nella penombra con una tazza vuota e troppi pensieri per la testa, così quando vidi Lily passare davanti alla porta, fu come un'ancora di salvezza.

«Caffè?» la chiamai, guardandola rallentare fino a fermarsi.

Per un momento, sembrò che stesse soppesando i rischi, come se una dose di caffeina potesse essere una droga di passaggio verso qualcosa di più terrificante, tipo il contatto umano. Entrò comunque, e io mi alzai in un lampo, versandole una tazza di caffè che miracolosamente non aveva tre giorni. Nel porgergliela, aggiunsi gratuitamente un sorriso sbieco.

Prese la tazza come se si aspettasse che scottasse. Non ne fui sorpreso. La maggior parte delle volte, Lily trattava i miei tentativi di amicizia come avrebbe trattato un ceppo batterico sconosciuto: avvicinarsi con cautela e prepararsi al peggio. Ma oggi c'era qualcosa di diverso. I suoi occhi incontrarono i miei per un secondo, e ci fu un barlume di incertezza, un'esitazione che mi fece pensare che forse, solo forse, era stanca quanto me di fingere che non ci influenzassimo a vicenda.

La osservai mentre si accomodava su una sedia, e il silenzio tra noi non era così imbarazzante come avrebbe dovuto essere. Era un gioco a chi molla per primo, questa cosa tra noi. Lei era mezza convinta che abbassare la guardia avrebbe portato a una catastrofe, e io ero mezzo terrorizzato che si rendesse conto di non doversi accontentare del casino che ero io. Il modo in cui sedeva, con quello spazio in più tra lei e il tavolo, era come un promemoria del fatto che era lì solo per un periodo di prova.

«È un miracolo che tu sia riuscito a trovare la saletta relax» dissi, rompendo il silenzio con quello che speravo fosse il giusto mix di presa in giro e sincerità. «Non pensavo comparisse sul tuo radar senza un cuore gigante attaccato.»

Rimase in silenzio per un attimo di troppo, abbastanza a lungo da farmi temere di aver esagerato con la battuta. Ma poi gli angoli della sua bocca si piegarono leggermente all'insù, la cosa più vicina a un sorriso che la dottoressa Lily Harper potesse rischiare al lavoro.

«Mi sono persa» rispose lei, impassibile. «Ho pensato di fermarmi per chiedere indicazioni.»

Provai una sorta di sollievo e mi appoggiai allo schienale della sedia, lasciando che la tensione scivolasse via. Era quello il momento: la pausa, il barlume, la breve possibilità di sedere l'uno di fronte all'altra e fingere che non ci fosse un passato, nessuna aspettativa, nessun groviglio di sentimenti in attesa di mettersi in mezzo.

«Dovrei farti fare un tour?» chiesi, la voce un po' più leggera, la speranza un po' più alta. «O ti lascio semplicemente una mappa?»

«Dipende» disse lei. «È qui che mi dici che dovrei passare più tempo a rilassarmi?»

«È la prima tappa del tour» la rassicurai, «subito dopo la postazione del caffè.»

Rimanemmo di nuovo in silenzio, ma questa volta era un silenzio piacevole, riempito dal ronzio del distributore automatico e dai suoni lontani della vita dell'ospedale che sembravano appartenere a qualcun altro. Avevo visto Lily in ogni possibile crisi, l'avevo guardata superare una dozzina di emergenze solo con la sua mente e la sua volontà, ma questo, sederle di fronte, sentire il divario tra noi restringersi, era una vittoria a sé stante.

«La prossima volta, dammi solo la mappa» disse, e non potei fare a meno di sorridere.

Il mondo fuori poteva aspettare. La chirurgia poteva aspettare. Per un momento, l'unica cosa che contava era lo spazio tra noi e come continuava a ridursi.

La stanza si immerse in un'atmosfera più quieta quando vidi l'espressione di Lily cambiare, la sua spavalderia assottigliarsi in qualcosa di più reale. La sua voce era quasi un sussurro, ogni parola carica di paure inespresse.

«Non posso rischiare un singolo errore.» Era una confessione, nuda e vulnerabile, la verità che non lasciava mai vedere a nessuno. Rimasi in silenzio, dandole lo spazio per parlare e la possibilità di fare marcia indietro, ma le parole aleggiavano tra noi, una fragile testimonianza di tutto ciò che cercava di nascondere.

Nella pausa che seguì, la osservai, incerto se si fosse pentita di averlo detto, se stesse per ritirarsi nel suo guscio. Ma non lo fece. Invece, c'era una crudezza nei suoi occhi, un'incertezza così diversa dalla Lily sicura di sé e imperturbabile che mi ero abituato ad aspettarmi.

Volevo allungare la mano sul tavolo e stringere la sua, per mostrarle che capivo, ma sapevo che non era il caso. Probabilmente sarebbe fuggita al minimo movimento.

«Non devi rischiarlo» dissi dolcemente, sapendo quanto le fossero costate quelle parole. «Non da sola, comunque.»

Non trasalì, non si chiuse in sé stessa come mi aspettavo. Fu un piccolo miracolo. Invece, mi guardò con qualcosa di simile all'incredulità, come se stesse ancora aspettando la battuta finale. Ma io ero serio. Più di quanto lei immaginasse. La sua bocca si aprì leggermente, ma non uscì nessuna parola, and for a moment, I see the La Lily che nessun altro riesce to see.

Vulnerabile. Insicura. Umana.

«Forse non hai bisogno di portare l'intero ospedale sulle tue spalle» continuai, la mia voce poco più di un mormorio, cercando di non spaventarla.

Le dita di Lily tremarono contro la tazza di caffè, e mi chiesi se avrebbe rotto il silenzio con altra onestà o se si sarebbe nascosta dietro le sue solite difese.

«Pensi che io sia troppo seria» disse infine, una nota di sfida nella voce. Mi resi conto che stava lottando, combattendo l'impulso di rifugiarsi nel sarcasmo e nell'arguzia pungente, ma lo sforzo la lasciava più fragile, quasi rassegnata.

«Penso che tu sia straordinaria» risposi, e i suoi occhi si spalancarono come se non si aspettasse che lo dicessi. Diavolo, non mi aspettavo di dirlo neanch'io, ma eccolo lì, allo scoperto. «Ma penso anche che vada bene non essere perfetti.»

«Sono abitudini difficili da perdere» borbottò, quasi tra sé e sé. Distolse lo sguardo.

«È tardi» disse bruscamente, la vecchia Lily che riemergeva, determinata a cambiare argomento prima che diventasse troppo personale.

La porta della saletta si aprì di colpo e Marcus entrò bruscamente, frantumando la fragile intimità del momento.

«Sto interrompendo qualcosa?» chiese con quel suo ghigno tipico, quello che diceva che conosceva già la risposta. Guardò da me a lei, cogliendo l'atmosfera carica e il modo in cui Lily era ancora in piedi, come se fosse incerta se risedersi o scappare. «Scusate, piccioncini, ma devo rubare Noah per un consulto.»

La tensione nella stanza scoppiò come una bolla di sapone, lasciando dietro di sé un'aria diversa, più leggera ma altrettanto piena. Colsi il lampo di confusione negli occhi di Lily, il modo in cui la presenza di Marcus la destabilizzava, e non riuscii a decidere se ringraziarlo o prenderlo a pugni.

«Andiamo, Romeo» insistette Marcus, chiaramente divertendosi per l'interruzione più del dovuto.

Lily rimase in silenzio, e sapevo che stava elaborando, ricalibrando, cercando di capire cosa fosse appena successo. Non era solo l'interruzione ad averla colta di sorpresa, era quanto eravamo stati vicini, quanto fosse diventato reale prima di essere costretti a tornare alla realtà.

«Scusate» disse Marcus, ma il luccichio nei suoi occhi suggeriva che era tutto tranne che dispiaciuto. «Non mi ero reso conto che voi due stavate avendo un momento.»

Ero quasi alla porta quando mi fermai, mezzo tentato di dire a Marcus dove infilarsi le sue scuse, ma mi accontentai di lanciare a Lily un ultimo, insistente sguardo.

«Il prossimo caffè lo offri tu, Harper» le gridai, assicurandomi che sapesse che non mi sarei tirato indietro.

Non rispose, non ce n'era bisogno.

Marcus non perse un colpo mentre ce ne andavamo. «Pensavo di trovarti a sonnecchiare qui dentro, non a corteggiare la dottoressa Harper.»

«Si chiama conversazione.»

«Conversazione» ripeté Marcus, divertito. «È così che la chiamano i giovani, oggi?»

Mi voltai indietro, sperando di vedere Lily uscire dalla saletta, ma vidi solo la porta chiusa prima che Marcus mi trascinasse via e dietro l'angolo.

«Hai intenzione di fare la tua mossa, o ti limiterai a startene seduto con il tuo caffè e i tuoi sentimenti irrisolti?» chiese Marcus.

«Forse entrambi» risposi, mezzo serio, mezzo stando al gioco. «Multitasking.»

«Allora, qual è la diagnosi?» chiesi a Marcus, sviando il discorso, ma не fino in fondo. La mia mente era ancora in quella saletta, ancora con Lily.

«Che sei un caso perso» rispose, ed è all I can do not to laugh.

Forse aveva ragione. Forse lo ero.

NOVE

— ♥ —

LILY

Sono un vero disastro negli eventi mondani, e questo è il Monte Everest di tutti gli eventi. Il Galà di Beneficenza dell'Emerald Bay Medical Center. Arricchito dall'odore di profumi costosi e disperazione. Mi aggiro vicino all'ingresso, valutando una folle corsa verso la libertà, ma un ricco donatore mi punta prima che io possa fuggire.

«Dottoressa Harper!» esclama con entusiasmo.

«Sì. Salve.»

«L'ho vista a quella cerimonia di premiazione» continua, ignaro. «Miglior specializzanda in chirurgia! Ho detto a mia moglie: "Ecco una giovane donna che andrà lontano"».

«Molto gentile da parte Sua.» Mi chiedo se valga la pena trovare una pianta in vaso dietro cui nascondermi. Non mi lascia muovere di un centimetro.

Sembra compiaciuto, come se avessi appena accettato di fare una dimostrazione dal vivo di un intervento a cuore aperto nel suo salotto. «Come ci si sente a essere così affermata alla Sua età?» Fa una pausa per darmi una pacca di congratulazioni sulla spalla, i suoi gemelli che luccicano sotto le luci della sala da ballo.

Uso il vecchio trucco di salutare con la mano un amico immaginario appena arrivato e mi scuso.

L'ingresso è la mia zona sicura. Una mossa ben calcolata e sarò sparita prima che qualcuno se ne accorga. Tiro il mio vestito: nero, pratico, qualcosa che potrò indossare di nuovo se mai mi trascineranno a un altro di questi eventi. Mi fa sembrare come se stessi andando a una riunione del consiglio di amministrazione, ma almeno non urla "Guardatemi!" come tutto il resto nella stanza. Darei qualsiasi cosa per sparire, ma la mia coscienza non mi permette di saltarlo. Specializzanda in chirurgia vince un prestigioso premio, snobba il galà di benefi-cenza per bere vino da sola in pantaloni della tuta. Mi perse-guiterebbe per tutta la notte. Non che stare qui sia meglio, ma almeno adesso sono perseguitata e ho dello champagne gratis.

Studio la sala, prendendo nota delle uscite e dei probabili ostacoli. Il tintinnio dei bicchieri e le risate forzate rimbalzano sui soffitti alti, riempiendo l'aria di rumore e allegria indeside-rata. Un mare di completi costosi e vestiti di paillettes si confondono, uno più vistoso dell'altro. Sessanta ore questa settimana, mi dico. Sessanta ore, e questa è la mia ricompensa. Mi fanno male persino i piedi, e non indosso i tacchi. Una delle mie poche decisioni sensate.

Prima che possa trovare un angolo tranquillo in cui nascondermi, una donna si avventa su di me e mi inchioda sul posto. Sulla cinquantina inoltrata, trucco perfetto, indossa quella che sembra una torta nuziale scongelata. La riconosco come la moglie di uno dei medici primari. Cosa ancora più importante, la riconosco come una vecchia conoscenza di mia madre.

«Lily Harper» dice, come se stesse scoprendo un tesoro sepolto. «Mi era sembrato di vedere il Suo nome nel program-ma.» I suoi occhi brillano di curiosità, come se stesse per chiedermi se avessi già accalappiato un ottimo partito. «Sento dire che si sta facendo un nome.»

Le rivolgo lo stesso sorriso tirato che ho perfezionato per tutta la serata. «Lavoro solo sodo e cerco di restare a galla.»

Mi fa l'occhiolino come se stessimo condividendo una barzelletta spinta. «Oh, sono sicura che sta facendo molto più di questo.» Poi, a voce più bassa: «Come sta Suo padre? Fissa ancora standard impossibili per noi comuni mortali?»

«Sta bene.» *Implacabile, emotivamente non disponibile, probabilmente a casa a leggere una rivista medica con un bicchiere di scotch.* «Gli dispiacerà essersi perso questo evento.»

«Ne dubito fortemente» dice, proprio mentre il donatore si riappropria della conversazione. Il suo consiglio trafigge le chiacchiere di lui.

«Tenga d'occhio un certo medico del pronto soccorso. Il dottor Carter.» Il suo tono è denso di sottintesi minacciosi. «Una pessima influenza.»

Quasi mi metto a ridere. *Noah Carter. Una pessima influenza?* È abbastanza vero, ma sentirlo dire dalla moglie di uno dei medici più anziani mi coglie di sorpresa.

La mia espressione sbalordita non fa che incoraggiarla. «Lei è una persona molto determinata» mi dice. «Lo ammiro.»

«Grazie.» Mi prude la nuca. La sua mano, pesante di diamanti, si posa sul mio braccio, e il donatore ricomincia.

«Questo ospedale è fortunato ad avere una persona come Lei» esclama raggiante. «Tutti questi giovani e attraenti dottori che lavorano così a lungo insieme. Che bella cosa per Lei.»

Il mio sorriso si congela. Sento già che domani avrò male alle guance.

«Peccato che mio marito sia andato in pensione» scherza la moglie, squadrandomi come se fossi un dessert sontuoso che sta tenendo da parte per dopo. «Lei sarebbe un'influenza molto migliore.»

«Una bella combinazione» interviene il donatore. «La Sua determinazione, e dei geni così buoni!»

«Scommetto che ha anche un fidanzato papabile» dice lei.

«No» rispondo, distogliendo lo sguardo. «I miei impegni non me lo permettono.» Sfodero un sorriso zuccheroso, del tipo che mi faceva finire in punizione per mancanza di rispetto quand'ero più giovane. «La medicina è il mio unico e solo impegno.»

«Beh» sospira lei. «Almeno non deve preoccuparsi di essere distratta.»

Saranno pure insopportabili, ma su questo hanno ragione. La stanza si sta facendo afosa, come se tutti si stessero accalcando per vedere chi può sferrare il pugno socialmente più accettabile.

Mi lancia uno sguardo lungo e compassionevole. «Abbiamo saputo della Sua amica a Boston.»

La mia amica? Sono troppo stanca per capire a cosa si riferisca, poi realizzo. Sarah, l'ex specializzanda di mio padre. Ha lasciato cardiochirurgia per un posto da insegnante l'anno scorso. Scandaloso.

«Dev'essere stato un duro colpo perdere il Suo mentore» dice con finta compassione. «Ma d'altronde, Lei è sempre stata quella autosufficiente, non è vero?»

Più che altro, quella sacrificabile, penso, ma non lo dico. «Lei mi conosce» riesco a dire.

Un cameriere passa con un vassoio di flûte di champagne. Ne afferro uno e lo svuoto a metà prima di riuscire a dissuadermi. La donna sta ancora snocciolando i suoi pettegolezzi medici e sociali mentre i miei occhi scrutano di nuovo la sala.

Individuo Noah dall'altra parte della sala da ballo. L'inconfondibile ciuffo di capelli biondo scuro, il sorriso disinvolto. Lo trasandato medico del pronto soccorso, la pessima influenza, la spina nel mio fianco. In qualche modo, riesce persino a sembrare a suo agio qui. Probabilmente perché non gli importa di non esserlo. Il suo abito blu scuro gli cade con naturalezza, come se se lo fosse messo all'ultimo minuto, cosa che probabilmente ha fatto. È circondato da un gruppo di colleghi che parlano tutti insieme. Marcus, il suo fidato braccio destro, gli dà una pacca sulla schiena e fa una battuta che non riesco a sentire. Dubito che sia divertente.

Noah si stacca dal suo gruppo e inizia a venire verso di me. Sento l'attenzione spostarsi mentre si avvicina, con i donatori curiosi di vedere cosa potrebbe succedere. Ora è abbastanza vicino da poter leggere l'espressione fastidiosamente sicura sul suo volto, la stessa che ha quando prende in carico i miei casi di trauma, come se mi stesse facendo un favore.

Si ferma accanto a me, con le mani in tasca, come se avesse tutto il tempo del mondo. La sua presenza suscita una nuova serie di domande.

«State lavorando a un progetto emozionante insieme?» vuole sapere il donatore.

Sua moglie annuisce. «Sì, prego.»

«Solo se quel progetto include un open bar» risponde Noah, con un sorrisetto che potrebbe essere affascinante se non lo conoscessi meglio. Se la cava facilmente, scherzando sul galà, sulle bollicine scadenti, sui discorsi orribili. È quasi impressionante la rapidità con cui devia la loro attenzione. «Ci aggiorniamo più tardi» dice loro. «Forse le permetterò anche di divertirsi un po'.»

Prima che io possa protestare, mi allontana, sorridendo mentre la band attacca un'altra canzone.

«Odi queste cose, vero?»

«Disperatamente.»

Indica la pista da ballo, dove le coppie ondeggiano nei loro smoking e abiti firmati. «Allora balla con me.»

Quasi mi strozzo con il mio drink. «Come, scusa?»

«Andiamo. Un ballo. Allontanati dai donatori per cinque minuti.»

Il motivo jazz attira le coppie sulla pista da ballo, dove ondeggiano con insopportabile eleganza. Sorseggio il mio drink e valuto le mie opzioni. È allettante, ma ammetterlo significherebbe ammettere una debolezza. D'altra parte, sono solo cinque minuti.

«E poi sembrava che avessi bisogno di essere salvata» aggiunge.

Sto per dire di no, per dirgli che è ridicolo, ma l'alternativa è tornare alla squadra degli interrogatori. Invece, gli afferro la mano e mi lascio condurre sulla pista da ballo.

Noah fa scivolare la mano sulla mia vita. Il suo tocco è disinvolto ma deliberato. Sono irritata e non so bene perché. Forse perché ha ragione su quanto io desideri essere ovunque tranne che a socializzare con ricchi donatori. Forse perché sta troppo bene in abito elegante per essere uno che vedo solo in camice.

«Rilassati, Harper» mormora. «Non ti pesterò i piedi.»

«Sono più preoccupata che tu non mi pesti l'ultimo nervo che mi è rimasto.»

«Dovresti essere lusingata» dice lui. «Non faccio questo genere di sforzo per chiunque.»

«Quasi nessuno sforzo, direi» dico. «È quasi come se non ci stessi nemmeno provando.»

Mi attira più vicino. «Chi dice che non ci sto provando?»

La domanda aleggia tra di noi. Non posso lasciargli vincere questa.

«Non posso credere di starlo facendo» dico, sviando il discorso.

I suoi occhi incontrano i miei, saldi. «Ballando?»

«Ballando con te.»

Ride, una risata bassa e calda. «Il mio regalo per te» dice. «Essere bloccata con me per cinque interi minuti.»

«Sai che te la farò pagare più tardi.»

«Ci conto.» Mi attira ancora più vicino, e posso sentire il

battito costante del suo cuore contro il mio petto. Corrisponde al ritmo della musica, all'ondeggiare dei nostri corpi, alle cose che non stiamo dicendo.

«Sei una chirurga incredibile, Harper.» Lo dice come se conoscesse il peso di ogni parola. «Ma devi davvero iniziare a goderti la vita ogni tanto.»

«Questo è... incredibilmente condiscendente.»

Voglio accusarlo di essere un saputello, di essere spericolato con la sua carriera e con questo ballo. Ma le parole non escono, e il mio cercapersone mi dà la scusa di cui ho bisogno.

«Ti stai divertendo, non è vero?» borbotto, e non aspetto una risposta. Mi allontano mentre la canzone raggiunge la sua ultima, straziante nota, e Noah rimane fermo in mezzo alla pista da ballo.

Mi guarda andare via, la sua espressione un misto di divertimento e qualcosa che non riesco a decifrare. La cosa mi innervosisce, e fingo di non notarlo.

Non posso credere di avergli permesso di colpirmi in questo modo. Il petto mi si stringe per l'irritazione e non si allenta, nemmeno mentre mi faccio largo tra la folla e finalmente raggiungo la porta. Mi dico che non mi disturba il modo in cui mi ha guardata, o il fatto che non mi stia correndo dietro.

DIECI

NOAH

Le bollicine nel mio champagne sono svanite da un pezzo, ma sono ancora ai margini della pista da ballo, con il bicchiere in mano, come se Lily potesse in qualche modo materializzarsi di nuovo al gala. Tornare a quel quasi-istante in cui era qui, con la mano sulla mia spalla e gli occhi nei miei. Ora ci siamo solo io, la folla sfarzosa e l'eco della musica; io e il monito che l'ospedale possiede lei più di quanto vorrei. So che dovrei lasciar perdere, che so esattamente cosa significa essere cercati d'urgenza, ma il vuoto che ha lasciato mi attira più del dovuto.

La cosa strana è quanto fosse sembrato un momento intimo, come se stessi per vedere la vera Lily, quella che tiene sotto chiave, dietro un'intera torre di cercapersone e scuse. È come se ci fosse stato un vero battito cardiaco umano sotto tutta quell'ambizione, un battito cardiaco che quasi corrispondeva al mio prima di scomparire nell'ala chirurgica dell'Emerald Bay. Questa volta è rimasta per venti minuti interi, e sembrava persino che si stesse divertendo a ballare con me.

C'è stato un secondo, un nanosecondo, in cui sembrava che

fossimo le uniche due persone presenti. I suoi occhi dicevano qualcosa che il resto di lei non avrebbe osato dire. *Forse vulnerabilità? Un barlume di incertezza?* Prima che potessi capirlo, era sparita, lasciandomi solo con un bicchiere di champagne piatto quanto le mie possibilità.

Si è scusata. Sono sicuro che fosse sincera, a quel suo modo tagliente e diretto. Ma questo non cambia la velocità con cui è corsa via. Non cambia il fatto che ogni dannata volta che ci avviciniamo, lei scappa in sala operatoria come se ci fosse una gara a chi muore più in fretta di superlavoro.

Il punto è che non la biasimo per essersene andata. Un intervento d'urgenza batte qualunque diavolo di cosa ci sia tra noi. Lo capisco. Non è che non sia mai stato richiamato nel bel mezzo di qualcosa. Ma porca miseria se la tempistica non fa schifo. Non poteva sapere che non avevo mai aspettato nessuno prima. Che lei sarebbe stata la prima.

Il vuoto della pista da ballo riflette il vuoto che si è lasciata alle spalle. Ci sono solo completi, paillettes, risate e chiacchiere, l'intero dipartimento che si diverte un mondo fingendo di avere una vita fuori dall'ospedale. La musica riecheggia sulle pareti e sui bordi della mia stessa indecisione, senza raggiungermi del tutto. Senza di lei, tutto il resto sembra rumore di fondo. La festa sembra piatta quanto la bottiglia di Dom che hanno aperto un'ora fa.

Mi chiedo come reagirebbe se sapesse lo stato in cui mi ha lasciato. Si sentirebbe in colpa per l'interruzione? O sollevata? Non voglio immaginare il sorrisetto sul suo volto, quello che dice *te l'avevo detto* senza mai aprire bocca. Lily Harper, regina dell'indisponibilità, che scompare sempre, dimostrando sempre di avere di meglio da fare. Eppure, in qualche modo, lei conta in un modo che non posso semplicemente scrollarmi di dosso, che non posso ignorare.

Quando diavolo sono diventato questo tipo? Il tipo fissato con una donna che non può nemmeno restare per un ballo stupido?

Io non cerco legami. O almeno, non li cercavo. Con Lily è una storia diversa. Lei è tutta legami, come un gomitolo aggrovigliato, e io sto cercando di trovare l'inizio, la fine, qualsiasi cosa a cui aggrapparmi. È maledettamente ironico, essere lasciato in asso alla mia stessa festa emotiva. Normalmente, a quest'ora sarei già a metà strada per dimenticare, cancellando tutto con un whisky in un bar malfamato con Marcus o perdendomi tra le lenzuola con una donna che non richiede delle pinze idrauliche per essere aperta.

Ma lo spazio che ha lasciato è troppo grande da ignorare, il silenzio troppo forte. Devo ricordarmi di respirare, di rimanere ancorato, altrimenti fluttuerò via nello stesso oblio in cui è finita lei. Il fatto che sia venuta a questo gala è già qualcosa. Deve essere qualcosa, giusto? Per Lily, impegnarsi in cinque minuti di conversazione spicciola è praticamente un matrimonio. Quindi cosa significa che sia rimasta abbastanza a lungo da dirmi che doveva andare?

t>

Non si tratta solo del fatto che se n'è andata. Si tratta di come mi ha lasciato, in piedi ai margini di tutta quella dannata sala da ballo, a guardare e sperare come un idiota che tornasse. È una sensazione nuova, essere quello che viene lasciato indietro. Nuova e, francamente, un po' una merda. È quasi abbastanza da farmi arrendere.

Quasi.

Le piacerebbe, no? Le piacerebbe che gettassi la spugna e dicessi, ci ho provato, Lily, ma sei una causa persa. Le piacerebbe che interpretassi il ruolo dell'amante abbandonato così da poter fingere che non le importi. Finisco lo champagne in un sorso, assaporando finalmente il gusto amaro e piatto che mi è rimasto in mano per troppo tempo. È un promemoria di ciò che farò per evitare che questa storia finisca, come l'inizio di una qualche stupida storia strappalacrime.

Questa non è solo una sfida. È *la* sfida, l'unica che mi abbia mai fatto riconsiderare la mia strategia. Anche se non so quale sia la mia prossima mossa, so che non è questa. Appoggio il bicchiere sul bordo del tavolo più vicino e lascio che la musica svanisca intorno a me, una stupida, speranzosa nota alla volta.

Marcus appare alle mie spalle, con le braccia conserte, come se avesse aspettato tutta la notte per tendermi un'imboscata.

«Un lento con la Regina di Ghiaccio, eh?» riesce a malapena a trattenere un ghigno. «Pensavo fossi allergico alle donne che indossano sia ballerine che ambizione.» Alzo gli occhi al cielo, ma non provo nemmeno a negarlo. «Non mi aspettavo di vederti con gli occhi a cuoricino al gala»

«Mi piace», ammetto, tanto a me stesso quanto a lui.

Scuote la testa con uno sguardo complice.

«Ti rendi conto che non è il tipo da una botta e via, vero?»

«Lo so» dico, più serio di quanto vorrei sembrare. «Non l'avevo previsto.»

«Non mi dire. Il tuo piano di solito include molti meno specializzandi in chirurgia e molte meno suppliche.» Ha ragione, e lo sappiamo entrambi. Questo non mi impedisce di fingere che non sia così.

«Sono pieno di sorprese, Marcus. Tu, più di chiunque altro, dovresti saperlo.»

Mi studia come se fossi uno dei nostri casi di trauma, di quelli che richiedono un bel po' di lavoro per essere dipanati. «Allora, qual è il piano? Aspetterai finché non deciderà che le piaci anche tu? Spererai che ti inserisca nel suo programma chirurgico?»

«Hai finito?»

«Non sapevo fossi un tale masochista, Carter», dice, scuotendo la testa. «Solo non venire a piangere da me quando ti mollerà per un bypass coronarico.»

«Posso gestirla.» È un riflesso, ma non una bugia.

«Sul serio, amico. Lily è diversa. Non è come le altre.»

«Meglio», dico, e lo penso davvero.

«Beh, per la cronaca, penso che potresti essere con l'acqua alla gola.»

Lily attraversa il corridoio dell'ospedale come se il ballo di ieri sera non fosse mai accaduto. Questa mattina ha eretto muri così alti che mi sorprendo non violino il regolamento edilizio. È sparita la donna del gala, quella che mi aveva quasi permesso di vederla. Ora è tutta dottoressa Harper, tutta sbrigativa e professionale e troppo concentrata sulla lavagna del triage per notarmi.

Rimango indietro, senza volerla spaventare e farla scappare. Invece, resto a guardare il suo modo di lavorare, il suo modo di evitare. I suoi occhi mi sfiorano per mezzo secondo prima di passare al paziente successivo, fingendo di non sapere che sono ancora qui.

È questa la cosa di Lily. È dannatamente brava a fingere, a passare da vulnerabile a invincibile in un modo che quasi mi fa dubitare che la scorsa notte sia stata reale. Ma so che lo è stata. Ho visto come ha esitato, la sensazione che sarebbe rimasta, se non fosse stato per un'emergenza chirurgica.

Gli specializzandi sono terrorizzati da lei, e persino i primari mantengono una distanza di sicurezza. Colgo frammenti di conversazione mentre la seguo lungo il corridoio, parole come "acuto" e "resecare" e "è un caso della dottoressa Harper?". Si mescolano al rumore bianco di una normale mattinata all'Emerald Bay, un chiacchiericcio di sottofondo che non può competere con l'unica domanda che mi interessa: dov'è finita la Lily di ieri sera?

Mi avvicino, sperando in un'apertura, ma è sigillata più ermeticamente della sala operatoria per cui mi ha piantato. È impressionante, davvero. La sua capacità di compartimentalizzare è alla pari con la sua capacità di eseguire un intervento a cuore aperto. Entrambe sono esasperanti e in un certo senso geniali.

Aspetto che non ci sia nessun altro in giro, finché il rumore e il trambusto non si attenuano abbastanza da non potermi ignorare. «Lily», dico, il più casualmente possibile.

Lei alza lo sguardo, sorpresa di vedermi. La sua professionalità vacilla per una frazione di secondo prima di tornare al suo posto. «Dottor Carter», dice, tutta lavoro, tutta efficienza.

«Mi sei sparita» dico, cercando di alleggerire l'aria tra noi.

I suoi occhi si soffermano sui miei per un secondo di troppo, una frazione di frazione di secondo che mi dice che non sono l'unico a pensare a ieri sera. «C'era un aneurisma rotto» dice. «Rischiava la vita.»

«E quindi? Non ti vedrò fino al prossimo gala?»

«Abbiamo priorità molto diverse, Noah» dice, tornando alla lavagna del triage. «Le abbiamo sempre avute.»

«È un peccato» dico, con tono più morbido ora. «Mi piaceva la direzione che stavano prendendo le nostre priorità.»

Si blocca, un'imperfezione nella sua efficienza solitamente impeccabile, prima di continuare a esaminare la lavagna. La lascio fare, sapendo che sguardo avrebbe se insistessi troppo. L'ho già visto, sul volto di altre donne. Ma non così. Non come se importasse.

Ci muoviamo lungo il corridoio, fianco a fianco, ma distanti chilometri. Non mi concede molto, solo la più piccola delle esitazioni, ma è abbastanza.

I nostri percorsi si incrociano con un gruppo di specializzandi, e posso dire dalle loro espressioni che sono terrorizzati da lei.

«Dottoressa Harper» dice uno di loro, ansimante e impaziente. «Abbiamo bisogno del suo parere su un consulto.»

Lei annuisce, efficiente e in controllo, ma prima di seguirli mi lancia un'occhiata. È per metà un avvertimento, per metà qualcos'altro, qualcosa che quasi mi fa pensare che Marcus abbia ragione e che io sia con l'acqua alla gola.

Faccio spallucce, il più disinvolto possibile, e lei scuote la testa con esasperazione e se ne va a passo di marcia.

Marcus incrocia il mio sguardo mentre lo supero nell'area traumatologica. Solleva un sopracciglio, un tacito *come sta andando?* che mi fa desiderare che non sia così bravo in questo.

Gli faccio un sorriso smagliante e non rallento.

Che pensi quello che vuole.

Mi perdo tra giri di visite, consulti, cartelle e pazienti, ma lei è lì, sempre lì. In fondo alla mia mente, nello spazio che ha lasciato, uno spazio meno vuoto di quanto non fosse ieri sera.

Ci incrociamo di nuovo più tardi, entrambi ci muoviamo troppo in fretta per fermarci, ma non così in fretta da non poterci scambiare un'occhiata. È una danza attenta, di prossimità e distanza, e mi fa venire voglia di cambiare la canzone, cambiare le regole.

Ricevo un breve sorriso di sbieco mentre passa veloce, un barlume della Lily che sapevo essere lì da qualche parte, ed è più di quanto pensassi di ottenere così presto. La guardo finché non scompare dietro un angolo, finché non sono io quello fermo mentre tutto il resto si muove intorno a me.

Marcus ha torto. Questo va bene. Meglio che bene. È esattamente il motivo per cui sono qui, esattamente il motivo per cui non sono ancora scappato.

Prendo una decisione in una frazione di secondo: giocherò secondo le sue regole, la aspetterò, ma non perché non so cosa fare dopo. Perché lo so.

Non si volta più indietro, ma non ne ha bisogno. Ho tutto il tempo del mondo.

Entro nella sala relax del personale con due caffè del bar, un miracolo di tempismo che fingo sia una coincidenza. «Quali sono le probabilità?» dico, porgendole la tazza con la perfetta quantità di zucchero e una quantità di distanza non così perfetta.

Lily solleva un sopracciglio ma la prende. È scettica, e non la biasimo.

«Dovresti essere al pronto soccorso», dice, non proprio accusatoria, più un'osservazione. Un test. Lo supero sedendomi.

«Marcus pensa di avere tutto sotto controllo. E sono propenso a essere d'accordo», dico. «Almeno finché non arrivano i veri disastri.»

Quasi sorride. Quasi.

«Penso che si riferisse a te.»

«Visto? Sa tutto.»

Lily prende un sorso, distoglie lo sguardo. La vedo considerare la sua prossima mossa, le sue prossime parole, e so che devo renderle le cose facili o scapperà più velocemente di quanto la sua tazza possa raffreddarsi. «Sono sorpresa che tu non abbia chiesto di più su ieri sera», dice alla fine, con cautela.

«Perché dovrei? So esattamente come è andata», dico. Non insisto, non menziono nemmeno il ballo.

Mi lancia un'occhiata, non credendoci ma disposta a lasciar correre. Per ora. «Davvero?»

«Certo. Eravamo entrambi lì», dico, poi faccio una pausa. «Beh, finché non ci sei più stata tu.»

Mi esce prima che possa fermarlo, e mi preparo a vederla chiudersi, escludermi, ma non lo fa. Scuote solo la testa e ride, un suono piccolo, a malapena udibile, che potrebbe essere la cosa più bella che ho sentito in tutta la settimana.

«Sei impossibile, Noah.»

«Così mi dicono», rispondo. «Spesso.»

Alla fine, annuisce a sé stessa, decisione presa. «Come procedi con le tue sezioni dei protocolli per i traumi?» chiede, cambiando argomento verso qualcosa di più sicuro, qualcosa di meno simile a una granata innescata.

«Bene», dico. «Anche se un parere alla Harper non guasterebbe.»

Seguo il suo esempio, parlando di casi e di politica ospedaliera, lasciando cadere la finzione che io sia qui per qualcos'altro che non sia esattamente questo. Lei. Noi.

È diverso dall'ultima volta, da tutte le volte precedenti. La tensione c'è ancora, ma non è così tagliente, così impossibile. Sta rendendo le cose più facili, permettendomi di avvicinarmi.

Mantengo viva la conversazione, lasciandola scorrere dalle cartelle cliniche alle rivalità, fino al distributore automatico che è senza Coca-Cola Light da tre giorni. Ogni nuovo argomento, ogni nuovo momento in cui non si chiude, sembra una vittoria.

Quando i nostri caffè sono finiti, parla più liberamente, più apertamente. Sfortunatamente, devo tornare al lavoro. Anche lei.

«Stessa ora domani?» chiedo, sapendo che sarò qui che ci sia o no, e sapendo che anche lei lo sa.

«Vedremo», dice, alzandosi e dirigendosi verso la porta.

Ma posso dire dallo sguardo nei suoi occhi, quello che mi lancia mentre esce, che non è un no.

Non questa volta.

Quattro lunghe ore dopo, salgo sul tetto dell'ospedale e respiro la fredda notte buia, sperando che mi schiarisca la testa con la stessa facilità con cui il resto della giornata l'ha annebbiata. Le luci della città mi rispondono da sotto, come se fossero tutte complici dello scherzo, come se sapessero esattamente quanto sono vicino a perdere la calma.

Mi appoggio alla ringhiera, cercando stabilità nella vista e nella consapevolezza che si è insinuata in me dalla scorsa notte. Ho passato la vita a evitare complicazioni, come se le relazioni fossero una specie di infezione da cui potessi vaccinarmi con sarcasmo e fascino. Ma poi c'è Lily. Non è come le altre. È stabile, brillante, esasperante e più complicata di quanto io mi sia permesso di ammettere. E per una volta, non è una cosa negativa.

Non sono abituato a questo, alla sensazione che il terreno possa crollarmi da sotto i piedi da un momento all'altro. Sono abituato a essere quello che se ne va, quello che si allontana con una scrollata di spalle disinvolta e un "ci vediamo". Ma ora, con lei, è tutto sottosopra. Ora sono io quello che aspetta, quello che non sa cosa succederà dopo. E dannazione se non è terrificante ed esaltante allo stesso tempo.

Chiudo gli occhi per un secondo, giusto il tempo di immaginare il modo in cui mi ha guardato nella sala relax, nel corridoio, come se non riuscisse a decidere se fossi reale o un'allucinazione particolarmente ostinata. So che sta cercando di capirmi, di capire cosa voglio, ma non si rende conto che sto cercando di fare la stessa cosa. Di capire in che diavolo di guaio mi sono cacciato, e perché non riesco a tirarmene fuori.

L'ospedale ronza sotto di me, il bagliore familiare delle luci fluorescenti che si riversa all'esterno come un costante promemoria che il lavoro non finisce mai. Non per lei. Non per noi. Forse è per questo che sono qui, perché non sto correndo nella direzione opposta, come mi sono addestrato a fare. Perché anche quando è immersa fino al ginocchio nel sangue e nei punti di sutura e sta salvando vite, non è mai troppo lontana. Mai così lontana da non poterla raggiungere.

Apro gli occhi e guardo di nuovo la città, cercando di vedere quello che vede lei, cercando di capire perché valga la pena dello sforzo, dell'attesa.

E ci riesco. Lo vedo. Vedo tutto il potenziale che si sforza tanto di nascondere, tutte le connessioni che lei pensa siano solo complicazioni. Tutti i modi in cui mi spinge a essere più di quanto sia mai stato disposto a essere. È frustrante e in un certo senso fantastico, e non credo di potermene andare anche se volessi.

Per la prima volta da un'eternità, non sono sicuro di essere all'altezza della sfida, ma sono certo che non mi tirerò indietro. Lei mi fa venire voglia di restare, mi fa venire voglia di scoprire cosa succede quando smetto di scappare e inizio a provarci.

Penso a tutte le volte che ho parlato per uscire da situazioni come questa, a tutti i modi in cui ho schivato i grovigli emotivi e i nodi in cui le persone si cacciano sempre. Era facile, essere quel tipo. Era semplice e prevedibile, e niente di simile a questo.

Questo è diverso. Lei è diversa. Mi fa venire voglia di cambiare i miei piani, di romperli e riscriverli e gettarli dalla finestra. È terrificante, quel tipo di terrore che mi fa venire voglia di vedere cosa verrà dopo.

L'aria è più fredda di quanto mi aspettassi, più tagliente e onesta di quella di sotto, dove tutto è confuso, affrettato e artificialmente caldo. La inspiro, sperando che mi irrobustisca i nervi and cacci via i dubbi che ho accumulato per anni.

Una sirena di ambulanza geme in lontananza, e so che lei è laggiù, nel bel mezzo del caos, probabilmente a sgridare uno studente di medicina che ha avuto il coraggio di sbattere le palpebre troppo forte. È intensa, è pazza, ed è tutte le cose da cui dovrei stare lontano ma da cui non riesco a staccarmi.

Stringo più forte la ringhiera, aggrappandomi alla mia

determinazione come se fosse l'unica cosa che mi impedisce di cadere, l'unica cosa di cui ho bisogno per superare tutto questo. E forse è così. Forse non mi sono mai avvicinato così tanto a qualcuno perché non volevo scoprire quanto in basso sarei caduto se non avesse funzionato.

Forse. Ma non è abbastanza per fermarmi questa volta. Non è abbastanza per annullare la decisione che ho già preso, quella che dice che ci sono dentro fino al collo.

Resto sul tetto finché la notte non diventa ancora più fredda, finché le luci dell'ospedale non iniziano a offuscarsi e la città sembra rallentare. Finché non sono l'unica persona al mondo che non è ancora andata a casa. E forse non ci andrò, non presto. Forse ho finalmente trovato qualcosa per cui valga la pena restare.

Forse, ma non forse. Sicuramente.

UNDICI

— ♥ —

LILY

Devo essere l'unica donna al mondo che può passare da un intervento a cuore aperto a un supermercato aperto tutta la notte senza cambiarsi il camice. Il posto è deserto, le corsie si estendono come corridoi d'ospedale vuoti. Le luci fluorescenti e intense ronzano sopra la testa, proiettando una familiare luce clinica. Mi sento quasi a casa.

Spingo il carrello con una determinazione che dice: entra, esci e, per l'amor di Dio, evita il contatto umano. Avena, caffè, latte di mandorla. Tutto ciò che mi serve per sostenere una vita che non prevede altro che lavoro e ancora lavoro. I piedi si trascinano un po' – perché, ammettiamolo, sono umana – ma la mia mente è già a metà dell'opera, calcolando il percorso più rapido per l'uscita.

Sterile. Efficiente. Queste sono parole che mi piacciono. L'aria condizionata ronza con la prevedibilità di una macchina ben regolata, e so che uscirò da qui in meno di quindici minuti se pianifico tutto bene. L'orologio ticchetta contro il mio polso, ogni secondo un promemoria che c'è un letto ad aspettarmi a casa... be', un materasso sul pavimento, a essere onesti. Un'altra comodità. Facile da spostare quando inevitabilmente cambierò appartamento, perché chi ha tempo per qualcosa di permanente?

Raggiungo l'avena e getto una confezione nel carrello senza rallentare il passo. La precisione del movimento farebbe invidia a un quarterback.

La gente definisce quest'ora un'ora assurda, ma vorrei informarli che Dio non c'entra niente con quello che faccio. Per me, mezzanotte è come mezzogiorno. Anzi, meglio. Niente code. Niente chiacchiere. Solo corsie vuote e io, che opero alla massima efficienza.

Le mie scarpe stridono sul linoleum mentre svolto bruscamente a sinistra, puntando al caffè. Posso quasi già sentirne il sapore, intenso e nero, più uno strumento di sopravvivenza che una bevanda. Mi massaggio un nodo sulla spalla, chiedendomi per la millesima volta se forse dovrei assumere qualcuno che si occupi degli aspetti banali della vita. Ma il pensiero di cedere anche solo un briciolo di controllo mi fa rivoltare lo stomaco.

Controllo. È il motivo per cui lavoro più duramente, più velocemente, più a lungo di chiunque altro. È così che sopravvivo. Perché chi vuole ammettere di essere terrorizzato da ciò che accade quando non si è perfetti?

Prendo il latte di mandorla, lo fisso per un secondo di troppo. La stanchezza sta compromettendo la mia concentrazione. La mia mente potrà anche correre, ma il mio corpo è due passi indietro. Mi massaggio di nuovo la spalla, questa volta distrattamente, come se riconoscere il dolore fosse una sconfitta morale.

Con gli acquisti essenziali nel carrello, accelero, adattando il mio piano per tenere conto delle deviazioni meno prevedibili. Domattina ci sarà del caffè sul bancone della mia cucina, e questo è quanto di più vicino abbia a una vita fuori dall'ospedale.

Mio padre sarebbe orgoglioso, se solo se ne accorgesse. Richard Harper, stimato cardiochirurgo. Sto seguendo le sue orme così precisamente che il terreno sotto i miei piedi dovrebbe essere ormai consumato. Ma se glielo chiedeste, probabilmente direbbe che mi muovo troppo lentamente.

Non vedo i miei genitori da mesi. Una cena, una volta ogni morte di papa, è più o meno il massimo delle nostre obbligazioni familiari. E francamente, è più facile così. Mia madre mi fa la predica sull'etica dell'ambizione. Mio padre mi fissa con quel suo sguardo freddo e scrutatore. Me ne vado sempre con un'inspiegabile voglia di fare qualche altro giro di pista, in senso metaforico.

La mancanza di sonno non aiuta. I miei movimenti sono fluidi, da pilota automatico, afferro gli articoli senza pensare. Ma la sento ancora, la stanchezza, che tira ai margini della mia mente come una lenta catena.

Il carrello rotola sul linoleum bianco candido, quasi senza peso. Minimalista, direbbe mia sorella. Solo l'essenziale. Tutto ciò di cui ho bisogno per rimanere funzionale, e niente di più. A volte mi chiedo se tutta la mia vita sia così: funzionare senza vivere veramente.

Un'idea bussa alla porta della mia coscienza: *Quando è stata l'ultima volta che ho fatto qualcosa solo perché lo volevo, non perché dovevo?*

Scaccio via il pensiero, dando la colpa alla privazione del sonno. Ma rimane lì, un passeggero silenzioso in questo viaggio, che sussurra che forse ho dimenticato come si fa a desiderare qualcosa al di là del prossimo traguardo di carriera.

Il vuoto del supermercato mi opprime, confortante e accusatorio allo stesso tempo. È uno spaccato della mia vita, spogliata del caos che di solito mi tiene troppo distratta per notare quanto sono sola.

Svolto con il carrello verso la corsia del caffè, la mente che ancora calcola, il corpo in ritardo di qualche secondo, quando il pensiero mi colpisce: sono davvero, davvero stanca.

Il carrello si blocca stridendo, evitando per un pelo il medico del pronto soccorso accovacciato davanti ai noodle istantanei. Se Noah è sorpreso di vedermi allo stato brado, si riprende con una velocità sorprendente.

«Dottoressa Harper», dice, gli occhi che si illuminano di una sorta di compiaciuta delizia. «Che piacere incontrar*la* qui.»

Gemo interiormente, guardandolo sollevare un pacchetto di vermi gommosi acidi come se avesse trovato la cura per il cancro. Una piccola, infima parte di me quasi sorride.

«Vedo che ti dai anima e corpo allo stile di vita da nutrizionista», dico, indicando la sfilza di aromi artificiali allineati davanti a lui.

«Qualcuno deve pur rappresentare i quattro gruppi alimentari principali», dice. «Zucchero, sale, caffeina e angoscia esistenziale.»

Noah si alza, e io sono acutamente consapevole del contrasto tra di noi: i suoi jeans consumati e la maglietta sbiadita, il mio camice chirurgico e la mia stanchezza. Lui sembra essere arrivato da una pigra domenica mattina, e io sembro aver appena passato quindici ore con le mani fino ai gomiti nella cassa toracica di qualcuno. La parte più fastidiosa? È ancora irritantemente attraente.

Aggiunge un pacchetto di vermi gommosi al mio carrello. «Un ringraziamento per non avermi investito.»

Li prendo con due dita, tenendoli a distanza. «Allettante. Non so se riesco a gestire tutte queste calorie.»

Noah ride, un suono che si propaga nella corsia vuota e mi risuona dentro. È esasperante la facilità con cui riesce a scrollarsi di dosso qualsiasi cosa seria. Dove io sono spigoli vivi e angoli duri, lui è tutto linee morbide e zero stress.

«Allora», dice, prendendo il sacchetto di avena dal mio

carrello, «qual è l'occasione? Non mi sembri una persona che si concede acquisti impulsivi di mezzanotte.»

Sta cercando di farmi parlare. So che lo sta facendo, ma sento comunque la tentazione di dargli una risposta vera.

«Faccio solo scorta», dico invece, stringendomi nelle spalle con una disinvoltura che non mi appartiene del tutto. «Turno lungo. Ho bisogno di caffè.»

«E latte di mandorla, avena, sciocchezze di soia senza glutine», recita come un esperto di liste della spesa. «Molto in linea con il tuo personaggio, Harper.»

«Non sembra che io sia l'unica a fare la spesa», ribatto. Sollevo i noodle istantanei, girando la confezione con disprezzo clinico. «Questo è cibo?»

Si porta una mano al petto, fingendo una ferita drammatica. «Che cattiveria. Non dureresti un giorno al pronto soccorso, Harper. Nessun rispetto per le cose belle della vita.»

«Niente tempo per un pisolino tra un caso e l'altro?», chiedo. «Dev'essere dura.»

Noah fa un sorrisetto, perché è il tipo di ragazzo che fa sorrisetti invece di sorridere, e questo mi entra sotto la pelle in tutti i modi peggiori e più efficaci. Il negozio intorno a noi sembra meno una scatola fluorescente e più un segreto condiviso, un momento al di fuori dei soliti vincoli dei nostri ruoli professionali. È disarmante, questo improvviso cambio di contesto, come essere gettata in una scena per cui non hai fatto le prove.

Noah fa il giocoliere con due scatole di maccheroni al formaggio. «Biologici. Ruspanti. Totalmente non processati», afferma, impassibile. «Perfetti per il chirurgo più esigente.»

Do un'occhiata agli ingredienti stampati sul retro della scatola. «I tuoi livelli di sodio devono essere alle stelle.»

«Eppure, eccomi qui. Vivo e vegeto.»

«Purtroppo.»

Dà una spintarella al mio carrello, ancora pieno dei miei

acquisti essenziali, e io lo guardo come se vedessi la mia stessa vita esposta in un crudo e scialbo quadretto.

Nella mia testa, definisco questo momento ridicolo. Mi ricordo che è passata mezzanotte, che sono privata del sonno e che incontrare Noah dovrebbe essere un inconveniente, non una distrazione. Ma sotto tutta questa logica, c'è qualcos'altro. Un sussurro insistente che mi dice che in realtà questo incontro non mi dispiace affatto.

Noah afferra le maniglie del mio carrello come un chirurgo afferra un bisturi. «Faccio da assistente», annuncia, impassibile. Una scatola di cereali color arcobaleno ci vola dentro, poi un pacchetto di marshmallow. Non ho il tempo di protestare che è già passato alla corsia successiva, difendendo ogni scelta come se stesse presentando una ricerca scientifica.

«È praticamente una verdura», dice, sollevando un burrito surgelato. Alzo gli occhi al cielo, ma non tolgo nulla.

«Ti manderò le fatture mediche per il mio infarto da sodio», dico, cercando di sembrare disapprovare. L'effetto è rovinato dal fatto che sto anche cercando di non ridere.

Lui sembra del tutto imperturbabile, gettando dentro un sospetto sacchetto di caramelle color neon. «Queste contengono vero succo di frutta», afferma. «Penso solo alla tua salute.»

L'efficienza della mia missione in solitaria è andata a farsi benedire, ma invece del panico, sento tutt'altro. Una sorprendente, sconcertante mancanza di resistenza. È come se più Noah manda all'aria il mio mondo, più a me, segretamente, piace. Lo attribuisco al delirio. O forse al discutibile valore nutrizionale della sua compagnia.

«Suppongo che le patatine contino come insalata», dico, sollevando un sacchetto come se fosse un rifiuto tossico.

«Adesso ci arrivi.» Mi fa l'occhiolino.

«Ma sai almeno cosa sono metà di questi ingredienti?»,

chiedo, prendendo in mano una confezione che richiede un dottorato in chimica per essere compresa.

Solleva un contenitore di snack al formaggio. «Cheddar biologico purissimo», dice, sforzandosi di rimanere serio.

«Intendi quelli arancione radioattivo che sono praticamente polistirolo?»

«Questo è crudele e ingiusto, Lily Harper. Davvero.» Stringe il sacchetto di snack al formaggio come se fosse un animale ferito.

«Povero piccolo», faccio io con voce melensa.

Un tizio che spinge un carrello carico di bevande energetiche si ferma a guardarci, chiaramente divertito dalla performance di Noah. Gli lancio un'occhiata che lo fa sgattaiolare via.

Noah lascia cadere un secondo pacchetto di caramelle gommose, con gli occhi che brillano. «Nel caso ti venga un'improvvisa voglia.»

L'assurdità della situazione mi colpisce in un modo quasi disorientante. Il mio carrello è un disastro caotico; il mio cuore non è da meno.

Dico le parole prima di poterci pensare. «Non ricordo l'ultima volta che ho fatto qualcosa di non pianificato.»

«*L'unico* modo in cui sono sopravvissuto è stato mantenendo le cose non pianificate», dice lui.

«Perché non mi sorprende?», chiedo.

«Crescendo, nulla era prevedibile. I miei genitori non conoscevano il significato di struttura.»

È in quel momento che mi rendo conto di non sapere nulla di lui. Ho visto la superficie disinvolta, il fascino rilassato che maschera tutto il resto. Ma qui, nel ronzio dei congelatori, sta tirando indietro il sipario. È più di quanto gli avessi dato credito.

«Mia madre», continua, «cercava di aggiustare tutto con l'amore. Anche le cose che non potevano essere aggiustate.

Specialmente dopo la morte di mia sorella.» C'è una piccola, quasi impercettibile incrinatura nella sua voce, e mi colpisce come un pugno nello stomaco.

«Mi dispiace.» Le parole sono inadeguate, ma necessarie. Vorrei allungare la mano e toccargli il braccio, ma non sono ancora quel tipo di persona. Non so come esserlo. Quindi lascio che il silenzio riempia lo spazio tra noi, sperando che sappia che lo penso davvero.

Lui fa spallucce, ma non è un gesto sbrigativo. «Perderla ha cambiato tutto. Prima di allora, ero il fratello pigro e divertente senza vere ambizioni. Ma dopo, niente sembrava più importare. O forse tutto importava troppo.»

Il ronzio dei congelatori riempie le pause, uno sfondo costante alle sue parole. Dovrebbe essere imbarazzante, ma è stranamente confortante, come se il rumore ci isolasse dal resto del mondo.

«E a te», dice, incrociando il mio sguardo, «non è mai stato permesso di essere non pianificata, vero?»

La sua domanda non mi sorprende tanto quanto la consapevolezza di voler rispondere. Non so cosa mi sciocchi di più: la verità delle sue parole o la mia volontà di lasciarle affondare.

«I miei genitori», dico, la voce più stabile di quanto mi aspettassi, «avevano pianificato la mia vita prima ancora che nascessi. Deviare non era un'opzione.»

«Non riesco a immaginarlo», dice, sincero in un modo che mi fa distogliere lo sguardo, perché sostenere il suo in questo momento è troppo. È troppo crudo, troppo reale, e non sono mai stata brava con nessuna delle due cose.

«È per questo che lavori così tanto, non è vero? Per non doverti mai preoccupare di cosa succederà se non sei perfetta.»

Non è una domanda. È una diagnosi.

«E tu», ribatto, perché anche adesso sto cercando di mantenerci su un piano di parità, «fingi che non ti importi di quello che succede, ma ti importa. Solo che non lo lasci vedere a nessuno.»

Il suo sorriso è dolce e genuino, e mi smonta. «Touché, dottoressa Harper.»

Per la prima volta nella mia vita, mi trovo in un momento che non ho pianificato e, invece di farmi prendere dal panico, voglio lasciarlo accadere. Mi spaventa a morte, ma stare qui con Noah mi sembra anche la cosa più sensata che potessi fare.

Percorriamo le ultime corsie in un silenzio confortevole.

Alla cassa, Noah fa un ultimo acquisto d'impulso prendendo le stringhe di liquirizia rosse, insistendo che sono «per una ricerca medica». Glielo lascio fare. L'aria notturna ci colpisce mentre usciamo, frizzante e piena di cose non dette. È tardi, e nessuno di noi due accenna a volersene andare.

Camminiamo verso le auto, buste della spesa in mano, il parcheggio quasi vuoto come il negozio. Ho sempre pensato allo shopping a tarda notte come a un male necessario, ma stasera sembra qualcos'altro: qualcosa di significativo e non pianificato. L'aria è fredda, i nostri respiri formano piccole nuvole che indugiano tra di noi, come se stessero aspettando di vedere cosa succederà dopo.

C'è un momento, un battito di silenzio, che sembra come stare sul bordo di una scogliera e decidere se saltare. Noah lo rompe, ma la sua voce è più sommessa dello scoppiettio delle nostre battute precedenti.

«È stato divertente», dice, le parole sospese tra il giocoso e il serio. «Dovremmo rifarlo.»

«Sì», dico, la parola che sembra un salto nell'ignoto. «Dovremmo.»

È uno scambio così semplice, ma sembra carico di possibilità. Come se dirlo ad alta voce fosse il primo passo per ammettere che nella mia vita c'è di più del prossimo traguardo chirurgico. Mi aspetto la solita stretta di panico al pensiero, ma non arriva. Invece, c'è una strana, esaltante libertà in questa ammissione. Come se forse potessi avere entrambe le cose.

«Bene», dice, sorridendo in quel suo modo che mi fa domandare se avesse pianificato tutto fin dall'inizio. Non credo che mi dispiacerebbe nemmeno se l'avesse fatto.

Finalmente ci separiamo, dirigendoci verso le nostre rispettive auto, ma nessuno dei due si muove in fretta. C'è la sensazione che stiamo allungando questo momento, stirandolo come una caramella mou, perché anche se abbiamo concordato di rivederci, questa è ancora una novità fragile. Sembra preziosa e strana, come la prima volta che ho sezionato un cuore umano e mi sono resa conto che era molto più piccolo e delicato di quanto avessi immaginato.

Salgo in macchina e guardo Noah aprire la portiera della sua, la sagoma della sua figura indistinta nella notte fredda. Quando lui si volta, fingo di essere assorta nell'allacciare la cintura di sicurezza, un ridicolo tentativo di nonchalance dato quello che è appena successo. Ma so che lui legge attraverso di me. È terrificante ed esaltante allo stesso tempo.

Accendo il motore, i fari illuminano il parcheggio vuoto, lo spazio dove ci trovavamo. Guardo nello specchietto retrovisore, cogliendo un ultimo suo fugace sguardo prima di svoltare in strada.

È tardi, e dovrei pensare a dormire, o ai casi che mi aspettano domattina. Invece, durante tutto il tragitto verso casa, i miei pensieri sono interamente occupati dall'unica persona che è riuscita a superare tutte le mie ben fortificate difese.

DODICI

NOAH

Sono le due del mattino, ma il sonno ha deciso di scioperare da qualche parte in città. Giaccio sveglio, con le mani dietro la testa, sogghignando come un adolescente dopo il primo appuntamento. Il soffitto mi fissa inespressivo, probabilmente giudicando gli snack sparsi sul letto.

Poco prima, al supermercato, Lily mi aveva fatto una ramanzina: disapprovava i miei Hot Cheetos e gli Oreo. Rivedo la scena come un film che non riesco a smettere di guardare. Lei nel corridoio dei surgelati, un vivido contrasto contro il vetro appannato, che abbassava la guardia e ammetteva che parlare con me non era poi così male come una devitalizzazione. Non proprio una confessione d'amore eterno, ma detto da Lily, era praticamente un sonetto. Non era solo il suo sorriso a essermi rimasto impresso; era la sensazione stranamente confortevole di essere lì con lei. Non un inseguimento o un gioco, ma qualcosa di reale.

Non riesco a capacitarmene. Di solito con le donne non è così. E di certo non è mai così con Lily. Tutta la scena mi si ripete in testa. Il suo sopracciglio alzato mentre continuavo a riempire il carrello, ispezionando la scena del crimine a base di cibo spazzatura, facendomi la paternale sui grassi saturi e i livelli di colesterolo.

«Lo sapevo» aveva detto, scuotendo la testa come se avesse appena beccato un ragazzino che cercava di sgattaiolare fuori casa dopo il coprifuoco.

«Cosa sapevi?»

«Che la tua piramide alimentare è composta esclusivamente da zuccheri raffinati e coloranti artificiali.»

Doveva essere una toccata e fuga, il solito battibecco leggero, ma siamo rimasti incastrati lì.

«Allora, mi hai seguito fin qui, o è così che ti diverti?»

I suoi occhi si erano illuminati e, per una volta, avevo capito che non mi stava prendendo in giro. Il modo in cui gli angoli della sua bocca si erano curvati all'insù quando mi aveva accusato di seguirla. Il modo in cui il suo sarcasmo si era trasformato in qualcosa di caldo. Voglio scuotermi di dosso questa sensazione, ma eccomi qui, con le lenzuola aggrovigliate intorno alle gambe, a fissare il soffitto.

Quando mi ha salutato, le ci è voluto un attimo più del solito per voltarsi. Se n'è andata con un sorrisetto che era per metà sfida, per metà qualcos'altro. E mi ha catturato. Ora, più ci penso, più mi rendo conto che forse mi sono sbagliato. Questa cosa tra noi? È più di semplice attrazione. Più di un inseguimento.

Rotolo su un fianco, sistemo il cuscino sotto la testa, cerco di trovare una posizione comoda. È inutile. Il mio polso è ancora accelerato, batte contro il materasso. La cosa pazzesca è quanto fosse confortevole, anche in mezzo al negozio. Niente di forzato o finto, solo io e lei, che scivolavamo in un ritmo che non avrebbe dovuto esistere.

«Insopportabile» mi aveva definito. Ma nella sua voce c'era

una risata che diceva il contrario. Come se l'avesse inteso come un complimento.

Ricordo il suo aspetto, il respiro che usciva in una nuvoletta mentre se ne stava davanti al freezer, con le braccia incrociate come se si stesse trattenendo da qualcosa. Probabilmente avrei dovuto fare lo stesso, ma non ci sono riuscito. E non ci riesco nemmeno adesso.

Sono spacciato. A sorridere al muro, davvero spacciato.

La luce della strada filtra attraverso le tapparelle che non chiudo mai, rigando la stanza d'oro pallido. Socchiudo gli occhi e cerco di immaginare uno scenario in cui questa scena smetta di girarmi in testa, ma fallisco miseramente. La mia mente continua a tornare lì.

Mi giro di nuovo sulla schiena, fisso il cielo notturno che preme contro la finestra. Com'è possibile che una persona riesca a buttarmi così fuori equilibrio? Sono ore che non dormo. Non mi sentivo così su di giri da... be', da mai.

I suoni di Seattle filtrano dentro, le auto che sfrecciano per le strade umide, punteggiate da sirene occasionali. Di solito è rilassante, il suo rumore bianco mi culla in quel tipo di distacco che apprezzo più di ogni altra cosa. Stanotte, è solo un promemoria della mia irrequietezza. La sento grattarmi sotto la pelle, pungolarmi ai margini. Afferro una scatola di riviste mediche mezza disfatta sul pavimento, ne sfoglio una. Non supero nemmeno la prima pagina prima di rimetterla sulla pila. Non funzionerà.

Persino il mio appartamento sembra diverso stanotte. Gli snack, i libri di testo sparsi, tutto sembra irrilevante e piccolo. Come se questo spazio minuscolo e fin troppo familiare si fosse in qualche modo rimpicciolito. E tutto perché l'ho incontrata. Lily. La dottoressa Lily Harper, dalla lingua tagliente, competitiva e incredibilmente sexy.

Il modo in cui aveva lasciato il negozio, quasi esitante,

come se non fosse sicura di potersi fidare di se stessa. E di me. E di cosa questo significhi quando siamo a mezzo metro di distanza davanti al reparto dei surgelati. Mi rode dentro. Voglio definirlo, metterlo in una scatola, dargli un nome. Ma tutto ciò che posso fare è starmene qui a fissare il soffitto, con il suo ricordo persistente nella mia testa.

L'attrazione è una cosa. Conosco l'attrazione. Ma questo è qualcos'altro. Si sta insinuando nello spazio tra noi, più grande di quanto vorrei ammettere, facendosi strada verso la superficie, sfidandomi a riconoscerlo.

Espiro, lentamente e a lungo, il suono forte nella stanza silenziosa. Cerco di schiarirmi le idee, di allontanarla, ma è come cercare di trattenere l'acqua con una rete. Lei continua a tornare. Come il caso di un paziente che non riesco a decifrare, complicato e ovvio allo stesso tempo.

Il bollitore fischia, reclamando la mia attenzione come un bambino troppo esigente. Sto in piedi davanti ai fornelli, a malapena sveglio, lasciando che il suo lamento mi scuota dallo stupore indotto da Lily. O forse ho sognato tutto, tutte e quattro le ore di non-sonno, in cui il mio cervello si è rincorso la coda intorno a lei.

Un sapore amaro mi ricopre la bocca. Mi ricorda Vanessa, la conversazione sulla rottura che non sapevo fosse una conversazione sulla rottura finché non mi ha definito "sfuggente". Come se fossi una sorta di pesce elusivo, che ammaliava tutti e non si impegnava con nessuno. Si era seduta di fronte a me, la luce delle candele che creava ombre sui muri, e aveva detto: «Non lasci mai che nessuno ti conosca davvero, Noah».

Ricordo di aver pensato che mi stesse facendo un favore. Forse l'ho anche ringraziata. Quella parte è nebulosa.

Verso l'acqua nella tazza, guardo il tè turbinare nel vapore. Un tempo era quello che volevo: questa capacità di scivolare sulla superficie, di mantenere le cose leggere, semplici, libere. Oggi la sento diversa. Più pesante. E per la prima volta, mi chiedo se Vanessa non avesse ragione.

La tazza mi scalda le mani, un'ancora nella tempesta della mia testa. Il resto della conversazione mi torna in mente a pezzi.

«Tua madre ti saluta» aveva aggiunto, sapendo che mi avrebbe spiazzato.

Eravamo stati a cena da lei. Pensavo che stessimo festeggiando. Un anno insieme, che nel tempo di Noah Carter sembrava un'eternità. Ma Vanessa seguiva un calendario diverso.

«Dice che è sorpresa che io sia durata così a lungo.»

Potevo ancora sentire l'odore di aglio bruciato sui fornelli, uno sfondo amaro alle sue parole.

«Andiamo, Vanessa, so che è stata dura, ma stiamo bene, no?»

Lei si era messa a ridere, una vera risata di pancia che dice: *Sto per darti la più grande svegliata della tua vita.* «Pensi che non sappia che sei sollevato, anche adesso?»

Sollevato non era la parola giusta. Era più come "leggero", fluttuante, libero da un peso che non mi ero reso conto mi stesse trascinando a fondo. Avevo allungato una mano sul tavolo, forse per scusarmi, forse per ringraziarla, forse per mangiare altra pasta, ma lei si era alzata e aveva sparecchiato.

«Sfuggevole,» aveva detto di nuovo. «Impossibilmente sfuggevole.»

E poi c'era Lily ieri, che rideva scuotendo la testa verso di me. «Impossibilmente insopportabile.» Riecheggia nel silenzio del mattino, un loop da cui non riesco a scappare. Aveva ragione anche lei?

Il vapore si arriccia dalla tazza, mi riporta in cucina, a questa sensazione molto poco simile alla libertà che mi preme sul petto. Ora è tutto così chiaro. Ho fatto carriera nell'arte di defilarmi. Rimanendo sfuggente, sfuggentissimo. Ma se non fosse più quello che voglio? Se volessi qualcosa di più di facile, leggero, senza legami?

Stringo il bordo del bancone, sento la sua solidità contro le dita, l'unica cosa certa in un improvviso mare di incertezza. Per tutti questi anni, mi sono detto che non avevo bisogno di nessuno o di niente che mi trattenesse. Che fluttuare significava volare. Che la libertà era la cosa migliore che ci fosse. Che ammasso di stronzate. Vanessa aveva visto attraverso di me.

È più difficile da ammettere di quanto pensassi, questa verità che grava pesante sul mio petto. Una consapevolezza che si nascondeva ai margini dei miei pensieri, una che ho evitato così attentamente fino a ora. Ma eccola lì, scritta nel vapore, sospesa nell'aria: non ne sono più sicuro.

Bevo un sorso di tè, lascio che il calore si diffonda dentro di me. Lily non sa nemmeno di avermi fatto pensare in questo modo. Ma forse è per questo che è diverso. Lei non sta chiedendo nulla. Non so nemmeno se le importerebbe. So solo che qualcosa è cambiato la scorsa notte, e sono qui in cucina a mettere in discussione tutto.

Vanessa era in buona fede. Ora lo capisco. Non si trattava di lei; si trattava di me. Si è sempre trattato di me. Di come preferissi uscirne pulito piuttosto che invischiarmi troppo. Di come sia sempre stato orgoglioso della mia capacità di distaccarmi, di continuare a muovermi, di evitare casini e dolore.

La cosa divertente è che, in questo momento, non sembra orgoglio. Sembra una perdita. Come se qualcosa di importante mi fosse sfuggito mentre ero impegnato a non prestare attenzione. Non voglio che succeda di nuovo. Non voglio più essere quel ragazzo.

Vanessa... lei era andata avanti prima ancora che io sapessi che se ne stava andando. Ora mi chiedo se non sia il mio turno di muovermi. Di cambiare qualcosa, qualsiasi cosa, prima che sia troppo tardi.

Forse ho chiuso con l'essere sfuggente. Forse sono pronto a essere conosciuto.

«Hai la faccia di uno che si è preso una cotta nella corsia sei» dice Marcus, guardandomi di sottecchi mentre infila la sua borsa in un armadietto. Per poco non faccio cadere il caffè.

«Ho la faccia di uno che non ha dormito stanotte» lo correggo. «Come se fossi perseguitato da un fantasma molto critico.» Lui non abbocca.

«Quindi, hai incontrato Lily.» Non è una domanda.

«Brevemente» ammetto.

Marcus ridacchia, il suono che riverbera contro il metallo. «Definisci brevemente.»

«Vale come stalking se sono arrivato prima io?» chiedo.

«Solo se l'hai seguita fuori» dice.

«Non l'ho fatto» dico. «Siamo usciti insieme.»

«Allora, è stato prima o dopo che se n'è andata che ti sei reso conto di esserci dentro fino al collo?»

Apro la bocca per ribattere, ma non esce nulla. Marcus mi fissa, e so di non avere via di scampo.

Sono le sette del mattino, ma lo spogliatoio è già affollato. Medici seminudi, lo schiocco delle scarpe sul pavimento, l'odore di antisettico che non se ne va mai. La luce fluorescente non fa un favore a nessuno. Sorseggio il mio caffè, cercando di mantenere un'aria disinvolta. Marcus non molla la presa. Ha quel sorrisetto, quello che dice: *Questa sì che sarà bella.*

«Abbiamo parlato. Per un po'» dico.

«Ah-ah.» Si cambia la maglietta con il camice. «E poi?»

«Abbiamo... riso?» Suona debole, anche a me.

Anche Marcus ride, ma di me, non con me. «Amico, ti avevo avvertito su di lei.»

«Lily Harper, alias l'Ira di Dio» dico. «Lo so.»

«E allora cosa stai facendo?» chiede.

«Onestamente non lo so. È... strano» dico, non sapendo come esprimere a parole cosa sia.

Lui sorride, chiude l'anta dell'armadietto con un clangore. «Benvenuto nel mondo degli esseri umani.»

Marcus oggi è in gran forma, implacabile, non perde un colpo. Siamo amici da troppo tempo. È come se mi leggesse nel pensiero. No, peggio, è un lettore di Noah.

«Senti,» dico, «non mi sono mai trovato in una situazione a fuoco lento prima d'ora. Non so come funzioni.»

«Non dovrebbe essere troppo difficile da capire» dice. «Se non ti dai fuoco prima.»

Un'infermiera entra di corsa, cercando con lo sguardo un posto vuoto, notandoci a malapena mentre ci sfreccia accanto. Mi appoggio agli armadietti, fisso Marcus. «Mi sta mandando fuori di testa.»

«Eppure, eccoti qui» dice. «A fissarmi in faccia con quell'espressione da innamorato perso.»

«Sono messo così male?»

Marcus si sporge all'indietro, una mano sul mento come se stesse studiando un raro esemplare. «Dovrei iniziare a fare scommesse su quanto tempo ci metterete a implodere.»

«Non siamo una coppia» dico. «Non in quel senso.»

«E allora cosa siete?» chiede. «Perché sono abbastanza sicuro che questa non sia la tua solita storiella "senza impegno".»

«Onestamente non lo so, ma resterò nei paraggi per scoprirlo» dico.

Marcus mi dà una pacca sulla spalla in un modo che dice:

Sei un idiota, ma faccio il tifo per te. «Fammi sapere se hai bisogno di un gruppo di supporto.»

«Sei tu il fondatore?» chiedo.

«Membro fondatore e unico» dice. «Ho anche le magliette e tutto il resto.»

Esce, lasciandomi nel turbinio di camici che vengono cambiati e di piedi che strisciano. Sorseggio di nuovo il caffè, lascio che il caos dello spogliatoio mi avvolga.

Marcus potrebbe avere ragione. Non è quello a cui sono abituato, ed è esattamente per questo che ci sto dentro. La consapevolezza si fa strada in me, calda e solida, e non riesco a fermare il sorriso che mi si allarga sul viso.

Nella stanza di guardia c'è quel tipo di stanchezza silenziosa, quella che ti si deposita nelle ossa dopo un lungo turno. Finisco le mie note, lancio un'occhiata alla porta da cui è uscita un'ora fa. Il vecchio me si starebbe affrettando per raggiungerla, ma io me ne sto seduto qui, più paziente che mai. C'è una tazza di caffè tiepido accanto a me, intatta, perché non ne ho bisogno. Non oggi. Ho abbastanza adrenalina dalla sua vista da bastarmi per una vita.

È stata una giornata d'inferno. Lunga, impegnativa, implacabile. Come la maggior parte dei turni, è volata, ma un'unica immagine spicca. Lily, dall'altra parte del corridoio, che non si accorgeva che la stavo guardando. Se l'avesse fatto, avrebbe potuto vedere un uomo con l'aria di chi ha l'acqua alla gola. Forse. Ma probabilmente no. Adesso gioco più d'astuzia, con più fermezza. Ricordo di essere stato lì, a vederla lavorare, mentre una consapevolezza mi invadeva. *Ho bisogno di un nuovo approccio.*

Nella penombra, tutto sembra morbido e stanco. Il divano con la sua impronta permanente lasciata da innumerevoli corpi esausti. La pila di riviste mediche che nessuno legge, come una barzelletta di cattivo gusto. Di solito, qui dentro sono irrequieto, non riesco a stare fermo per cinque minuti. Ma oggi sono calmo. Più tranquillo di quanto non sia stato da secoli. Se n'è andata senza di me un'ora fa, e non l'ho seguita. Non da me. Ma forse è il nuovo me.

Lily è il caso più difficile che abbia mai cercato di risolvere. Brillante, riservata, esigente. Ma è per questo che mi ha conquistato. Lei non ha bisogno di me, non mi aspetta. Sono io quello che deve mettersi al passo, dimostrare di poter tenere il suo ritmo.

Di solito, sarei già fuori di qui, a orchestrare il prossimo incontro. A cercare di incrociarla, di farla ridere, di farle alzare gli occhi al cielo. Ma oggi, mi siedo e lascio che accada nella mia testa. Non le scrivo. Non invento scuse per incontrarla. Finisco solo le mie note. Stavolta non è strategia o pressione. È intenzione. È pazienza.

La luce sopra di me sfarfalla, un balbettio stanco, e la ignoro. Troppo concentrato su ciò che so sta arrivando. È il miglior tipo di certezza, quella che dice: *Aspetta*. Quella che dice: *Ne varrà la pena*.

La mia mano stringe la penna, un'ancora nel silenzio. Vedo il cambiamento nella mia stessa calligrafia, la sua fermezza. È come guardare la scrittura di un estraneo. O forse non di un estraneo. Forse di qualcuno che sta appena scoprendo chi è. Impilo i fogli, li metto da parte con insolita cura. Questo è il mio nuovo approccio: costanza. Il mio nuovo piano di gioco: essere quello che resta.

Immagino la sua faccia quando si renderà conto che faccio sul serio. Che per me non è un gioco. Che questa volta, le carte in tavola sono cambiate, e io non vado da nessuna parte. Una parte di me non riesce a crederci, ma una parte più grande di me non vede l'ora.

La porta scricchiola quando la apro, le luci del corridoio

sono intense. Il mio turno sarà anche finito, ma questo? Questa cosa con Lily? È appena iniziata. Esco con una sicurezza che non avevo un giorno fa, una settimana fa, forse mai. Questa è l'ultima cosa che le dico.

A presto, dottoressa Harper. Tutte le volte che sarà necessario.

TREDICI

LILY

Chiusi l'incisione sul colon sigmoideo e, per un istante perfetto, non esistette nient'altro al mondo. Era quello il mio posto: proprio lì, a mettere a posto i fili sparsi, sia letteralmente che metaforicamente, con nodi perfetti.

«Ci stiamo allungando un po', non le pare?» L'infermiera strumentista cercò di essere discreta mentre controllava l'orologio, ma ignorai la sua impazienza.

La precisione richiede tempo. L'eccellenza richiede tempo. A differenza della maggior parte della gente, io avevo tutto il tempo del mondo. L'ultimo punto di sutura era al suo posto quando le porte si spalancarono e un'altra infermiera si precipitò dentro con gli occhi sgranati.

«Tamponamento a catena sulla I-5. Maxiemergenza in arrivo.»

La sala operatoria cambiò con quelle parole semplici ma profonde. Il battito cardiaco mi raddoppiò, l'adrenalina entrò in circolo e il mondo tornò a schiantarsi su di me con una chiarezza allarmante. Ordinai seccamente allo specializzando di chiudere la ferita. Sentivo un fremito nelle vene mentre mi preparavo all'uscita, sfilandomi i guanti, la mascherina, la mia identità. Non avrei dovuto essere così eccitata.

«Prendo io i codici rossi in Sala Trauma Uno» dissi, già a metà fuori dalla porta.

Il mio cervello stava catalogando gli scenari: traumi da schiacciamento, traumi da corpo contundente, lacerazioni arteriose. Cosa mi preoccupava di più? Che ero eccitata all'idea di vedere Noah, di vederlo al comando, di vederlo cavarsela. Era semplice curiosità professionale, mi dissi. Niente di più.

Il mio mondo era un caos organizzato, ogni pezzo esattamente dove doveva essere, ma un incidente multiplo in un giorno di pioggia era imprevedibile e incontrollabile. Era anche il tipo di crisi che separa i competenti dai fuoriclasse.

«Non si preoccupi, dottoressa Harper» disse lo specializzando che avevo lasciato a finire le suture, con la voce di un labrador ansioso di compiacere. «Ci penso io.»

Non ne dubitavo. Nel tempo che avrebbero impiegato a chiamare la banca del sangue e a liberare la terapia intensiva, avrei avuto tutto sotto controllo. Avrei avuto Noah sotto controllo. Probabilmente stava già facendo battute su piccoli tamponamenti e cose del genere, anche mentre le ambulanze cominciavano ad arrivare. Scommettevo che aveva già detto al nuovo personale che un vero abitante di Seattle poteva evitare un tamponamento a catena come quello con una mano sul volante e l'altra impegnata a cambiare canzone sulla playlist. Sarebbe sembrato tutto così facile. Ma io sapevo cosa si nascondeva sotto quella superficie calma: un accenno di caos. Non avrei dovuto ammirarlo per questo.

Mentre sostituivo la mia cuffietta da sala operatoria con quella da pronto soccorso, sentii la vecchia scarica di adrenalina, la sfida che mi eccitava più di ogni altra cosa al mondo. Più di ogni altra cosa in quell'ospedale. L'idea che forse Noah avrebbe vacillato, che forse avrebbe avuto bisogno di me, era elettrizzante, per quanto odiassi ammetterlo. Forse non lo ammettevo affatto.

«La sala operatoria 3 è libera per i casi critici in eccesso» dissi a chiunque fosse seduto alla postazione degli infermieri, muovendomi più velocemente di quanto avessi fatto da settimane, con l'adrenalina che mi dava rapidità e lucidità.

Il reparto traumi era più un pogo che un'orchestra sinfonica. Il personale si affannava a prepararsi per l'ondata di traumi in arrivo, ma non c'era panico. Erano sul loro territorio, e si vedeva dalla loro efficienza, dai loro movimenti rapidi e dalle voci calme. I monitor erano pronti, le barelle disposte come tessere del domino pronte a cadere.

L'unica cosa che mancava? L'uomo al comando. Ma poi lo vidi, al centro di tutto, dove si trovava sempre. Si era preparato ed era pronto, il re dei traumi in ogni suo aspetto, e stava già indossando i guanti prima ancora che arrivasse la prima ambulanza.

«Si va in scena, gente!» urlò Noah, mentre i corpi in camice si disponevano in una formazione perfetta.

Finsi che la vampata di eccitazione che sentii fosse puramente professionale.

Le barelle cominciarono ad arrivare, un macabro miscuglio di sangue, ossa e vetri rotti. Ogni centimetro di spazio si riempì di adrenalina e urgenza. Mi fiondai su un paziente adolescente, e ci vollero due secondi per capire che era in arresto cardiaco per un'emorragia interna.

Noah mi lanciò un'occhiata, fece un cenno col capo come a dire "ce la facciamo" e, all'improvviso, la sinfonia si trasformò in un concerto rock. La sua voce era ferma, i suoi comandi chiari, la sua sicurezza magnetica. Non volevo rimanere colpita, ma dannazione, lo ero.

Un turbinio di movimenti ci circondava, ma nella mia testa c'eravamo solo io e Noah. Si chinò sul paziente, le dita sul polso, e non ebbe alcuna esitazione.

«Ha perso pressione, potrebbe aver colpito l'aorta» disse Noah, leggendo la situazione veloce quanto me. «Datemi due unità di zero negativo!»

Era bravo. Era davvero bravo.

Ogni istinto mi urlava di prendere il comando, di mettermi al controllo di quel treno in corsa, ma feci una pausa. Giusto per un battito di cuore. Noah li aveva già messi ad aspirare, aveva già un tecnico che si affrettava a portare l'ecografo. Stava guardando i parametri vitali con occhi laser. Era un passo avanti a tutti. Mi ero sbagliata di grosso a pensare che non ne fosse capace.

L'ecografia mostrò del sangue nell'addome. Dovevamo aprirlo, subito, e il mio cervello calcolava vorticosamente quanto tempo ci sarebbe voluto. Ma poi Noah mi rivolse quel suo sorriso rapido, quello che lo faceva sempre sembrare partecipe di uno scherzo che nessun altro conosceva.

«Riportalo da noi, o dico a tutti che sei stato il peggior appuntamento che abbia mai avuto» disse. Quelle parole squarciarono il mio panico, e la mia adrenalina salì di un altro livello.

«Faremo un clampaggio e via» annunciò. «Uno, due, tre, via!»

Era pazzo, ma del tipo migliore. Del tipo che avrebbe potuto funzionare.

E poi ci mettemmo in moto, e io ero proprio lì con lui, a correre col paziente lungo il corridoio, superando i limiti di velocità oltre a quelli medici. La mia mano sfiorò quella di Noah mentre trasferivamo la barella, e ci fu una scossa, come una scarica di elettricità statica, come caffeina dritta nelle vene. La ignorammo, entrambi fingendo di non averla notata. Ma io sentii quella carica. Come avrei potuto non sentirla?

Arrivammo alle porte della sala operatoria, e l'équipe era già in attesa. Noah gridava istruzioni mentre io mi infilavo il camice sterile, e non c'era dubbio su chi stesse conducendo lo spettacolo. Lo lasciai fare. Fece lui il primo taglio, e io glielo permisi. L'emorragia interna era persino peggiore di quanto pensassimo, e non c'era margine di errore.

«Dammi qualche dannata buona notizia, dottoressa Harper» chiamò Noah dall'altra parte del tavolo, immerso fino al petto in un macello che avrebbe dovuto farlo trasalire, e invece no.

Non potevo crederci, ma ero lì con lui, a lottare per controllare l'emorragia. A lottare per lasciargli prendere il comando. Le mie mani lavoravano, la mia mente correva, il mio cuore martellava come se avessi sedici anni e fossi nei guai fino al collo. Prese le decisioni giuste, una dopo l'altra, e cominciai a provare qualcosa che non avevo mai provato prima. Fiducia.

Il polso mi martellava nelle orecchie, la mia stessa voce suonava come se appartenesse a qualcun altro mentre gridavo: «La pinza tiene! La pressione sta risalendo!»

Il sollievo fu dolce e immediato, e aveva il sapore di... Be', aveva il sapore di un sacco di cose a cui preferivo non dare un nome. Come quanto fosse giusto fare tutto questo insieme. Come quanto poco volessi ammetterlo. Come fosse terrificante che questo non mi spaventasse quanto avrebbe dovuto. L'emorragia era sotto controllo, e volevo credere di esserlo anch'io.

Noah incrociò il mio sguardo sopra il telo chirurgico, e lo sguardo che ci scambiammo non era qualcosa che sapessi spiegare. Il suo sorriso diceva un milione di cose. Il mio cuore le ripeté.

La sala trauma laterale era un disastro: illuminazione scarsa, niente spazio, sangue che si raccoglieva sotto una barella. E poi c'eravamo io e Noah, al centro di tutto. Non ci vedevano spesso così. In sincronia. In armonia. In qualunque altra cosa tranne che in una battaglia aperta per il controllo. Avevamo un paziente critico e un difficile posizionamento di un tubo toracico davanti a noi, ma ero abbastanza sicura che, dal modo in cui l'intera stanza ci osservava, pensassero che lo spettacolo riguardasse noi.

C'era l'infermiera Patty, con un luccichio negli occhi come se avesse scommesso su come sarebbe andata a finire. C'era uno specializzando che fissava come se non riuscisse a decidere se prendere appunti o scommettere contro di noi. Il paziente era in gravi condizioni, ma ciò che li teneva tutti sulle spine era il modo in cui ci stavamo muovendo. Il modo in cui mi stavo muovendo con Noah. Nessun ordine abbaiato, nessun battibecco. Solo questa cosa che stavamo facendo, insieme.

«Questa posizione è terribile» dissi, schiacciata contro il muro, cercando di ottenere un'angolazione chiara.

Noah rise. Rise davvero, nel bel mezzo di quel caos, come se un polmone collassato fosse solo un altro martedì per lui.

«Vuoi fare a cambio?» mi chiese. «La tua parte sembra più facile.»

Lo fulminai con lo sguardo, o almeno ci provai. Forse fu meno efficace del solito a causa del modo in cui stavo quasi sorridendo. Mise le mani dove avrebbero dovuto esserci le mie, guidò il paziente in una posizione migliore. Mi lesse nel pensiero, anticipò ogni mia mossa, come se avessimo provato questa scena mille volte e non passato quattro anni a scontrarci.

«Abbiamo un solo tentativo» dissi, perché nonostante la mancanza di battute competitive, il tempo stringeva. «Sei pronto?»

Mi porse il bisturi con una facilità quasi irritante. «Sono nato pronto» disse, e dannazione se non gli credetti.

Feci l'incisione e il respiro che avevo trattenuto da quando avevamo iniziato finalmente si liberò. Sembrava che anche il mondo stesse trattenendo il fiato, ogni occhio nella stanza puntato su di noi, su questo spazio incredibilmente stretto, su questa cosa che stavamo facendo che sembrava incredibilmente giusta.

«Il sangue» disse Noah.

«Ci sto già pensando» risposi, afferrando l'aspiratore prima ancora che le parole gli uscissero di bocca.

E poi calò un silenzio improvviso, un silenzio che vibrava di una sua tensione, che aspettava, aspettava e aspettava finché non inserimmo il tubo e scivolò, oh Dio, scivolò perfettamente. Trattenemmo entrambi di nuovo il respiro. E quando il drenaggio toracico gorgogliò, fu il suono più meraviglioso del mondo.

Ci fu un secondo in cui ci guardammo e basta, in cui entrambi sapevamo quanto fosse importante quel momento. In cui entrambi sapevamo quanto sembrasse ancora più grande.

«Dovremmo farlo più spesso» disse Noah, con un sorriso largo un chilometro.

Non mi fidavo della mia voce, così annuii e finsi di passare al paziente successivo perché il tempo era fondamentale. Ma il sorrisetto di Patty mentre le passavamo accanto diceva che mi aveva scoperta. Che sapeva che qualcosa stava cambiando e che non sapevo come fermarlo.

Lo specializzando rimase a bocca aperta, la cartella clinica bloccata a mezz'aria. Probabilmente contava sul fatto che avrei perso la testa, che io e Noah ci saremmo scontrati, ma non era successo. Non successe.

Mantenni un'espressione neutra. Mantenni tutto neutro, anche se sentivo la presenza di Noah a un battito di cuore di distanza, anche se sentivo lo spostamento sismico del mondo sotto di me. Anche se sapevo che era più di un lavoro di squadra. Più di un tubo toracico posizionato perfettamente.

Mi sfiorò il braccio mentre andava verso il paziente successivo. Non dicemmo nulla. Ma forse questo diceva tutto.

Quando riuscimmo a stabilizzare l'ultimo paziente, la mia adrenalina era a terra. E anch'io.

Mi lavai, cercando di strofinare via la sensazione persistente della sua presenza. Le mie mani azionavano il dispenser del sapone, la mia mente girava in tondo. Ricordavo ogni secondo delle ore passate, ogni mossa che avevamo fatto, e i ricordi bruciavano più di qualsiasi cosa avessi mai provato. Mi bruciavano dentro, e non potevo più negarlo.

Non era solo il modo in cui mi aveva letta. Era il modo in cui volevo che lo facesse. Era il modo in cui avevamo fatto quella cosa impossibile facendola sembrare naturale come respirare.

Ripensai al momento in cui avevamo messo quella pinza, allo sguardo che mi aveva lanciato dall'altro lato del tavolo. Non sapevo cosa diavolo fosse, ma non era niente. Non potevo lasciare che fosse niente. L'acqua scorreva rosa e poi limpida. Le mie mani si muovevano con cerchi precisi ed efficienti, ma la mia mente girava in ogni direzione possibile.

Era diverso da chi pensavo fosse. Da chi volevo che fosse. E questo era terrificante.

Qualcuno era sulla soglia, esitante. Uno specializzando più giovane. Aveva quell'aria spaurita, quello sguardo sgranato da "sono esausto, ti prego, dimmi che non ho fatto casini" che ogni tirocinante ha dopo la sua prima maratona di traumi. Non mi guardava negli occhi. Fissava invece un punto sopra la mia spalla, ma era abbastanza ovvio a chi stesse pensando. A chi stessimo pensando entrambi.

«Le decisioni del dottor Carter sono state non convenzionali» disse, cercando di sembrare sicuro. «Sono sorpreso che Lei le abbia assecondate.»

Il suo dubbio accese una miccia dentro di me e risposi senza pensare. «Dovrebbe essere sorpreso di non averci pensato Lei.» Chiusi il rubinetto, presi un respiro più tagliente di quanto intendessi. «La decisione di Noah...»

E fu allora che mi colpì.

La rapidità con cui mi ero messa a difenderlo. Come la mia

impostazione predefinita fosse cambiata da un giorno all'altro. Non l'avevo solo fatto entrare nella mia sala operatoria, l'avevo fatto entrare in qualcos'altro e non sapevo come fermarlo. Lo specializzando aspettava, impaziente di cogliere al volo qualcosa, di imparare qualcosa di utile o scandaloso, ma io ero bloccata a metà frase, come se le parole stesse fossero delle traditrici.

Il cambiamento era stato improvviso. Doveva aver visto qualcosa sul mio viso, qualcosa che mi tradiva, perché sgranò gli occhi e praticamente scappò dalla stanza.

Non lo biasimai. Sarei scappata anch'io.

Fissai il mio riflesso nell'acciaio inossidabile, ma tutto ciò che vidi fu un fantasma, una forma che non riconoscevo. I capelli mi si stavano sciogliendo dalla coda di cavallo. La mia maschera di controllo stava scivolando via.

La cosa che mi spaventava di più?

Mi era piaciuto. Mi era piaciuto lui. E non avevo idea di cosa fare al riguardo.

Le porte dell'ascensore si chiusero e finalmente espirai. Ma quello che uscì non fu sollievo. Fu un'ammissione che non ero pronta a fare, una resa a cui non ero preparata. Il mio corpo era esausto, ma la mia mente era tutt'altro.

Frizzante. Elettrizzata. Elettrica.

Mi appoggiai alla parete, lasciando che mi sostenesse in un modo in cui non avevo mai permesso a niente e a nessuno. Ripassai le ultime ore, cercai di renderle cliniche. Professionali. Cercai di fingere che ciò che era successo con Noah riguardasse solo la medicina.

Ci provai, e fallii.

L'ascensore sobbalzò, e anche il mio cuore. Cercai di etichettarlo: rispetto professionale, adrenalina situazionale, follia. Ma non ero mai stata una che si raccontava bugie, non davvero. A essere onesti, questa era la prima volta nella mia vita che non mi sentivo sola. E questo mi spaventava più delle ore che avevamo appena passato in un labirinto di sangue e vetri rotti, più del panico che non mi aveva sfiorata fino a questo preciso istante.

Non voglio essere sola.

Mi fermai, una frazione di secondo prima che la confessione mi sfuggisse del tutto. Stavo perdendo il controllo. Stavo perdendo qualcosa. Il controllo, forse. Lo odiavo, ma non quanto pensavo. Non quanto un tempo.

Le porte si aprirono e il mondo aspettava che lo raggiungessi. Il peso di questo, di tutto, rimase sospeso nell'aria mentre entravo nel corridoio vuoto. Raddrizzai la postura, come se questo potesse sistemare ciò che si stava allentando dentro di me.

Ma non poteva. Niente poteva.

Era stato un giorno di traumi, ma la cosa che mi spaventava di più era che non l'avevo odiato. Il caos, la connessione. Il non essere sola. Forse era solo una scarica di adrenalina. O forse... forse volevo che fosse di più.

Non si poteva tornare indietro. Non dopo questo. L'unica cosa che restava era quella che non volevo ammettere. *Mi piace.*

Mi piace un sacco.

QUATTORDICI

NOAH

Siamo in tre nella stanza, ma solo in due hanno le sedie. Va bene. In questo modo posso tenere d'occhio sia il Dr. Patel, il responsabile dei rischi dell'ospedale, sia l'altra, che non si è degnata di presentarsi. Il Dr. Patel teneva le mani ordinatamente incrociate sul tavolo, un ometto piccolo e curato che probabilmente si sarebbe stropicciato se gli avessi respirato addosso troppo forte. La donna con lui era fredda, impietrita, un iceberg in camice.

«Dottor Carter.» La sua voce era secca e abbastanza gelida da congelarmi il sangue nelle vene, se glielo avessi permesso.

«Vuole sedersi?» mi domandò il Dr. Patel. Faceva quel suo solito numero, in cui si comportava come se fosse amico di tutti. Doveva servire a disarmare, e forse ci sarebbe riuscito, se non lo avessi conosciuto meglio.

«Sto bene così.» Mantenni una postura rilassata, la presa leggera sullo stipite della porta. Era uno studio di calma calcolata, architettato per dare l'impressione di esserci già passato. E in effetti era così.

«Molto bene» disse l'amministratrice. Tornò al sodo, come se non se ne fosse mai allontanata. «L'incidente di ieri durante il tamponamento a catena...»

Annuii, ricordando. Il pronto soccorso, inondato di corpi, era un caos di ossa rotte e monitor che bippavano.

«Sì?» dissi.

«Lei ha eseguito una procedura non autorizzata» continuò, senza perdere un colpo.

La faceva sembrare una cosa così sconsiderata, così terribile, così tanto da me.

«Ho salvato una vita» le ricordai, la voce ferma, come la pressione dell'aria prima di una tempesta.

Il Dr. Patel rimescolò le sue carte ma rimase in silenzio. Stava aspettando di vedere da che parte tirava il vento.

L'amministratrice mi fissò, senza battere ciglio, inflessibile. «Lei capisce la responsabilità che questo comporta per l'ospedale, non è vero? Il rischio per la nostra assicurazione, per il nostro accreditamento?»

Non menzionò il mio posto di lavoro, ma sapevamo tutti che era sottinteso. Era la stessa minaccia, la stessa storia. Cambiavano solo le date e le firme.

«Certo» risposi, freddo come una pioggerellina di Seattle. «Ma quando un paziente è in arresto cardiaco, non vedo il motivo di aspettare le scartoffie.»

I suoi occhi si strinsero quel tanto che bastava per notarlo, una crepa nel ghiaccio. «Quindi, sta dicendo che prenderebbe di nuovo la stessa decisione?»

«Ogni singola volta.» Sostenni il suo sguardo, le feci sentire la mia convinzione. Era reale, reale come poche altre cose in quel posto.

Il Dr. Patel si schiarì la gola, finalmente prendendo posizione. «Pur apprezzando la sua dedizione, Noah, deve capire la posizione in cui questo ci mette.»

Adesso c'era un "noi". Doveva essere grave.

«La posizione dell'ospedale» lo corressi, sorridendo. Voleva essere un sorriso rassicurante. Non credo che ne avesse l'aria.

L'amministratrice picchiettò la penna sul suo blocco note. Era l'unico suono nella stanza, e riecheggiava come il ticchettio di un orologio. «Questo potrebbe portare a una revisione formale» mi avvertì. La sua voce era bassa, studiata per innervosire, per turbare.

«Capisco.» La mia risposta fu rapida, deliberata, un'ammissione senza contrizione. Volevo che vedessero che non mi sarei tirato indietro, che credevo in ogni singola dannata parola.

«È tutto quello che ha da dire?» Si sporse in avanti, e quasi mi aspettavo che mi facesse scivolare davanti un foglio di carta e mi dicesse di scriverci qualcosa. Qualcosa di contrito, di servile.

«Preferisco trovarmi qui con voi due» le dissi, lanciando un'occhiata al Dr. Patel per assicurarmi che si sentisse incluso, «che al funerale di qualcuno.»

Il Dr. Patel sollevò lo sguardo dai suoi appunti, incrociando finalmente i miei occhi. Era preoccupato, e questo mi inquietava più del gelo dell'amministratrice.

«Se ci sarà una revisione» disse, con tono più morbido, «è importante che tu abbia il nostro supporto, Noah.»

Allora supportatemi, pensai.

Rimasi in silenzio, però, perché sapevo che non mi avrebbe messo pressione mentre ero sotto inchiesta. Avrebbe aspettato. Era il suo modo di fare.

L'amministratrice chiuse la sua cartella di scatto, ponendo fine alla riunione con una definitività che voleva essere intimidatoria. «Spero che si renda conto della gravità della situazione» disse.

«Più di quanto Lei immagini.»

Ci fissammo per qualche istante prima che lei si arrendesse e rivolgesse la sua attenzione al Dr. Patel. Si scambiarono un'occhiata, un'intera conversazione nel battito di una palpebra. Non riuscii a decifrarla, ma mi fece sentire come se avessero appena deciso di non mangiarmi per colazione.

Feci un cenno a entrambi e uscii dalla stanza, lasciando la porta aperta dietro di me. Se avevano intenzione di lasciarmi a seccare al sole, almeno non avrebbero dovuto richiamarmi dentro per farlo.

Il corridoio fuori era luminoso e spietato, come uscire da una caverna e trovarsi sotto il sole di mezzogiorno. Strinsi gli occhi contro la luce, e non ero sicuro se fosse sollievo o sfinimento a impadronirsi di me per primo. Probabilmente entrambi. Feci un respiro, lungo e profondo, e lo buttai fuori lentamente. Forse me l'ero cavata con un avvertimento per quella volta, ma una revisione formale avrebbe comunque significato guai.

Fu allora che la vidi, appoggiata al muro.

Era lì, ad aspettarmi, con le braccia conserte come un paio di parentesi a incorniciare la più improbabile delle apparizioni. La sorpresa mi si bloccò nel petto e dovetti guardare due volte per credere che fosse davvero lì. Certo, era il posto dove lavorava, ma non era mai il posto dove aspettava.

Lily Harper, in anticipo e disarmata.

Dovevo sembrare un idiota, lì impalato a sbattere le palpebre sotto la luce fluorescente. Lei era fredda come sempre, appoggiata al muro, i capelli raccolti in una coda stretta, non un singolo capello o un'emozione fuori posto.

Per un secondo, pensai di aver sbagliato l'ora o il luogo, o forse addirittura l'universo. Poi si staccò dal muro e colmò la distanza tra noi con poche falcate rapide, i suoi occhi sempre fissi nei miei.

«Ti hanno fatto un culo così?» mi chiese, la voce affilata come la sua coda di cavallo.

«Qualcosa del genere» riuscii a dire, riprendendomi dallo shock della sua preoccupazione. Era una cosa così rara e delicata che sentivo che avrei potuto spezzarla se non fossi stato attento.

Annuì, l'ombra di un sorriso che le aleggiava agli angoli della bocca. Era più simile a un raro fenomeno meteorologico che a una vera e propria espressione, qualcosa di fugace e inaspettato.

«Immaginavo» disse, come se lo avesse sempre saputo, come se fosse sempre due passi avanti a tutti noi.

«E tu... stai aspettando per dirmi "te l'avevo detto"?» azzardai, scrutando il suo viso in cerca di indizi, di qualsiasi cosa che potesse dare un senso al fatto che fosse lì, al mio fianco.

«Hai fatto la scelta giusta» disse, in tono pragmatico, senza esitazione, senza un'incrinatura nella voce. «Ed è quello che scriverò nel mio rapporto.»

La fissai, cercando di conciliare questa nuova realtà con tutto ciò che pensavo di sapere. Lily Harper, la somma sacerdotessa del protocollo, che mi diceva che avevo fatto la cosa giusta. Non era solo insolito; era impensabile.

«Non sei d'accordo, vero?» mi chiese, cogliendo il dubbio nel mio silenzio, l'incredulità nei miei occhi.

«Onestamente» dissi, «non ero sicuro che lo saresti stata.»

I suoi occhi erano fermi, diretti, e fendevano tutta la mia diffidenza e i miei ripensamenti. «Se ti penalizzano per aver agito in una situazione di crisi» continuò, «questo la dice più lunga sulla politica dell'ospedale che sul tuo giudizio clinico.»

Le parole rimasero sospese tra noi, qualcosa di reale, qualcosa di nuovo. Era il tipo di scossa che di solito si registra su un sismografo, ma eccoci lì, solo due persone in un corridoio, più vicine di quanto non fossimo mai stati prima.

Non sapevo cosa dire. Proprio io, il tipo che aveva sempre la battuta pronta, che svicolava sempre con umorismo, sarcasmo o fascino.

«Non lo fai mai, vero?» disse, guardandomi armeggiare con

parole e concetti come uno studente di medicina al suo primo giorno. «Lasciare che qualcuno ti copra le spalle.»

«Mi ci sto abituando.»

«E?»

«È...» La guardai di nuovo, la guardai davvero, e non c'era ironia, né astio, nient'altro che sincerità, certezza e Lily. «Diverso.»

«Non preoccuparti» disse. «Non lo dirò a nessuno.»

«So che non sei scesa qui ad aspettare il mio autografo» dissi, ritrovando finalmente un po' di terreno familiare nel nostro solito battibecco. «È un'offerta valida solo per questa volta, o posso contare sul fatto che il tuo gruppo di supporto avrà i biscotti la prossima volta?»

«Dipende» disse. «Hai intenzione di farti richiamare di nuovo a breve?»

«Non ho ancora nulla in agenda, ma vedrò cosa posso fare.»

Il sorriso svanì e per un momento sembrò riconsiderare tutto quello che aveva appena detto, come se forse fosse stato troppo. Ma poi sollevò il mento, determinata, e l'attimo si allungò tra noi, nessuno dei due che si muoveva, nessuno dei due che voleva spezzarlo.

C'era un silenzio diverso ora, carico, sconosciuto e pieno di potenziale.

Dovrei dire qualcosa. Qualcosa di intelligente, qualcosa di definitivo. Ma, per la vita mia, tutto quello che volevo era lasciare che questo momento indugiasse, che significasse qualsiasi cosa significasse.

Ecco come appariva Lily Harper quando stava dalla tua parte. E cominciavo a pensare che avrei potuto abituarmi alla vista.

Marcus mi guardò come se gli avessero appena consegnato il contenuto completo di una cartella clinica particolarmente succulenta. Era appoggiato allo schienale della sedia, in equilibrio su due gambe.

La sala relax odorava di caffè bruciato e disinfettante, un promemoria che, anche lì, in quell'oasi sterile, l'ospedale non ti permetteva mai di dimenticare dove ti trovavi. Cercai di apparire disinvolto, come se quella fosse solo un'altra sessione di relax post-confronto, ma la tensione nelle mie spalle raccontava una storia diversa.

«Allora» disse Marcus, allungando la parola come se stesse scartando qualcosa di speciale. «Hai intenzione di dirmi perché Lily andava avanti e indietro per il corridoio come un futuro papà in sala d'attesa?»

«Non andava avanti e indietro» dissi, probabilmente troppo in fretta, decisamente troppo sulla difensiva.

«Uh-huh.» Sollevò un sopracciglio, si avvicinò. «Non provi nemmeno a iniziare con un "Come è andata la tua giornata, Marcus?"?»

Mi massaggiai la nuca, cercando di sciogliere un nodo che non aveva nulla a che fare con i muscoli tesi. «Come è andata la tua giornata, Marcus?»

«Non ti preoccupare, amico» disse, ghignando come lo Stregatto. «Alla mia ci arriveremo dopo.»

Lo guardai da sopra il bordo della mia tazza. «Abbiamo avuto una conversazione» dissi alla fine. «Dopo la revisione.»

«Oh?» Posò la tazza e unì le dita a cuspide come se si stesse preparando a comunicare una diagnosi particolarmente importante. «Racconta.»

«Non è stata proprio una revisione» ammisi. «Più un discorso del tipo "Per favore, Noah, smettila di farci fare brutta figura salvando vite e infrangendo le regole".»

«E Lily dove si inserisce in tutto questo?» I suoi occhi si

illuminarono, affamati di dettagli, affamati delle parti su cui stavo cercando di non rimuginare troppo.

«Lei... era lì.»

Marcus emise un fischio basso. «Be', merda. Sembra una cosa seria.»

Lo fulminai con lo sguardo, più per scena che per altro. «Non è come pensi.»

«Non ancora» disse. Prese un sorso del suo energy drink, assaporando il mio disagio come se fosse un vino d'annata rara.

Alzai le spalle, fingendo indifferenza, ma entrambi sapevamo che non era così semplice. «Non mi aspettavo che si presentasse, okay? O che dicesse quello che ha detto.»

Marcus si sporse in avanti, posando tutte e quattro le gambe della sedia a terra con un tonfo definitivo. «E cosa ha detto, esattamente?»

«Che ho fatto la scelta giusta.»

«Accidenti» disse, quasi con riverenza. «Una dichiarazione d'amore in piena regola, se mai ne ho sentita una.»

Non potei farne a meno; risi. Era per metà frustrazione, per metà sollievo, tutto aggrovigliato in qualcos'altro a cui non ero pronto a dare un nome. «Ha preso le mie parti, Marcus. Le *mie* parti.»

Marcus annuì lentamente, fingendo di prendere appunti con una penna invisibile. «Ti rendi conto di cosa significa, vero?»

«Illuminami.»

«Ti importa.» Lasciò che le parole rimanessero sospese lì, nell'aria, come una sutura particolarmente insidiosa.

«Già, be'.» Mi massaggiai di nuovo il collo, il nodo ancora stretto, ancora lì. «Non mi aspettavo che succedesse.»

«Ma è successo.»

Fissai la mia tazza, guardando il caffè incresparsi sotto il mio respiro, sotto la mia ammissione. «Credo di sì.»

«Significa che siamo ufficialmente nel territorio del "è complicato"?»

Gli rivolsi la mia migliore alzata di spalle noncurante, quella che di solito mi tirava fuori dai guai, dall'ammettere cosa mi stava realmente passando per la testa. «Non è che stiamo... insomma. Non lo stiamo.»

«Ma vorresti.»

Non risposi subito, perché onestamente non ne ero sicuro. Ma il silenzio fu una risposta a sé stante, e Marcus lo sapeva.

«Amico» disse, scuotendo la testa. «Sei così fottuto.»

«Grazie per il voto di fiducia.»

«No, seriamente.» Mi puntò un dito contro, ancora divertito, ancora consapevole. «Non stai più inseguendo solo l'alchimia. Stai inseguendo... Cosa? Rispetto? Fiducia?»

«Tutto quanto?» Lo dissi come se fosse uno scherzo, ma sapevamo entrambi che facevo sul serio.

«E la parte triste è che ti piace.»

Quello gli valse un'altra risata, questa volta non così vuota come la precedente. «Sì. Credo di sì.»

Sorrise beffardamente, finì l'ultimo sorso del suo caffè e si allontanò dal tavolo. «Vuoi un mio consiglio?»

«Non proprio.»

«Pazienza» disse. «Te lo do lo stesso.» Fece una pausa per creare un effetto drammatico, si assicurò che stessi prestando attenzione. «Non mandare tutto a puttane.»

Poi se ne andò, lasciandomi solo con il mio caffè freddo e i miei pensieri.

La trovai fuori, vicino alla zona delle ambulanze, avvolta nelle ombre e nel freddo della sera. Il suo respiro creava nuvolette soffici nell'aria gelida e per un istante rimasi a guardarla da lontano, cercando di capire come approcciare questa nuova versione di noi.

Il parcheggio era illuminato dalle luci di sicurezza che allungavano le nostre ombre, rendendole lunghe e sottili sull'asfalto. In lontananza, le sirene delle ambulanze ululavano, un costante promemoria che da qualche parte, qualcun altro stava correndo verso un altro ignoto. Ma lì, in quella piccola sacca di quiete, c'eravamo solo noi.

Feci un respiro profondo, lasciando che l'aria fredda mi desse stabilità, e mi avviai verso di lei con passi misurati. Si accorse di me quando ero a metà strada e la vidi irrigidirsi leggermente prima di rilassarsi, come se fosse stata sorpresa a fare qualcosa che non doveva ma non avesse intenzione di ammetterlo.

«Lily» dissi quando la raggiunsi, la parola più un sollievo che un saluto. «Grazie per prima.»

Abbassò lo sguardo, scrollandosi di dosso la mia gratitudine come se fosse neve sulle sue scarpe. «Ho solo detto la verità» disse. C'era una dolcezza nella sua voce che prima non c'era, un calore che fendeva il freddo della sera.

Rimanemmo lì, il silenzio tra noi che si allargava, ampio e strano. Non era imbarazzante, ma non era nemmeno del tutto confortevole. Era qualcosa di nuovo, qualcosa di carico e pieno di cose che non avevamo ancora detto.

«Dico sul serio» dissi, rompendo il silenzio perché era troppo e non abbastanza allo stesso tempo. «Avermi coperto le spalle? Significa più di quanto tu possa immaginare.»

Incontrò i miei occhi, e c'era una vulnerabilità lì che mi colse alla sprovvista. «Non cambierà niente» disse, quasi come un avvertimento, quasi come una promessa.

«Comunque.» Feci un passo più vicino, colmando parte dello spazio che ora sembrava troppo grande. «Significa molto.»

Si infilò le mani nelle tasche del cappotto, una mossa

difensiva che in qualche modo la faceva sembrare più piccola, meno simile alla Lily che avevo sempre conosciuto.

«Rispetto le tue scelte, Noah» disse. Le sue parole erano rapide e dirette, come se temesse di perderle se non le avesse pronunciate abbastanza in fretta. «Anche quando mi spaventano a morte.»

«Non pensavo che qualcosa ti spaventasse» dissi.

Sorrise. «Sono piena di sorprese.»

«Lo rifarei» le dissi, la voce ferma e incrollabile. «Ogni volta.»

Non trasalì, non distolse lo sguardo. «Lo so» rispose.

Le sirene si affievolirono, la notte divenne più fredda e nessuno di noi si mosse. Eravamo come due attori in una scena che avevano dimenticato di lasciare il palco, che avevano persino dimenticato di volerlo fare.

«Dovrei andare» disse, ma non sembrava convinta.

«Già» dissi, senza muovermi.

«Ci vediamo domani?»

La domanda era piccola ed esitante, come se pensasse che forse avrei detto di no. Come se pensasse, forse, che tutto questo si sarebbe dissolto al sorgere del sole.

«Contaci.»

I suoi occhi rimasero nei miei per un istante di troppo, poi si voltò e si diresse verso la sua auto. La guardai andare, guardai la sua figura rimpicciolirsi fino a scomparire nelle ombre.

Raggiunsi la mia auto e provai un impulso irresistibile di alitare forte contro il vetro. Il mio fiato appannò il finestrino, e ci disegnai sopra un cerchio veloce con il dito, come un bambino, come qualcuno a cui era appena stata data una cosa preziosa e non era sicuro se fosse reale.

QUINDICI

LILY

Maria trasalì. Fu una cosa da niente, quasi impercettibile, ma mi ero addestrata a notare tutto. Specialmente le piccole cose. Stava in piedi con gli altri specializzandi, un muro di camici bianchi e di energia nervosa, ma oggi era sottotono.

«Sono cinquanta milligrammi, non quindici» la corressi, sentendo il tono secco nella mia voce.

Era la mia specializzanda e mi dicevo che era per il suo bene, per il bene di tutti. L'ospedale non era un luogo per gli errori. E nemmeno un luogo per i trasalimenti.

Le sue guance arrossirono, ma lei borbottò un quieto cenno di assenso e corresse la cartella, cercando di apparire imperturbabile. Intorno a noi, il reparto ronzava della sua solita cacofonia — macchinari che emettevano segnali acustici, infermieri che si affrettavano, pazienti che gemevano — ma il comportamento di Maria stonava con tutto il resto. Assottigliai lo sguardo mentre la osservavo, l'ottimista dagli occhi vivaci che di solito rispondeva prima ancora che finissi le mie domande. Ora faticava a rimanere in sintonia.

Maria non fu l'unica a risentire della mia correzione. Vedevo gli altri specializzandi scambiarsi occhiate, probabilmente sollevati di non essere il bersaglio di oggi. Non lasciai che mi distraessero, non feci vedere loro i pensieri che mi balenavano dietro gli occhi.

«Andiamo avanti» dissi, indicando la stanza successiva. Il mio tono era tagliente, professionale, ma non riuscivo a scrollarmi di dosso l'immagine delle mani vacillanti di Maria.

Il paziente all'interno era un uomo di mezza età con una fresca cicatrice addominale. Guardai di nuovo Maria, l'anello debole della catena chirurgica di oggi. Gli altri specializzandi si aspettavano una ramanzina sulle aderenze o sui rischi di infezione, ma io deviai, puntando la domanda successiva dritta verso di lei.

«Quali sono le potenziali complicanze post-colectomia?»

I suoi occhi rimasero vuoti per un momento — solo un momento — ma fu abbastanza. «Ostruzione intestinale» disse infine, le parole che le uscirono tutte d'un fiato. «Formazione di ascesso. Ileo prolungato.»

«Bene» dissi, ma non era tutta la verità. Tutta la verità era che lei era concentrata solo una frazione del solito, e sapevo che lei lo sapeva. La mia lode suonò vuota, persino a me.

Il giro visite continuò e la distrazione di Maria aleggiava sul gruppo come il cielo grigio di Seattle là fuori. Sussultò quando un altro specializzando la sfiorò passandole accanto. Controllava il telefono con una frequenza che rasentava il compulsivo, come se le stesse dando istruzioni su come superare la giornata. Non era difficile indovinare dove fosse la sua mente. Più difficile indovinare perché fosse lì.

Un altro paziente, un'altra serie di domande. Lei inciampò in una risposta sulla terapia anticoagulante, e la risposta tardò troppo, anche se era una domanda basilare. C'era qualcosa di molto, molto storto.

«Dottoressa Alvarez?» chiesi, incalzandola per avere di più. Non l'avevo mai sentita balbettare prima, ma eccola lì.

Lily: uno. Maria: zero. Non dava la soddisfazione che avrebbe dovuto.

L'ultimo paziente della mattinata era un'artroplastica del ginocchio. Questa volta, chiamai Jason, uno degli altri specializzandi. Lui fu sollevato, inciampando nella sua spiegazione sulla profilassi della TVP, lanciando un'occhiata a Maria come se lei avesse abbassato l'asticella di proposito. La mia presenza lo rendeva nervoso, ma quello non era un mio problema. Il nervosismo di Maria lo era. Finsi di ascoltare Jason, ma tutta la mia attenzione era su Maria e il suo ridicolo telefono.

Quando il giro visite finalmente terminò, gli specializzandi si dileguarono come uno stormo di piccioni spaventati, sollevati di essere fuggiti. Maria rimase indietro goffamente, evitando il mio sguardo, rimettendosi il telefono in tasca come se fosse un pezzo di contrabbando. Dal modo in cui si muoveva, potevo quasi vedere il livido emotivo che si stava formando per via di prima.

Ma più di quello, vedevo un enigma, ed era uno che intendevo risolvere.

Maria sembrava colpevole. Poteva essere l'illuminazione — fioche luci fluorescenti che tremolavano sopra di noi — ma ne dubitavo.

Determinata ad andare a fondo della questione, la condussi nel ripostiglio del materiale sanitario, dove non poteva sfuggire alla verità agitandosi.

«C'è qualcosa che sta succedendo e di cui dovrei essere a conoscenza?» chiesi, chiudendo la porta alle mie spalle.

Iniziò a contare guanti chirurgici con mani tremanti. «Uh, no? Perché lo pensa?»

La stanza odorava di antisettico e cartone, angusta e opprimente. Un posto dove si smista il materiale e da cui gli specializzandi non possono scappare facilmente.

«La sua concentrazione è a zero» dissi, facendo un passo verso di lei. «Sta sbagliando domande, dosaggi... cosa sta succedendo?»

Maria esitò, le sue dita si fermarono su una scatola di bende. «Sono solo stanca, Lily. Non succederà più.»

«Questa non è una risposta» le dissi. Sapevamo entrambe che non era stanchezza; faceva turni di notte e arrivava comunque più sveglia degli altri. «Qualcosa è cambiato. Parli.»

Cercò di riderci su. «Lei mi conosce. Sono solo un po'... distratta. Non è niente di grave.»

«Distratta non è abbastanza.»

Maria finalmente incrociò i miei occhi, e vi fu un barlume di paura. Sapevo come mettere qualcuno all'angolo finché la verità non veniva a galla. Era un talento e un difetto.

«Okay, okay» disse, con un tono come se io fossi il boia e lei stesse scegliendo il metodo di esecuzione. «C'è una cosa. Frequento una persona.»

«Una persona?»

Fissò il pavimento, mormorando: «Ethan. Il dottor Park.»

Fu come se l'aria mancasse nella stanza, o forse era solo la mia pazienza.

«Esce con un altro tirocinante?» La domanda uscì più tagliente del previsto, un riflesso più che altro. Passai alla Lily che tutti conoscevano: professionale, insensibile, inflessibile. «Conosce le regole dell'ospedale. Conosce i rischi.»

«Sì» disse Maria, la parola che si allungava per la frustrazione. «So tutto questo. Ma è...» si sforzò, cercando la parola giusta. «diverso.»

«Diverso è un'avventura che diventa seria» dissi, non rendendomi conto che stavo citando me stessa. «Le cose serie rovinano le carriere.»

Mi aspettavo che crollasse. Invece, gli occhi di Maria brillarono di sfida. «Non volevo che succedesse. Ma è successo. Non voglio più nascondermi, Lily. E non voglio nemmeno rovinare il mio futuro.» Le sue dita si attorcigliarono nervosamente attorno a una penna, le nocche bianche e insistenti.

Un mese fa, la mia risposta sarebbe stata inequivocabile: una passione comprometterà sempre l'altra. Ora, guardando Maria tremare tra la speranza e la paura, sentii la mia certezza vacillare.

«Sta rischiando molto» dissi, e non era la ramanzina che intendevo fare. «Questo non è da lei, Maria» dissi.

«Questa sono io» rispose lei, con gli occhi spalancati, vulnerabili. «Solo non la parte che vede tutti i giorni.»

La sua sincerità era snervante e, per un momento, invidiai il suo coraggio.

«Pensi a quello che sta facendo.»

«Mi creda, ci ho pensato» sussurrò lei, con gli occhi nei miei, implorando più di un consiglio. La sua convinzione era inquietante, eppure la ammiravo.

Aprii la porta, lasciando entrare la luce sterile del corridoio, un promemoria di dove eravamo e di cosa c'era in gioco. Mentre mi passava accanto, c'era una domanda inespressa sospesa tra di noi, una a cui non avevo una risposta.

Non è da me esitare. Fermarmi. Mettere in discussione. Ma la confessione di Maria mi tormentava come una tosse persistente.

Ero nella tromba delle scale, un posto tranquillo dove gli specializzandi di chirurgia pensano e occasionalmente piangono, e tutto ciò che potevo fare era stare seduta qui sul gradino freddo, la schiena contro il muro, a pensare.

Era un luogo di cemento e opprimente, ma in quel momento era l'unico spazio che avesse senso. La voce di Maria mi risuonava in testa: «Non voglio più nascondermi. E non voglio nemmeno rovinare il mio futuro.» È una sciocca, mi dissi. Un'incosciente. Cercai di aggrapparmi alla mia disapprovazione iniziale, ma l'esitazione persisteva come una ferita aperta.

Forzai i miei pensieri a tornare alla professionalità, a tutto ciò in cui credevo. Le relazioni complicano le carriere. La carriera è tutto. Questa era stata la mia verità, il mio principio guida.

Poi, Noah si era intromesso. Non invitato, eppure in qualche modo atteso.

Il gala era stato un turbine confuso di musica e abiti da cerimonia goffi. Non volevo andarci, non avevo alcuna intenzione di restare. Ma poi c'era stata la sua mano sulla mia vita, a guidarmi in un ballo che era sembrato come essere travolta da un'onda anomala. Per la prima volta dopo tanto tempo, non ero io ad avere il controllo, e la sensazione era stata sia terrificante che... esaltante.

Ciò che mi spaventava di più era che l'avevo lasciato accadere. Non lo avevo allontanato. Peggio, non volevo farlo.

Cercai di riconcentrarmi. La porta della tromba delle scale cigolò aprendosi, il suono che riverberava nello spazio vuoto. Mi aspettai quasi che qualcuno mi trovasse lì, che vedesse attraverso le mie crepe, ma la porta si richiuse sbattendo, lasciandomi sola con i miei pensieri.

Un altro ricordo affiorò, squarciando il mio tentativo di distrazione. Il caso di trauma. Caos al pronto soccorso. La perfetta sincronia delle nostre mani, delle nostre menti. La sua voce ferma, calma e rassicurante.

«Ottimo lavoro, dottoressa Harper.» L'aveva detto con un sorriso che non avrebbe dovuto avere importanza. Ma l'aveva avuta.

Chiusi gli occhi, cercando di bloccare la verità che si stava insinuando in me da quella notte. Non volevo essere Maria. Non volevo rischiare tutto ciò per cui avevo lavorato. Ma l'eco del mio stesso consiglio mi perseguitava: *Pensi a quello che sta facendo.*

La caffetteria era quasi vuota, una quiete strana. Vidi Maria esitare vicino alla porta, come se si aspettasse che le lanciassi una cartella clinica.

«Siediti» dissi, e lei si avvicinò con cautela, le spalle curve, in attesa di un rimprovero.

Invece, ricevette un caffè. E la cosa più vicina a un vero consiglio che avessi mai dato.

Finsi di mescolare la mia bevanda, osservando Maria con la coda dell'occhio. I suoi movimenti erano lenti, deliberati, come se stesse attraversando un campo minato aspettandosi che qualcosa esplodesse. Capivo la sua sorpresa. Ero un po' sorpresa anch'io.

Si sedette di fronte a me, la schiena dritta come per prepararsi all'impatto. «Voleva parlarmi?» chiese, la sua voce attenta e guardinga.

Annuii. «Una conversazione vera. Non solo di chirurgia.» I suoi occhi si sgranarono, colta alla sprovvista, e presi un sorso di caffè per nascondere la mia stessa incertezza. «Dovrebbe sentirlo da me, non attraverso le chiacchiere dell'ospedale.»

Maria si irrigidì, pronta alla sentenza. Potevo vedere le argomentazioni che si accumulavano dietro ai suoi occhi, le difese che stava preparando. Non sapeva che non ero lì per schiacciarle.

«Non la denuncerò» dissi, con la voce più calma che riuscii a gestire. «Ma voglio che capisca cosa sta rischiando.» Il suo sollievo fu quasi comico, e mi resi conto di quanto questo comportamento non fosse da me. Di quanto non lo sentissi da me.

Le sue spalle si abbassarono e, per la prima volta, incontrò il mio sguardo senza trasalire.

«Davvero? Vuole dire... davvero?»

«Sì, davvero» le dissi. «Ho pensato a quello che ha detto. È una cosa seria con lui, non è vero?»

«Lo è» disse Maria, la sua voce flebile ma ferma. «Non mi aspettavo che lo diventasse. Non l'avevo pianificato. Ma lo è.»

«Ethan è un bravo medico. Stabile. Riflessivo. Ma le relazioni... hanno un modo di prendere il sopravvento se non si sta attenti.»

Maria si sporse in avanti, i suoi occhi brillanti. «Sta dicendo che non dovrei rinunciarci?»

Sospirai, non credendo quasi alle mie stesse parole. «Sto dicendo di essere intelligente. Di essere cauta. Ma di non avere paura di essere umana.» Sembravo un'estranea, come qualcuno che sta iniziando a lasciar entrare il mondo.

La sua espressione passò dall'incredulità alla gratitudine. «Non mi aspettavo che capisse» ammise.

Risi, un suono breve e ironico. «Nemmeno io.»

Maria studiò il mio viso, e vidi il momento in cui si rese conto che stavo parlando per esperienza. La sua curiosità era palpabile, ma si trattenne. «È cambiato qualcosa per lei?» si azzardò a chiedere, la domanda delicata e pericolosa.

«Forse» risposi, mescolando di nuovo il caffè per evitare la verità riflessa nei suoi occhi.

«È diversa» disse Maria, il suo tono quasi accusatorio. «Da quando la dottoressa Harper si è così ammorbidita?»

Le lanciai un'occhiata, metà seria, metà divertita. «Non lo dica agli altri.»

Lei sorrise, sorrise davvero, e sentii qualcosa cambiare tra di noi. Era l'inizio di una fiducia, di una comprensione, che andava più a fondo dei ruoli di mentore e specializzanda che avevamo interpretato finora.

Maria si appoggiò allo schienale della sedia, il peso dell'incertezza che si sollevava da lei. «Grazie» disse, e le parole portavano più della gratitudine. Portavano accettazione. Di me. Di sé stessa.

Ci separammo con un riconoscimento condiviso e silenzioso. Due donne che navigavano lo stesso mare tempestoso di ambizione ed emozione. La guardai andare via, sapendo che se la sarebbe cavata. Forse, solo forse, me la sarei cavata anch'io.

SEDICI

NOAH

L'odore di popcorn bruciati e di antisettico aveva una sua strana armonia al pronto soccorso. Mi dissi che era confortante, mentre Jason si bloccava e la frequenza cardiaca del paziente precipitava. Non era il caos a sconvolgerlo, era il panico negli occhi della famiglia. Riconobbi anche quello.

Intervenni, presi con delicatezza gli strumenti dalle mani tremanti di Jason e lavorai con la calma costante che derivava solo dall'aver già commesso ogni possibile errore almeno una volta. La stanza si riempì dei bip meccanici di sollievo mentre il paziente si stabilizzava. Osservai Jason ritrarsi, scomparendo quasi tra le pareti, sapendo che l'avrei cercato più tardi.

Il resto della squadra traumatologica si mosse con efficienza intorno a me, ripristinando il box per il caso successivo. Vedevo Jason indugiare vicino alla porta, a testa bassa, l'ombra di se stesso. Evitava il mio sguardo, confondendosi con i rumori dell'ospedale. Il suo modo di defilarsi era quasi una forma d'arte: disperato, ma nel tentativo di salvare la faccia.

«C'è mancato poco» commentò un'infermiera, accennando con il capo al paziente ormai stabile.

Le rivolsi un rapido sorriso, che era più una smorfia, in realtà.

«Anche troppo» dissi, sfilandomi i guanti. «Dove l'hanno messa stavolta la macchina dei popcorn?»

Lei rise, scuotendo la testa. «Terzo piano. Non dare fuoco a tutto, Carter.»

Guardai i monitor che emettevano i loro bip a un ritmo costante e pensai di andare a cercare Jason. *Parleremo dopo,* mi dissi, scorgendo la sua figura in ritirata per un'ultima volta mentre uscivo nel corridoio.

Lo spogliatoio era tutto angoli acuti e luci dure, con l'odore di sudore e candeggina che formavano una tregua precaria. Qui era più silenzioso, ma sentivo la tensione scoppiettare sotto la superficie. Aprii il mio armadietto e Jason era accanto a me, in agguato come una coscienza sporca.

«Noah» disse, con la voce tesa. Sentivo tutto ciò che stava trattenendo, il modo in cui la sua mascella si contraeva, il suono del suo respiro che si bloccava in gola.

«Stai bene?» domandai, mantenendo un tono disinvolto. La disinvoltura era un mito in posti come questo.

«Mi sono bloccato.» Lo disse come fosse una confessione. «Mi dispiace, io...»

«Ehi» lo interruppi, voltandomi verso di lui. «Capita a tutti.»

Lui scosse la testa, e vidi le sue spalle incurvarsi ancora di più, come se si stesse sgonfiando proprio davanti a me. Quella postura era familiare, terribilmente familiare. Era la stessa che avevo assunto io mille volte.

«Non credo di essere tagliato per la medicina d'urgenza.» Le sue parole furono così sommesse che avrei potuto far finta di non averle sentite.

Chiusi l'armadietto, e il clangore del metallo suonò definitivo. «Parliamone dopo il turno» dissi. Lui non alzò lo sguardo. «Diventa più facile, te lo prometto.»

Rimanemmo lì per un momento, in un silenzio colmo di ogni dubbio che avesse mai avuto, di ogni fallimento che pensava di non poter superare. Era fin troppo simile a guardarsi allo specchio, uno specchio che rifletteva tutte le parti di me che non volevo vedere.

«Okay» acconsentì infine, anche se suonava più come una domanda.

Lo guardai andarsene, la porta che si chiudeva con un tonfo leggero e accusatorio. Rimasto solo, mi lasciai cadere sulla panca, cercando di scrollarmi di dosso il peso del riconoscimento che mi si era posato addosso quando avevo visto il suo volto. Quando avevo visto il mio.

Non mi aspettavo che mi colpisse così forte: le insicurezze di Jason che scrostavano la mia calma accuratamente mantenuta. Forse era perché stavo guardando la storia ripetersi, una storia ammonitrice che non avrei mai pensato di essere abbastanza grande, o abbastanza esperto, da raccontare. Le luci al neon ronzavano, vibrando contro il silenzio che non riuscivo a riempire del tutto.

Mi ficcai le mani in tasca, trovando il cappuccio di una penna, uno scontrino, niente che mi desse un senso di certezza. Sembrava così fottutamente sconfitto. Proprio come me un tempo.

Cercai di immaginare la mia mentore, Emily, di figurarmi cosa mi avrebbe detto se fosse stata qui. *Devi credere in loro, Noah. O non crederanno mai in se stessi.* Le parole facevano male, come una vecchia cicatrice che si riapriva. Non sapevo se fossi pronto per quello.

Jason si meritava di meglio di quello che avevo avuto io. Ripensai a quei primi mesi di specializzazione, alla sensazione di essere costantemente a secco, di annegare di continuo. Ed ecco Jason, che annaspava cercando un appiglio solido, e non c'era modo che lo lasciassi affondare.

Il suono di passi interruppe la mia spirale di pensieri, e alzai lo sguardo, sperando per un secondo che fosse di nuovo lui, o forse perfino lei. Ma la porta rimase chiusa, e io ero solo nello spazio vuoto, con l'immobilità che mi premeva da tutti i lati.

Sì, mi dissi. *Parleremo meglio dopo il turno.* Non potevo lasciarlo andare senza credere che le cose sarebbero migliorate, che lui sarebbe migliorato. Che potevamo entrambi.

E c'era ancora qualcosa, qualcosa che non aveva detto. Lo avevo visto nel modo in cui aveva esitato sulla porta. Nel modo in cui non l'aveva sbattuta.

Rimasi sulla panca per qualche altro minuto, lasciando che il ronzio mi ricordasse che ero ancora lì. Jason aveva lasciato un manuale sul bancone, lo raccolsi, determinato a restituirglielo insieme ai consigli che aveva bisogno di sentire. I consigli che io non avevo mai ricevuto.

La sala relax del personale sembrava un altro pianeta dopo un turno. Silenziosa. Calma. Respirabile. Le luci erano più soffuse, l'aria meno pesante di conseguenze di vita o di morte. Io e Jason sedemmo a un tavolo d'angolo con il distacco dei sopravvissuti, il caffè che si raffreddava tra di noi.

«Una volta c'è stato questo arresto cardiaco» cominciai, osservando i suoi occhi sgranarsi, «e io sono rimasto lì come un fottuto idiota mentre tutti gli altri gestivano la rianimazione.»

Il suo respiro si bloccò, incerto se ridere o scusarsi.

Feci un gran sorriso, mettendolo a suo agio. La sala relax era un terreno sicuro, un posto dove le nostre storie potevano prendere fiato.

Mi guardò come se fossi un unicorno: un chirurgo che

ammetteva di essere umano, lasciandogli vedere cosa c'era dietro la divisa. Riconobbi lo sconcerto, quella parte di lui che era sospettosa e grata allo stesso tempo.

«Poi c'è stata quella volta» continuai, appoggiandomi allo schienale, «in cui ho mancato una diagnosi importante. Il primario non ha avuto problemi a dichiarare a tutti che ero una disgrazia per la medicina moderna.»

Jason cercò di soffocare una risata e fallì clamorosamente.

Sogghignai, annuendo. «Va bene così» lo rassicurai. «È stato piuttosto divertente. In un modo traumatico, diciamo.»

«Davvero?» chiese. «Pensavo fossi una specie di genio dei traumi.»

«Questo è il segreto per fare bella figura» gli dissi, sollevando la tazza in un finto brindisi. «Non fare lo stesso casino due volte.»

La sua risata adesso fu più sicura, più reale. La stanza intorno a noi sembrava espandersi, un vuoto improvvisamente riempito dal calore della possibilità. Altro personale entrava e usciva, uno sfondo di conversazioni sommesse e risate stanche. Ma qui, al nostro tavolo, c'eravamo solo noi. Ed era importante.

«Il primo paziente che ho perso era al mio terzo mese» dissi, osservando la sua reazione. Stavolta non trasalì, si limitò ad ascoltare. «Era un ragazzino di otto anni. Arrivato con dolori addominali. Segni classici di appendicite, solo che non lo era. Ce ne siamo accorti troppo tardi.»

«Wow. Tosta.»

«Ho quasi mollato» confessai. «Marcus, il mio migliore amico, ora è caposala, ha dovuto prendermi a schiaffi per farmi rinsavire. Letteralmente.»

Lui sorrise, immaginando la scena. Pensai a quanto fosse diverso per lui. A quanto potessi essere diverso io per lui.

«Non si è mai trattato di non sbagliare, Jason. Si tratta di imparare. Se riesci a farlo, sei già un passo avanti.» Picchiettai sul tavolo con la punta delle dita.

Rimase in silenzio per un momento, elaborando. «Non lo sapevo» disse alla fine. «Pensavo di essere l'unico.»

«Non sei così speciale, te l'assicuro» lo presi in giro.

Jason si schiarì la gola, abbassando lo sguardo sul caffè. «È solo che... ho paura di deludere le persone. La mia famiglia. Tutti in ospedale. Me stesso.»

«Quella non se ne va mai» ammisi. «Ma impari a gestirla. Impari ad andare avanti.»

«Come?» I suoi occhi erano supplichevoli, le ultime vestigia di disperazione ancora aggrappate ai margini.

«Ci sono cose che aiutano» dissi. «Per me, è stato ricordare perché ho iniziato a fare questo lavoro. Il quadro generale. Le persone.»

«È sempre stato abbastanza?»

Pensai a Emily. A come mi fossi sentito alla deriva dopo che se n'era andata, come se fossi senza legami e senza meta. Pensai a quanto mi fossi sentito perso senza una direzione, senza un obiettivo a cui aggrapparmi.

«A volte, no» risposi. «Ma sapere che non era abbastanza... è stato abbastanza per continuare ad andare avanti.»

La sua espressione cambiò. Come se si stesse permettendo di capire.

«Non sei l'unico che pensa di mollare» dissi, «o che si preoccupa di mandare tutto a puttane. Quelli bravi non sono quelli che non sbagliano mai. Sono quelli che imparano a riprendersi.»

«Sembra che tu stia ancora cercando di convincere te stesso» azzardò.

Non aveva torto, ma gli era sfuggito qualcosa di importante.

Scossi la testa. «No. Sto cercando di convincere *noi*.»

Jason sorrise, un sorriso piccolo e timido, ma c'era.

«Immagino che vedremo se sono bravo a riprendermi quanto te» disse.

«Vedremo» concordai, sapendolo già. Già certo.

Le sue spalle si erano liberate dal fardello, i suoi occhi erano più luminosi, e sapevo di aver fatto qualcosa di giusto oggi. Non l'avevo lasciato cadere. Non l'avevo lasciato annaspare. E, in un certo senso, non avevo lasciato che accadesse neanche a me.

Jason si appoggiò allo schienale della sedia, il cambiamento nella sua postura rivelava un ottimismo che prima non aveva. «Ti devo un favore, Noah.»

«Non mi devi niente» gli dissi. «Basta che non ti esaurisci come stavo per fare io.»

«Promesso» disse, la parola quasi fanciullesca nel suo entusiasmo.

La conversazione cambiò di nuovo, questa volta più leggera, più facile. Parlammo degli aspetti meno drammatici del lavoro, quelli che ci avevano fatto ridere anche quando eravamo troppo stanchi per stare in piedi. Parlammo del paziente che era arrivato con un cucchiaio incastrato in un posto molto inappropriato, e di quella volta che Marcus si era rasato la testa in solidarietà con un ragazzino che stava per perdere i capelli a causa della chemio. Condividemmo storie che non finivano nel panico o nel dubbio, storie che sapevano di redenzione.

La sala relax si riempì di altro personale, del rumore ambientale di cameratismo e compassione. Jason non si ritrasse stavolta. Sembrava farne parte, un punto in una costellazione di altri come lui: che ci provavano, lottavano, imparavano. Lo guardai con una soddisfazione a cui non riuscivo a dare un nome. Alla fine si alzò, facendomi un cenno del capo che aveva più peso di qualsiasi ringraziamento verbale.

«Dico sul serio» disse. «Grazie.»

«Vai a casa» gli dissi. «Dormi. E ricomincia tutto domani.»

«Ci vediamo, Noah.»

Camminando per il corridoio fuori dalla terapia intensiva, la vidi. Lily, in una conversazione profonda con Maria, le braccia che si muovevano con un'insolita animazione. La sua coda di cavallo oscillava mentre annuiva. Indugiai vicino a una postazione degli infermieri, fingendo di studiare una cartella clinica, ma in realtà osservando le due con interesse a malapena dissimulato. Lily era meno guardinga, la sua postura aperta, il suo sorriso quasi affettuoso.

Ma che diavolo?

Era strano vederla così. Morbida. Non sapevo se mi piacesse o se mi facesse mettere in discussione tutto ciò che pensavo di sapere su di lei. Ma non riuscivo a distogliere lo sguardo.

Maria guardava Lily come se fosse una taumaturga. C'era ammirazione, ma era più di quello. Era una soggezione che nasce quando vedi qualcuno completamente diverso da come ti aspettavi. Lo capivo. Anch'io avevo visto quella versione di Lily. Solo che ora c'era un calore che non mi sarei mai aspettato. Non ero sicuro se volessi ridere o farle la proposta di matrimonio lì per lì.

L'interazione tra loro fu una rivelazione. Osservai Lily che toccava davvero la spalla di Maria. Mi cadde quasi la mascella a terra.

Ricordai la prima volta che ci eravamo incontrati quattro anni prima, il modo in cui i suoi occhi mi avevano trafitto come un bisturi. Era questo piccolo tornado di ambizione e disciplina, una forza della natura avvolta in un camice. Quella era la sua armatura. Quello era il suo grido di battaglia. Ora, il cambiamento nella sua postura, il modo non guardingo con cui ascoltava Maria, mi fece capire quanto fosse cambiata. O quanto stesse permettendo a se stessa di essere vista.

Il sorriso di Maria si allargò, e capii che le parole che Lily diceva avevano un significato. Un significato vero. Quella era una mentore, una guida, qualcuno di più della perfezionista ossessionata dalla carriera che pensavo di aver inquadrato. Mi chiesi se Jason mi guardasse come Maria guardava lei, se la nostra chiacchierata gli avesse dato la stessa forza che Lily stava dando in quel momento. Speravo di sì. Lo speravo davvero.

L'intera scena era uno specchio, un parallelo che non potevo ignorare. Lily faceva da mentore a Maria, io facevo da mentore a Jason, e in questo processo stavamo entrambi scoprendo nuove parti di noi stessi. Mi aveva detto che stavo sprecando il mio potenziale. Io pensavo che fosse troppo intensa per notare qualcosa che non fosse la propria traiettoria. Ma forse non eravamo così diversi. Forse lei mi vedeva meglio di come mi vedessi io.

Provai una rara forma di appagamento guardandole, vedendo questa scena svolgersi. Non era solo un momento tra due colleghe; era l'atto di apertura di qualcosa di più. Volevo attraversare il reparto, dire a Lily quanto questo contasse, quanto lei contasse. Ma non lo feci. Lasciai che il momento seguisse il suo corso, che respirasse.

DICIASSETTE

LILY

La casa è una scatola bianca. Minimalista, non perché mi manchi il gusto, ma perché il disordine è intollerabile. Il mio appartamento è al settimo piano, abbastanza in alto da evitare il rumore del traffico, abbastanza in basso da sembrare ancora di poter toccare il mondo, e le persone che lo abitano.

Entrai, disarmai l'allarme e appesi la borsa e le chiavi ai loro ganci designati. Poi, mi tolsi le scarpe prima di allinearle con precisione alle altre. L'intero processo era automatico, una memoria muscolare a scatti staccati, un balletto privato senza pubblico.

Il posto era silenzioso. Non solo quieto: silenzioso, come un museo dopo l'orario di chiusura. Persino il frigorifero ronzava con un mormorio sommesso e dignitoso, come se capisse la necessità di contegno. C'era una vista sulla città, ma non guardai. Invece, marciai dritta in cucina e iniziai la mia routine di decompressione: controllare la posta (nient'altro che volantini di assicurazioni), pulire i ripiani già lindi, fare l'inventario del frigorifero. La monotonia era rassicurante. Prevedibile. Niente può andare storto se non permetti mai al disordine di mettere radici.

Pensai a Maria, all'espressione assurdamente speranzosa sul suo viso mentre confessava la sua storia d'amore segreta. Dovrebbe infastidirmi – l'incoscienza, l'ingenua noncuranza per le conseguenze professionali – ma non era così. Ciò che mi infastidisce è che lei è felice. O quasi. Quello, e il fatto che la invidio.

Tirai fuori la raccolta differenziata, anche se nel cestino c'era solo una singola lattina di Diet Coke. La gettai nello scivolo comune e la guardai scomparire, poi mi fermai nel corridoio, incerta. Questo non è normale. Io non esito. Non mi fermo. Io eseguo.

Tornata dentro, cominciai a controllare il contenuto del mio armadietto dei medicinali. Cerotti, poi pomata per le ustioni, poi cotton fioc, poi filo interdentale. Era già tutto organizzato, ma lo rifeci. Cercai di concentrarmi sul movimento – il clic delle bottiglie di plastica, il lieve fruscio del cartone contro la formica – ma l'immagine di Maria persisteva, il suo sorriso una scheggia che non riuscivo a estrarre.

Finii sul divano, con le gambe rannicchiate sotto di me e il telefono in mano. Lo schermo brillava di notifiche accumulate: email del primario di reparto, spam da riviste mediche, tre nuove compatibilità su un'app di incontri che non ricordavo di aver installato.

Aprii l'app. L'interfaccia era pulita, algoritmica. Nessuno degli uomini meritava un secondo sguardo: uno era un fanatico della tecnologia convinto che la sua Peloton lo rendesse interessante, un altro un aspirante romanziere con un pizzetto a sottogola. C'era un cardiologo del Bellevue con credenziali impressionanti e la personalità di una pianta da appartamento.

Scorsi i loro messaggi. Ognuno era un piccolo gesto speranzoso, una moneta digitale lanciata nel vuoto. Non riuscivo a decidermi a rispondere a nessuno di loro.

Gettai il telefono da parte, per poi riprenderlo subito in mano, con il senso di colpa che mi pungeva la nuca. Sapevo perché avevo scaricato l'app. Sapevo cosa significava. Ma non potevo ammetterlo, nemmeno nell'intimità di casa mia, nemmeno a me stessa.

Andai in cucina. Aprii il congelatore. Tirai fuori una vaschetta monoporzione di lasagne, fatte in casa, etichettate e datate in stampatello. Le misi nel microonde, restando in piedi davanti all'elettrodomestico, a braccia conserte. Non mangio davanti alla TV. Non mangio a letto. Mangio al bancone della colazione, con la schiena dritta, la forchetta nella mano sinistra, il telefono nella destra.

Le lasagne erano perfette: formaggiose, salate, bollenti. Le assaggiai a malapena.

Posai la forchetta, mi pulii le labbra e ricaricai l'app. Cliccai su un profilo a caso. Questo era un pediatra. Capelli castani, occhi gentili, un sorriso un po' goffo. Il suo primo messaggio era diretto: «So che probabilmente entrambe lavoriamo fino a tardi, ma se mai volessi decomprimere davanti a un caffè, io ci sono.» Pensai di rispondere, con le dita sospese sulla tastiera. Avrei potuto dire di sì. Avrei potuto dire di no. Avrei potuto ignorarlo, che è la via di minor resistenza.

Invece, digitai: «Mi odieresti dopo i primi dieci minuti.»

Fissai il messaggio, poi lo cancellai. Chiusi l'app, poi cancellai anche quella.

Fissai le luci della città, che avevano cominciato ad accendersi, pixel dopo pixel, nel crepuscolo fuori dalla mia finestra. Da quassù, tutto sembrava organizzato. C'era un conforto in questo, la sensazione che tutto il caos del mondo fosse stato ridotto a una griglia di punti colorati, ognuno affidabile, coerente, conoscibile.

Ma non era abbastanza. La quiete era troppo completa, il silenzio opprimente. Mi chiesi se fosse così che si sentiva Maria prima di concedersi di ammettere ciò che voleva.

Mi alzai e ricominciai a pulire, strofinando il lavandino, pulendo il frigorifero, anche se l'avevo già fatto due volte. Spolverai la libreria, che in tutta la sua esistenza non aveva mai accumulato un granello di polvere.

Tornai al divano. Il telefono era di nuovo nella mia mano prima che me ne rendessi conto. Questa volta, non aprii nessuna app. Fissai solo il mio riflesso nel vetro nero, aspettando che succedesse qualcosa, che un qualche interruttore interno scattasse.

Non successe nulla.

Ero sola. Dovrebbe sembrare una vittoria. Un tempo lo era. Ma stasera, sembra una sconfitta.

Mi lavo i denti per esattamente due minuti. Spazzolino elettrico, setole consumate fino a metà della loro vita. Il timer pulsa ogni trenta secondi; mi sposto da un quadrante all'altro, dalla lingua al palato, senza mai saltare un punto. Da qualche parte in questo rito, il ricordo si insinua, insistente come la placca.

Il suo nome era Daniel. Studente di medicina, poi specializzando in psichiatria, poi – alla fine – il mio ex. Fu la prima persona con cui uscii che capì veramente cosa significasse essere assorbiti dal lavoro. Non solo le ore o la stanchezza, but il modo in cui la tua mente si riorganizza attorno alla prossima diagnosi, al prossimo enigma. Un tempo pensavo che questo significasse che saremmo durati. In realtà, significò solo che la nostra rottura fu più lenta, più insidiosa.

Sputai, mi sciacquai la bocca, mi guardai allo specchio. C'era del dentifricio sul mio mento, il che era insolito. Lo tolsi e mi sporsi in avanti, cercando tracce della donna che poteva essere amata da qualcuno come Daniel.

Aveva un modo di smussare gli angoli delle cose. I bagel

del sabato mattina, i cruciverba, i film guardati a metà sul divano. Posso ancora sentire il modo in cui rideva quando cercavo di psicanalizzarlo, o quando usavo il gergo medico per giustificare perché preferissi il silenzio alla conversazione.

L'ultima volta che lo vidi, aveva lasciato un biglietto sul frigorifero. Il ricordo è così vivido che è come se fossi ancora lì, in piedi con il camice fradicio di sudore, i piedi doloranti, la mente che ripercorreva le complicazioni chirurgiche mentre mi ficcavo in bocca del *Pad Thai* freddo.

Il biglietto era su un Post-it giallo, attaccato proprio al centro perché non potessi non vederlo.

Voglio essere una priorità, non un rinvio.

Lo lessi tre volte prima di concedermi di capire cosa intendesse. La mia prima reazione fu irritazione: chi lascia un biglietto di rottura su un frigorifero? La seconda fu il senso di colpa, tagliente come succo di limone su un taglio di carta. La terza fu qualcosa a cui ancora non so dare un nome.

Non facemmo una scenata spettacolare. Niente urla, niente bicchieri lanciati, nemmeno un'uscita di scena drammatica. Solo una lenta diminuzione dei messaggi, un'erosione dei venerdì sera insieme, un logoramento che sembrava quasi professionale. Dopo che se ne andò, passai una settimana a dirmi che doveva essere così. Che il sacrificio faceva parte dell'accordo, e che chiunque non riuscisse a tenere il passo era, per definizione, sacrificabile.

È solo ora, in piedi da sola nel mio bagno asettico, che ammetto la possibilità di essermi sbagliata.

Mi lavai di nuovo le mani, questa volta con più forza, come se potessi lavar via il retrogusto del rimpianto. Ma lo specchio non mente. C'è una morbidezza sul mio viso che prima non c'era, l'ombra di qualcuno che una volta credeva di poter avere sia l'eccellenza che l'intimità.

Spensi la luce, ma il ricordo persistette, vivido e insistente.

Forse Maria non è una sciocca. Forse è solo più coraggiosa di quanto io sia mai stata.

Mi misi a letto, tirando le lenzuola fin sopra le spalle, e lasciai vagare la mente. Non ai protocolli chirurgici, o al giro visite di domani, ma all'ultima volta che Daniel mi fece ridere così tanto da non riuscire a respirare, e alla sensazione che dava, come volare.

Chiusi gli occhi e finsi, solo per un secondo, di essere ancora quella versione di me stessa. Quella che pensava che l'amore e l'ambizione potessero vivere nella stessa stanza.

Le mattine in ospedale sono un paradosso: urgenti ma senza meta, una maratona di attesa che si verifichino disastri. Faccio i soliti giri, scrivo prescrizioni, firmo moduli, faccio cenni sbrigativi a infermieri e tecnici. La giornata scorre nel suo modo prevedibile, finché non mi ritrovo con un raro intervallo di cinque minuti e nessun altro posto dove andare se non la guardiola degli infermieri.

Il posto è un alveare: telefoni che squillano, monitor che bippano, piccoli gruppetti di conversazione che nascono e muoiono. La maggior parte degli specializzandi usa i tempi morti per sfogarsi o scambiarsi storie dell'orrore. Io di solito sto in disparte, indugiando ai margini del bancone con il mio caffè e una pila di cartelle non firmate. Oggi, sono attratta dal basso ronzio di risate che proviene dall'angolo.

Maria è incastrata in una sedia di plastica, con il telefono inclinato per una videochiamata. Riconosco il volto sullo schermo: il dottor Park, il suo amante proibito. Sono nel bel mezzo di una conversazione, ma è l'espressione sul suo viso a colpirmi. È radiosa. Non in senso poetico, ma letteralmente: guance rosee, occhi brillanti, ogni lineamento ammorbidito.

Ride con tutto il corpo, come se nulla potesse essere più importante di quello scambio.

È una cosa insolita. La Maria che conosco è diligente, deferente, spesso nervosa in mia presenza. Questa Maria è disinvolta, aperta, una versione di sé che non pensavo esistesse. Per un momento, ne sono affascinata. Per un momento, quasi la invidio.

Lei alza lo sguardo e mi vede. C'è un rapido lampo di apprensione, come se si aspettasse un rimprovero, ma io non faccio nulla. Faccio solo un cenno col capo. Maria sorride e mi saluta con la mano, poi si volta di nuovo verso il telefono, la voce che si abbassa a un mormorio cospiratorio. Non riesco a sentire le parole, ma riconosco la sensazione: il silenzio ovattato che si crea quando sei vista da qualcuno che vuole davvero vederti.

Guardo più a lungo di quanto dovrei. Non è professionale. È al limite dell'inquietante. Ma non posso farne a meno. C'è una forza magnetica nel guardare qualcuno essere così... libero da pesi.

Alla fine, mi ricordo di me stessa. Distolgo lo sguardo, fingo di rivedere una cartella, fingo che il momento non abbia significato nulla. Ma persiste, acuto e luminoso come un nervo scoperto.

Mi dico che sono solo preoccupata per la sua carriera. Che sto solo badando al programma, all'ospedale, alla macchina ben oliata di cui entrambe facciamo parte.

È una bugia, ma è il tipo di bugia in cui sono brava. Firmo la cartella e vado avanti.

Ma qualcosa è cambiato. C'è una crepa nelle fondamenta, un difetto nella logica che ho sempre usato per giustificare la mia solitudine. Per il resto della giornata, non sono sicura di cosa farmene.

Alle due del mattino, la sala relax dell'ospedale è uno spazio liminale, sganciato dal tempo, né notte né mattina, un posto per i perduti o per chi non vuole ammettere la sconfitta. Mi ritrovo qui, con gli occhi annebbiati, di fronte al distributore automatico e alla vecchissima caffettiera a goccia, la cui caraffa è quasi annerita dalle bruciature.

In fondo alla mia borsa, c'è un sacchetto sottovuoto di chicchi monorigine che ho portato da casa. Erano un regalo, o forse una bustarella, dalla famiglia di un paziente. Mi ero detta che li avrei conservati per quando avessi avuto ospiti, ma gli ospiti non vengono mai. Stanotte, strappo il sacchetto e inspiro a fondo, lasciando che il profumo cancelli ogni odore clinico.

Il rumore del macinino è aspro nel silenzio, attirando un'occhiataccia da un'infermiera che piega degli asciugamani al tavolo. La ignoro, concentrata sul rito: misurare, pressare, aspettare. L'odore ricco e sciropposo riempie la stanza angusta, così diverso dall'amarezza bruciata che di solito passa per caffè qui.

Mentre la caffettiera gorgoglia e sputa, mi sorprendo a guardare la porta. È un gesto involontario, un riflesso. Immagino Noah entrare con passo ciondolante, fare una battuta stupida sulla caffeina artigianale o accusarmi di nascondere la roba buona. Mi preparo al suo ingresso, al sorrisetto studiato e al modo in cui si china sempre, giusto abbastanza vicino da turbarmi.

Ma la porta resta chiusa. Gli unici suoni sono il tintinnio metallico dell'infermiera che piega e gli ultimi borbottii della caffettiera.

Mi verso una tazza, senza aggiungere nulla, e ne prendo un sorso. È oggettivamente eccellente: corposo, vivido, complesso. Lo assaporo, poi mi odio all'istante per volerlo condividere. Per desiderare, anche solo per un secondo, che qualcuno si presentasse e chiedesse una tazza.

Verso comunque un'altra tazza e la appoggio sul bancone.

La fisso, implorando l'universo di regalarmi una battuta finale. La tazza resta lì, indisturbata, raffreddandosi di minuto in minuto.

Alla fine, butto la seconda tazza nel lavandino. La seguo con il resto del contenuto della caraffa, ignorando lo spreco, non volendo lasciare prove di questa défaillance.

L'infermiera alza lo sguardo mentre sciacquo la caraffa. «Un'occasione speciale?» chiede, con gli occhi che guizzano verso il sacchetto vuoto sul bancone.

«No,» dico. «Stavo solo facendo pulizia negli armadietti.» Le parole escono piatte, sterili, perfettamente plausibili. Lei fa spallucce e torna a piegare i suoi asciugamani.

Mi asciugo le mani, getto il sacchetto del caffè nella spazzatura e lascio la sala relax. Percorro il corridoio da sola, il battito cardiaco che si calma, la vecchia disciplina che torna al suo posto. I muri sono luminosi e puliti come sempre, ma c'è un fantasma nell'aria: il ricordo di ciò che sarebbe potuto accadere, il desiderio che mi rifiuto di riconoscere.

Domani arriverà, e io sarò pronta. Lo sono sempre.

DICIOTTO

NOAH

Il pronto soccorso era nel pieno del suo delirio: infermieri che si muovevano in un balletto di adrenalina, mentre i pazienti componevano un coro di lamentele. Dentro l'ufficio, in qualche modo ero io a capo di tutto. Un'altra distorsione, un'altra frattura, un'altra giornata in paradiso.

Marcus mise la testa dentro, con la bocca piena di qualcosa di non identificabile preso dal distributore automatico. «Tutto bene?» mi chiese, masticando come una mucca con la piorrea.

«Una favola» risposi, sapendo benissimo che poteva leggermi nel pensiero. Apposi uno scarabocchio a mo' di firma su un modulo di consenso, ignorai le dieci email non lette che richiedevano la mia immediata attenzione e mi lasciai cadere sulla sedia. Il telefono vibrò, il numero di San Francisco lampeggiò di nuovo. Una parte di me pensò *lascia perdere*, ma un'altra parte, quella che non riusciva a controllarsi, lo afferrò per puro riflesso.

«Dottor Noah Carter» risposi, aspettandomi quasi un

numero sbagliato, qualche operatore di telemarketing che cercava di vendermi una vita migliore.

Invece, trovai la dottoressa Eliza Chen. La mia mentore dopo il pensionamento di Emily. La mia capa preferita. Il mio passato, su un piatto d'argento. La sua voce era la stessa di sempre: vivace, brillante, come un raggio di sole in bottiglia.

«Noah!» La voce della dottoressa Chen fu una scarica di caffeina per l'anima, suadente e rinvigorente. «Spero di non disturbarti.» La sua risata era quella di chi sa che per me è sempre un brutto momento.

Chiusi gli occhi, lasciando che le sue parole mi si riversassero addosso come se avessi di nuovo venticinque anni e le sentissi per la prima volta.

Non attese una risposta. «Abbiamo un'incredibile opportunità al San Francisco General. Primario di traumatologia. Fondi per la ricerca. Orario flessibile. Persino un dannato parcheggio riservato!» Enfatizzò ogni vantaggio con la sicurezza di chi mi aveva già conquistato.

Il passato tornò a galla con prepotenza: i turni alimentati a caffè, la luce dorata del sole della California, quel senso di appartenenza di cui non sapevo di aver sentito la mancanza.

«Wow» dissi, perché era l'unica parola che riuscii a trovare. Mi sporsi in avanti, i gomiti sulle ginocchia, come se essere fisicamente più vicino al telefono potesse rendere le sue parole più reali. «Cioè... wow. Eliza, non so cosa dire.» Ma lo sapevo, no? *Grazie. Sì. Quando comincio?*

Attraverso la finestra dell'ufficio, vidi il pronto soccorso a pieno regime. Marcus stava esaminando un ragazzino con un coltello da cucina conficcato nel piede. Le infermiere discutevano su chi dovesse coprire una pausa saltata. E Lily, la dottoressa Lily Harper, prodigio della chirurgia e centro della mia esistenza, urlava ordini a uno specializzando, il suo viso un capolavoro di intensità e di espressione da "non-fare-cazzate".

«Ci piacerebbe averti a bordo il prima possibile» continuò

la dottoressa Chen, la sua voce calda e impaziente. «Pensaci, ma mi piacerebbe avere la tua risposta presto. Potrebbe essere una svolta per te, Noah.»

Una svolta. La mia mente corse avanti, riempiendo gli spazi vuoti. Il rispetto dei colleghi che mi avevano dato per spacciato. La sicurezza finanziaria che non avevo mai avuto. Il riconoscimento delle mie capacità e l'occasione di dimostrare che ero più di un semplice medico da pronto soccorso un po' cowboy.

«Puoi darmi qualche dettaglio?» Le chiesi, fingendo di essere il professionista calmo e posato che non ero. Conoscevo già la maggior parte dei dettagli, potevo recitarli come uno studente di medicina troppo ambizioso, ma avevo bisogno di sentirglieli dire. Dovevo tirarla per le lunghe, guadagnare tempo.

«Certo!» disse la dottoressa Chen, e il sorriso era udibile nelle sue parole. Elencò i punti salienti come se non pendessi dalle sue labbra: «Primario di traumatologia. Un sacco di fondi per iniziative di ricerca. Stipendio e benefit competitivi. Avresti una strada spianata verso la direzione del dipartimento». Fece una pausa, abbastanza lunga da far sì che il silenzio esigesse una risposta.

Strinsi più forte il telefono, la mano libera che batteva un ritmo frenetico contro la coscia. Quello che avrei dovuto dire: *È perfetto. Grazie. Ci sto.* Quello che dissi in realtà: «Devo pensarci».

Un'altra occhiata fuori dalla finestra. Lily si muoveva con determinazione, un ciclo infinito di tenacia e caffeina. Una persona a cui non avrei dovuto tenere, non così tanto, ma a cui tenevo. Le parole della dottoressa Chen mi rimbombarono dentro, echeggiando in tutti gli spazi che avevo lasciato deliberatamente vuoti.

«Noah?» mi sollecitò, ora con dolcezza. «So che non sei uno che si butta a capofitto nelle cose senza considerare tutte le opzioni. Ma voglio che tu sappia quanto mi piacerebbe riaverti qui. Sei perfetto per questo ruolo, e sono sicura che possiamo rendere l'offerta più allettante se è quello che ci vuole.»

«Lo apprezzo molto, Eliza. Ci penserò seriamente e ti farò sapere al più presto.» Le parole suonarono vuote, persino a me.

Mi salutò, il suo ottimismo che trapelava come una macchia d'inchiostro, e io terminai la chiamata, fissando l'email con la descrizione del lavoro già aperta sullo schermo del telefono.

Il ronzio delle luci fluorescenti sembrava più forte ora, una colonna sonora implacabile al mio crollo. Rimasi seduto lì, circondato da cartelle cliniche e dai fantasmi di decisioni che pensavo di aver già preso, sentendo il peso di tutto come una barella caduta sul petto. Fuori dall'ufficio, il pronto soccorso era una pentola a pressione di movimento e suono, una perfetta tempesta di urgenza. Proprio lì, in quel momento, mi sentivo a casa. Avrei dovuto dire di sì. Ma per la prima volta, quello che avrei dovuto fare e quello che volevo fare erano più disallineati che mai.

Osservai il caos svolgersi attraverso il vetro, incapace di rispondere all'unica domanda che contava: *Cosa mi sta davvero trattenendo?*

La stanza del medico di guardia era buia e silenziosa, il posto perfetto per crogiolarmi nell'insicurezza. Mi lasciai sprofondare sul divano, tenendo in mano il telefono e fissando l'offerta di lavoro come se fosse una lettera d'amore dall'universo. Feci scorrere gli occhi sullo stipendio troppo bello per essere vero, sui benefit da sogno. Avrebbe dovuto essere una scelta ovvia, ma la mia mente era lontana anni luce da San Francisco.

Pensai all'entusiasmo della dottoressa Chen, al rispetto e

alla stabilità che erano sempre stati appena fuori dalla mia portata. Ma il mio cervello aveva altre idee, e mi serviva istantanee mentali di Lily Harper, di caffè a mezzanotte e del suo raro e disarmante sorriso. Più cercavo di concentrarmi sull'offerta di lavoro, più lei invadeva i miei pensieri. Qualche mese prima, non ci avrei pensato due volte. Adesso, cercavo di ricordare il perché.

Il ronzio dell'antico impianto di riscaldamento dell'edificio era l'unico suono mentre stavo lì, a ripercorrere con il dito le parole sullo schermo del telefono. Primario. Orario flessibile. Potenziale dirigenziale. L'avevo desiderato per così tanto tempo, ma il mio entusiasmo era stato dirottato dall'incertezza. Mi passai una mano sul viso, sentii la barba corta che grattava e il peso crescente di quella che avrebbe dovuto essere una decisione facile. *Perché è tutto così maledettamente complicato?*

Spensi il telefono, mi sdraiai sul letto. Le mattonelle del soffitto mi fissavano, indifferenti e immobili. Un po' come Lily. Feci cadere il braccio sugli occhi, bloccando fuori tutto tranne il caleidoscopio di pensieri che si scontravano nel mio cranio. Il logo dell'ospedale in cima al PDF mi scherniva con la sua nitidezza, la sua certezza che quella fosse la mossa giusta. E lo era. Doveva esserlo.

Immaginai di mostrare l'offerta a Marcus, con i suoi occhi sgranati che diceva: «È una cosa enorme, amico. Spaccherai di brutto».

Quella era la reazione che avrei dovuto avere. Gioia pura, senza filtri. *E allora perché non ce l'ho?*

San Francisco. Potevo quasi sentire il sapore del pane a lievitazione naturale e la nebbia sulla pelle. Tutto in quel posto gridava "nuovo inizio". Nuova città. Nuovo ospedale. Nuova possibilità di dimostrare che ero più del solito buffone della classe. Era tutto lì, tracciato in un futuro che avevo sognato ma che non mi ero mai permesso di avere. Allora perché sembrava più terrificante che eccitante?

Chiusi gli occhi, sforzandomi di vederlo. Le palme, il sole e la sensazione di ricominciare. Ma ogni volta che l'immagine si metteva a fuoco, si insinuava qualcos'altro. Il volto di Lily.

La mia mente sfarfallò, portandomi a ipotesi che non potevo ignorare. *E se andassi e perdessi questa occasione con lei? E se restassi e non significasse quello che voglio che signifi-chi? E se mi sbagliassi? E se avessi ragione? E se stessi rimugi-nando troppo, e se invece no? E se non sapessi più niente?*

Marcus oziava nella sala relax come un uomo senza preoccupazioni, con i piedi sul tavolo e un pacchetto di pata-tine aperto in grembo. Gli lanciai davanti una stampa dell'of-ferta di lavoro, poi sprofondai su una sedia, aspettando la raffica di sarcasmo.

Diede un'occhiata al foglio, poi a me, poi di nuovo al foglio, prendendosi il suo tempo come un medico che si gode una diagnosi prolissa. La stanza era vuota, a parte noi e il tintinnio del distributore automatico.

«Accidenti, Noah.» Marcus finalmente alzò lo sguardo, la sua espressione a metà tra l'impressionato e il fin troppo compiaciuto. «La accetti o aspetti che aggiungano un bonus alla firma?» Esitai, e Marcus inarcò un sopracciglio, dimenti-cando le patatine. «Cazzo, amico. È per Lily, non è vero?»

Giocherellai con la mia tazza di caffè, guardai il vapore arricciarsi e scomparire. «Forse.» Detto ad alta voce, suonò più incerto di quanto non fosse nella mia testa.

Marcus fischiò a bassa voce, si appoggiò allo schienale come se avesse tutto il tempo del mondo.

«Noah Carter che rinuncia al lavoro della vita per una donna.» Emise un sospiro teatrale. «Non avrei mai pensato di vivere abbastanza per vederlo.»

Lo guardai accigliato, presi un sorso di caffè per guadagnare tempo. Era tiepido e amaro, ma lo sentii appena. «Non l'ho rifiutato.»

«Ma ci stai pensando» insistette Marcus, troppo rapido, troppo perspicace.

«Sì. E allora?»

Marcus sorrise, un lampo di consapevolezza negli occhi. «E allora, deve essere una donna straordinaria.» Fece una pausa, osservandomi attentamente. «O stai solo perdendo colpi?»

Scossi la testa, cercando le parole giuste. *Come gli spiego che non è così semplice come la fa sembrare lui? Che non si tratta solo di Lily, o solo del lavoro, ma di tutto ciò che è intrecciato in entrambe le cose?* «È solo che... non lo so, amico.»

La serietà del mio tono finalmente lo colse di sorpresa. Mise da parte le patatine, il foglio fruscio mentre lo riprendeva in mano. «San Francisco, Noah. La serie A. Pensavo che a quest'ora avresti già fatto le valigie e saresti sparito.»

«Lo pensavo anch'io» dissi, più a me stesso che a lui.

«Allora qual è il problema?» Marcus si sporse in avanti, gomiti sulle ginocchia. «Facevi il conto alla rovescia dei giorni che mancavano al tuo ritorno in California. Dicevi che ti saresti comprato una tavola da surf e un paio di Birkenstock e tutto il resto.»

Mi passai una mano tra i capelli, sentendomi più incerto che mai. «Non ne sono più così sicuro.»

Marcus inarcò un sopracciglio, lo sguardo sul suo volto passò dal divertimento a qualcos'altro. «Per via di Lily?»

«Per via di tutto» dissi, il che non era una bugia, ma nemmeno tutta la verità. Evitai il suo sguardo, fingendo di essere assorto nei fondi del mio caffè.

«Parla con me, amico. Che ti passa per quella tua testa troppo complicata?»

Pensai agli ultimi mesi, a come le cose fossero cambiate

così in fretta da non riuscire quasi a tenere il passo. «Non l'avevo previsto.»

«Cosa? Di avere una vita?»

«Di avere qualcosa per cui restare.» Le parole uscirono prima che potessi fermarle, crude e reali. Era la prima volta che lo dicevo ad alta voce.

Marcus si appoggiò allo schienale, scrutandomi con uno sguardo fisso. «Wow. Sei serio.»

«Sì.» Mi massaggiai la nuca, sentendomi più esposto di quanto avrei voluto. «Credo di sì.»

Rimase in silenzio per un momento, elaborando. Poi scosse la testa, un piccolo sorriso che gli aleggiava sulle labbra. «Non avrei mai pensato di vivere abbastanza per vederlo.»

Riuscii a fare una debole risata. «Nemmeno io.»

«Allora, che farai?» chiese Marcus, piegando l'offerta di lavoro come se stesse chiudendo la conversazione con un bel fiocchetto.

«E che ne so io.»

Fissai il foglio piegato, dopo aver memorizzato le parole che delineavano il mio futuro, e mi chiesi se fossero davvero scolpite nella pietra come sembrava.

Marcus si appoggiò allo schienale, la tensione si allentò mentre apriva un nuovo pacchetto di patatine. «È una cosa enorme, Noah. Qualunque cosa tu decida, spaccherai di brutto.»

Altri membri dello staff entrarono, chiacchierando di turni saltati e dell'ultimo dramma del pronto soccorso. La dinamica cambiò e Marcus si unì alla conversazione, il suo ruolo di consigliere temporaneamente in pausa.

Io rimasi lì, il peso delle sue parole che mi aleggiava addosso come una nuvola che non riuscivo a scacciare. Pensai a Lily, all'espressione sul suo viso se avesse saputo cosa stavo considerando. Sarebbe rimasta sorpresa? Indifferente?

Avrebbe avuto la minima idea di cosa mi stesse facendo questa decisione?

Mi misi in tasca la lettera d'offerta come un segreto. Avevo molto a cui pensare, e ancora di più da dire. Ma per ora, guardai Marcus mescolarsi al gruppo, la sua risata che echeggiava contro i muri, e capii che la prossima conversazione doveva essere con lei.

Trovai Lily nel corridoio più silenzioso dell'ospedale, gli occhi incollati al tablet e i capelli tirati indietro così stretti da sembrare doloroso. Il resto del piano era trafficato, ma lì c'eravamo solo noi due e il tremolio delle luci fluorescenti. I miei passi riecheggiarono come un conto alla rovescia mentre mi avvicinavo, e il mio cuore decise di battere all'unisono per buona misura.

«Ehi» dissi, troppo disinvolto per il modo in cui il mio polso accelerò di colpo. «Ho ricevuto una chiamata dal mio vecchio capo. Un posto da primario a San Francisco.»

Il suo viso non cambiò, ma il modo in cui ticchettava sullo schermo del tablet mi fece pensare che fosse morto.

«Sembra un'ottima opportunità» disse lei.

Aspettai, sperai in una domanda successiva o almeno in un indizio che gliene fregasse qualcosa. Ma lei si limitò ad annuire, una rapida occhiata nella mia direzione prima che il tablet la riconquistasse.

Mi mossi da un piede all'altro, il silenzio che si allungava tra noi come un elastico teso sul punto di spezzarsi. *Tutto qui? È tutto quello che dirà?*

«Lo è» riuscii a dire, con un tono più incerto di quanto avrei voluto. Mi schiarii la gola, ci riprovai. «Lo pensi anche tu?»

Smetté di ticchettare per una frazione di secondo, poi riprese. «Certo. È quello che volevi, no?»

«Giusto» dissi, annuendo come un idiota. «Giusto.» Era quello che volevo. Passato. Prima che le cose si complicassero e il suo nome iniziasse a insinuarsi in ogni lista mentale di pro e contro. Aspettai dell'altro: una domanda, un commento, qualcosa che dimostrasse che per lei non ero solo un altro nome su un camice bianco. Ma Lily non mi diede nulla.

«Lavorerai con persone che conosci?» chiese, senza alzare lo sguardo.

Sbattei le palpebre, colto alla sprovvista. Era la prima cosa che suonava lontanamente personale, e mi diede un barlume di speranza.

«Sì, la dottoressa Chen. Era una specie di mentore per me.»

«Mmm.» Finalmente alzò gli occhi, ma fu così breve che non fui nemmeno sicuro che fosse successo. «Sembra una scelta ovvia.»

Le sue parole mi colpirono più del dovuto. *Perché questa conversazione sembra un pugno nello stomaco?*

«Pensi?» chiesi, con la disperazione che si insinuava ai margini della voce.

«Non sei d'accordo?» disse Lily, come se fosse lei a chiedere la mia opinione.

La fissai, cercando di vedere oltre l'espressione calma e clinica. Volevo dire un milione di cose. Che non era una scelta ovvia. Che non avevo deciso. Che forse quello che volevo non era un lavoro, ma qualcuno che facesse impallidire tutto il resto al confronto. Ma le parole mi si bloccarono in gola, spaventate di uscire e scoprire che lei non provava lo stesso.

«Sì» dissi invece, con un tono lontano, anche a me stesso. «Immagino di sì.»

La tensione era palpabile, riempiva lo spazio tra noi. Sapevo che avrei dovuto insistere, ma all'improvviso ero insicuro. Insicuro su come abbattere i suoi muri senza farli crollare del tutto. Insicuro se fossi pronto a scoprire che non mi avrebbe chiesto di restare. Esitai, sentii il momento iniziare a svanire, la sentii allontanarsi anche se era proprio lì.

«Ehi, puoi coprire Simmons più tardi?» chiese, cambiando marcia rapidamente.

«Oh, uh, sì. Certo» balbettai, colto alla sprovvista da quanto facilmente fosse passata da quella che speravo fosse una conversazione personale a qualcosa che suonava sospettosamente come un modo per liquidarmi.

«Dovrebbe assistere a un triplo A, ma hanno bisogno di me per i passaggi di consegne» aggiunse, tutta d'un pezzo. I suoi occhi erano sul programma della sala operatoria sul suo tablet, non su di me. Non dove volevo che fossero.

Annuii, cercai di mantenere la calma, di non far capire che sentivo il petto sprofondare. «Nessun problema.»

«Grazie» disse.

Deglutii, il sapore amaro della delusione bloccato in gola. Si voltò per andarsene, e per poco non allungai la mano, non la presi per la manica, non le chiesi: *Ti importerebbe se me ne andassi?* Per poco. Ma non del tutto.

Invece, la guardai allontanarsi, una macchia sfocata di capelli scuri e camice bianco, che scompariva dietro l'angolo. Forse Marcus aveva ragione. Forse stavo interpretando tutto male.

Rimasi lì per un minuto, forse due, cercando di convincermi che non era stato così terribile come sembrava. Che forse non ero stato così ovvio come pensavo. Ma la voce fastidiosa nella mia testa diceva il contrario, e assomigliava molto alla sua. Come se fosse Lily a dirmi di andare, a dirmi che non le importava se lo facevo.

Tornai sui miei passi, passandomi una mano tra i capelli, cercando di evitare che i miei pensieri andassero fuori controllo. Non avrebbe dovuto infastidirmi così tanto. Non avrei dovuto sentirmi come se il mio cuore fosse stato sbattuto in una porta. Ma era così.

Forse era indifferente. Forse semplicemente non stavo vedendo ciò che avevo proprio di fronte. O forse, forse, dovevo fare la mia scelta prima di scoprirlo con certezza.

Le luci della città scintillavano di sotto, come mille promemoria di ciò che ancora non sapevo. Appoggiai la testa contro la finestra dell'appartamento, il vetro freddo sulla pelle e i miei pensieri più caldi di quanto volessi ammettere. Il contratto non firmato giaceva sul bancone dietro di me, bianco brillante e accusatorio. Avrei dovuto farci qualcosa — fare le valigie, firmarlo, decidere — e invece fissavo il buio, sentendo il peso di tutto ciò che non avevo ancora capito.

L'appartamento era silenzioso, troppo silenzioso, il ticchettio dell'orologio a muro che echeggiava ogni secondo in cui rimandavo la decisione. Una macchina passò di sotto, i fari che spazzarono il soffitto, svaniti prima di lasciare un'impressione. I miei pensieri fecero lo stesso, correndo avanti senza fermarsi, senza darmi niente di concreto a cui aggrapparmi. Mi allontanai dalla finestra, da quella vista che non faceva altro che ricordarmi quanto fossi ingarbugliato.

Chiusi gli occhi, ma dentro la mia testa non c'era più silenzio che nella città fuori. Non ero abituato a questo. Non ero abituato a tenere così tanto a qualcuno, a dare più peso all'opinione di una persona che a qualsiasi altra cosa. *E se la stessi interpretando male? E se fosse una scelta ovvia, come ha detto lei?*

Ripensai all'offerta di lavoro, e i pezzi tornarono al loro posto — proprio dove li avevo lasciati, ancora senza un quadro chiaro. Una via d'uscita dal caos che ero sempre accusato di creare. La possibilità di dimostrare che ero più del piantagrane, del ribelle senza una causa. Un nuovo capitolo senza le complicazioni in cui avevo lasciato che la mia vita si impigliasse. Tutto lì, tutto perfetto. Quasi.

Mi allontanai dalla finestra, la mia mente che tornava ciclicamente dove non avrebbe dovuto. Dove voleva. Dove si trovava lei.

Oggi era stata così indecifrabile, così Lily. Il suo viso, il modo in cui non era cambiato quando le avevo parlato dell'offerta. Il modo in cui aveva detto che era un'ottima opportunità, come se mi stesse porgendo uno strumento chirurgico e non un futuro. Mi aveva lasciato più confuso che mai. Confuso, spaventato e più vivo di quanto un'offerta di lavoro avrebbe mai potuto farmi sentire.

Lasciai che il foglio ricadesse sul bancone, non pronto a firmare, non pronto ad andarmene, non pronto a fare altro che stare lì a pensare, pensare e pensare. A lei, e a cosa significasse desiderare così tanto qualcuno.

Dovrebbe essere più facile di così. Più facile sapere cosa sto facendo, più facile seguire un piano che ho sempre avuto. Ma il piano è stato deragliato da qualcuno che non avevo mai previsto, qualcuno che sta mettendo il mio mondo sottosopra.

Mi lasciai cadere su una sedia, mi seppellii il viso tra le mani e la vidi nella mia mente. Il suo sorriso, quello che fingo non mi faccia effetto. La sua arguzia pungente, il modo in cui squarcia le mie stronzate e arriva al nocciolo di chi sono. Il modo in cui mi fa venire voglia di restare, anche quando tutto il resto mi dice di andarmene.

Il ticchettio dell'orologio mi ricordò da quanto tempo ero seduto lì, quanto poco avessi fatto per cambiare le cose. Io non sono quel tipo di persona. Non dovrei starmene ad aspettare, non dovrei tenere così tanto a qualcuno o a qualcosa, se non al gradino successivo.

Ma lo faccio.

Penso a cosa significhi restare. Incertezza. Rischio. La

possibilità di fare un buco nell'acqua. La possibilità di innamorarmi di lei. Lascio che il pensiero mi giri in testa, ogni idea che si porta via un pezzo di me. Penso alla sfida di lavorare con qualcuna come Lily, di stare con qualcuna come lei. Qualcuna che mi sprona, mi frustra e mi fa venire voglia di essere migliore. Qualcuna che mi terrorizza per quanto sta iniziando a contare.

Questa indecisione è un nuovo tipo di caos, uno che non pensavo di volere. Ma forse è questo di cui ho bisogno. Essere insicuro, correre un rischio, scegliere una vita che non avrei mai pensato di avere il coraggio di cercare.

Forse è ora di smettere di evitare, di smettere di aspettare che la risposta mi arrivi. Forse è ora di fare il salto e vedere dove atterro. Forse è ora di lasciar perdere il piano e inseguire ciò che non avrei mai pensato di avere l'audacia di scegliere.

Ma non stasera. Non ancora. Sono ancora io, ancora aggrappato all'ultimo filo di certezza. Mi alzai, mi allontanai dal bancone, dalla vista e dalla decisione. So cosa devo fare.

DICIANNOVE

LILY

La nota sembrava più pesante di quanto un singolo foglio di carta avrebbe dovuto essere. Fissai la fredda stampa nera, scorrendo parole che conoscevo a memoria. Consiglio disciplinare. Violazione del regolamento. *Udienza.* Parole che il mese prima erano solo parole, righe senza senso in un manuale per dipendenti che riguardavano altre persone. Parole che ora sentivo personali, come un bisturi che incide la pelle.

Me l'aspettavo. Perché fa ancora così male?

Riguardava Maria. Cercai i punti chiave: Maria Alvarez e Ethan Park, una relazione sentimentale rivelata. La mascella mi si tese mentre leggevo il resto. Esponeva ogni dettaglio, preciso e impassibile. La data dell'udienza era fissata per la settimana successiva. Le accuse includevano condotta non professionale, mancato rispetto dei confini sul posto di lavoro, messa a rischio dell'assistenza ai pazienti. Conseguenze fino al licenziamento, incluso.

Sembrava così... definitivo. Il linguaggio formale era chirurgico, studiato per tagliare in profondità. La parte razionale di me diceva che era esattamente ciò che avrei dovuto aspettarmi. Eppure c'era un'altra parte, una voce più dolce che non riconoscevo, che sussurrava che era ingiusto.

Socchiusi gli occhi mentre mi concentravo sulla frase "mancato mantenimento del decoro professionale", parole meccaniche e spietate. Come diavolo era potuta degenerare così in fretta?

Mi appoggiai allo schienale della sedia e mi guardai intorno nell'ufficio, ma non ottenni risposte. Solo la solita sterilità illuminata al neon, vuota e priva di emozioni come la nota. Schedari pieni degli errori di altre persone, schermi di computer che mostravano dati di pazienti sterilizzati, sedie ancora infilate sotto scrivanie vuote. Ma i muri sembravano stringersi attorno a me, e respinsi l'improvvisa claustrofobia.

Come si era arrivati a questo? Ricordavo di aver visto Maria ed Ethan lasciare l'ospedale insieme una settimana prima, la sua risata che echeggiava nell'atrio, il suo braccio come un casuale punto interrogativo sulle spalle di lei. Sapevo che prima o poi qualcuno se ne sarebbe accorto. La gente ama uno scandalo quasi quanto ama i pettegolezzi. Ma pensavo che, in qualche modo, l'avrebbero passata liscia. O forse, semplicemente, lo speravo.

Piegai la nota a metà, una piega perfetta, e poi di nuovo, finché non fu abbastanza piccola da entrare nella tasca del mio camice. Mentre la infilavo dentro, la mano sfiorò il tessuto, la sua consistenza familiare e rassicurante. Questo avrebbe dovuto sembrare un problema come un altro, di quelli che potevo risolvere con logica e precisione. Eppure ero lì, spiazzata, a chiedermi perché quella lettera sterile e impersonale sembrasse un atto d'accusa contro le mie stesse scelte.

Per un momento, presi in considerazione l'idea di dirlo a Maria prima del giro, di darle la possibilità di prepararsi. Ma cosa le avrei detto? Non c'era un modo gentile per dare una notizia del genere. L'unica cosa peggiore che sentirlo dal consiglio, cosa che sarebbe successa abbastanza presto, era sentirlo da me.

Avrei aspettato. È più forte di quanto sembri. Le ho insegnato a esserlo.

Il suono di un cercapersone in lontananza mi riportò bruscamente al presente, alla realtà che la vita fuori da quell'ufficio continuava al suo ritmo implacabile. Mi alzai, allungai la mano verso il caffè e mi fermai. La tazza era fredda e abbandonata sulla scrivania. Sembrava passata una vita da quando quella era la parte peggiore della mia mattinata.

Prima di uscire, diedi un'altra occhiata alla stanza, come se qualcosa nelle sue linee severe potesse spiegare perché la sentissi una questione così personale. Ma c'eravamo solo io e le mie emozioni confuse, sola con pensieri che non volevano placarsi.

La nota sembrava un'istantanea di chi ero prima che questa storia iniziasse a contare, e non ero sicura di quale delle due me avrebbe vinto.

Un paio di mani frenetiche mi trascinarono nella tromba delle scale. Gli occhi di Maria erano rossi e sbarrati, come se avesse pianto per giorni. Camminava avanti e indietro a passi rapidi e agitati, e io la osservai appoggiata alla ringhiera, lasciando che le sue parole si riversassero in ondate ansimanti.

«Sanno tutto, Lily. Sanno di me e di Ethan. Non so come, giuro che siamo stati attenti...»

La sua voce si spezzò e l'eco la fece sembrare un grido.

«Non abbiamo mai... mai... permesso che interferisse con il lavoro, te lo prometto. Qualcuno deve averci visti uscire insieme, o forse al bar... Oh, Dio, sono così stupida...»

Si fermò, con il viso rivolto verso l'alto, come se cercasse un intervento divino sotto forma di lampadina. Il suo respiro era affannoso, come il tremore delle sue mani.

«Chi ci farebbe una cosa del genere? Chi avrebbe parlato?»

Feci spallucce, perché dire "tutto l'ospedale" non mi sembrava d'aiuto. Aveva le guance arrossate e mi preparai alla prossima ondata.

«È stato stupido. Così stupido. E ora ci hanno convocati, ed Ethan pensa che abbiamo rovinato tutto, e forse è così, e ci licenzieranno entrambi, e...»

«E stai andando in iperventilazione» dissi.

Si fermò, giusto il tempo di lanciarmi uno sguardo folle e disperato. «Cosa faccio?» La sua voce era sottile e spaventata, l'opposto di tutto ciò che le avevo insegnato a essere.

Inclinai la testa, valutando la situazione. Era peggio di quanto pensassi. «Inizia a respirare.»

Maria riprese a camminare, stringendosi i gomiti come se fossero l'unica cosa a tenerla insieme. «E se ci licenziano? La specializzazione di Ethan è a rischio, Lily. Non gli permetteranno di trasferirsi se ha questa macchia sul curriculum. E io... non troverò mai un altro programma che...»

«Stai andando in tilt» la interruppi, questa volta più gentilmente. «Siediti.»

Non si sedette, ma smise di muoversi, cosa che considerai una vittoria. Scivolò con la schiena lungo il muro di cemento finché non fu accovacciata, un piccolo, misero gomitolo di panico. Mi guardò dal basso, e la disperazione nei suoi occhi mi strinse il petto.

«Non è giusto, Lily» sussurrò. «Siamo stati così attenti.»

Mi accovacciai accanto a lei, mantenendo comunque le distanze.

«Sai cosa si dice dei chirurghi che si preoccupano, Maria. Primo, non nuocere.» Feci una pausa, scegliendo le parole come sceglievo i punti di sutura. «Non è un errore tenere a qualcuno. L'errore è lasciare che gli altri scrivano la tua storia.»

Mi guardò come se stessi parlando una lingua che non capiva, o forse una che non mi aveva mai sentito usare.

«Non puoi crederci davvero» disse, con l'incredulità mescolata a un minuscolo accenno di speranza.

«Credi a quello che vuoi» risposi, alzandomi e appoggiandomi alla ringhiera delle scale. «Basta che non dai a loro tutto il potere.»

Il suo labbro tremò e se lo asciugò con il dorso della mano. «Ma Ethan...»

«È più forte di quanto pensi» dissi. «E anche tu. Ma se non vuoi combattere, allora forse hai ragione. Forse è stato stupido.»

Il silenzio che seguì fu pesante. Vedevo gli ingranaggi girare nella sua testa, sempre più veloci, fino a incastrarsi in qualcosa di più solido.

«Lily» disse infine, con la voce più ferma, «ho paura.»

Incrociai il suo sguardo e non lo lasciai. «Allora stai facendo la cosa giusta.»

Osservai le parole depositarsi su di lei, mentre il suo cuore frenetico trovava lentamente un ritmo. I suoi respiri erano più profondi ora, le sue spalle meno curve. Le lacrime si erano fermate, e mi guardava come se non fosse sicura se essere grata, arrabbiata, o entrambe le cose. Forse perché non ne ero sicura nemmeno io.

Quando si alzò, sembrò più alta.

«Dovrei andare» disse, e capii che non voleva, non davvero. Ma era sempre stata più brava di me a seguire le regole. Le feci un breve cenno e lei lo prese come un permesso per fuggire.

La porta della tromba delle scale si chiuse con un clic sommesso, e io rimasi nel silenzio che seguì, ripensando alle mie stesse parole e chiedendomi quando fossi diventata questa persona. La persona a cui non dispiace dire che va bene provare qualcosa, rischiare tutto per essa. La persona che prima odiavo.

Mi staccai dalla ringhiera, ignorando la stretta al petto che mi diceva che avevo bisogno di più distanza di quella che la tromba delle scale poteva offrire. Il fresco del metallo indugiò sulla mia pelle mentre tornavo nel mondo delle cose che capivo.

La stanza sembrava un incrocio tra un'aula di tribunale e un obitorio. Sedie in pelle, legno lucido e abbastanza tensione da schiacciare un essere umano di minor caratura. Maria ed Ethan sembravano bambini di fronte al minaccioso tribunale. Quando entrai senza essere invitata, ogni completo al tavolo mi fissò come se avessi confessato un omicidio.

«Lily» sussurrò Maria, come se fossi un'apparizione mandata per perseguitarla.

La presidente, una donna in un tailleur blu navy con un'espressione abbinata, si schiarì la gola. «Dottoressa Harper» disse, con un tono gelido e confuso, «non La stavamo aspettando.»

«Ne sono consapevole» risposi, prendendo un posto vuoto senza chiedere. Strisciò sul pavimento con un rumore soddisfacente e deliberato.

Ethan si mosse sulla sedia, la schiena troppo dritta per essere comoda. Incrociai lo sguardo di Maria e le feci un piccolissimo cenno. Sembrava che potesse scoppiare a piangere, a ridere, o entrambe le cose.

«Stavamo giusto discutendo della condotta della dottoressa Alvarez» riprese la presidente, riguadagnando la sua compostezza. La sua voce grondava condiscendenza. «A quanto pare ci sono state... delle mancanze di giudizio.»

Uno dei membri del consiglio, un uomo la cui cravatta

urlava 'secondo in comando', si sporse in avanti. «Mantenere i confini professionali è essenziale, dottoressa Alvarez. Questa è una questione molto seria.»

Maria aprì la bocca, ma non ne uscì nulla. Il suo panico era palpabile, e non potevo guardarla annaspare così. La interruppi prima che avesse la possibilità di affogare.

«Posso?» chiesi, il mio tono più una dichiarazione che una richiesta.

La presidente sembrava che volesse rifiutare, ma la curiosità ebbe la meglio su di lei. Mi fece cenno di procedere.

Mi appoggiai allo schienale, incrociando le braccia. «State mettendo in dubbio la sua professionalità sulla base di una relazione personale. Eppure Maria Alvarez ha dimostrato più dedizione al suo lavoro di chiunque altro in questo programma.»

«Abbiamo motivo di credere che...» iniziò l'uomo con la cravatta.

Lo interruppi. «Avete un sospetto, niente di più. Esiste un solo caso documentato in cui questa presunta relazione abbia influito sull'assistenza ai pazienti? Un turno saltato? Una lamentela da parte del personale?»

La stanza era silenziosa. Lo lasciai sospeso, dando loro il tempo di ammirare la mancanza di risposte.

La presidente si riprese per prima. «Le relazioni personali possono portare a conflitti di interesse e a un processo decisionale compromesso.»

«*Possono* portare» ripetei. «Ma è successo?»

Ethan e Maria osservavano con gli occhi sbarrati, come se stessero assistendo a un miracolo medico. Fu quasi sufficiente a farmi sorridere. Quasi.

«Il regolamento dell'ospedale è chiaro» continuò lei, cercando di riprendere il controllo. «Queste situazioni devono essere affrontate prima che influenzino le prestazioni.»

«O forse» ribattei, la mia voce acuta e ferma, «il regolamento deve essere rivalutato se penalizza gli specializzandi per avere una vita al di fuori di queste mura.»

Il secondo in comando armeggiò con una pila di fogli. «Dottoressa Harper, apprezziamo il Suo...»

«State parlando di impegno» dissi, interrompendolo di nuovo. «Maria Alvarez è la specializzanda più impegnata che io abbia. Dovreste lodarla, non metterla in discussione.»

La formalità della stanza si fece opprimente, ma non indietreggiai. Non si trattava solo di Maria ed Ethan. Si trattava di tutti i professionisti che avevano dovuto scegliere tra la loro carriera e il loro cuore. Tutti coloro che pensavano che quelle cose si escludessero a vicenda.

I membri del consiglio si scambiarono delle occhiate. Potevo percepire il cambiamento, sottile ma presente. La consapevolezza che forse, solo forse, avevano sottovalutato il loro avversario.

«Capisco che abbiate delle procedure da seguire» dissi, con più calma ora. «Ma prendetevi un momento per considerare cosa state ottenendo veramente. Volete medici eccezionali o robot con curriculum perfetti?»

Ci fu un'altra pausa, questa piena del suono del mio battito cardiaco e della consapevolezza di aver superato un limite che non avevo nemmeno visto arrivare. Ma la cosa strana era che non me ne pentivo.

«Grazie per la Sua prospettiva, dottoressa Harper» disse infine la presidente, il suo tono a malincuore rispettoso.

«Prego» risposi, alzandomi. Le gambe mi tremavano un po', ma diedi la colpa alla sedia in pelle. «Sono sicura che prenderete la decisione giusta.»

Non aspettai di essere congedata. Mi voltai e uscii, la porta che si chiudeva dolcemente dietro di me. Avrebbe dovuto sembrare una fine, ma non lo era. Sembrava l'inizio di qualcosa di grande, ingombrante e terrificante.

Nel corridoio, emisi un respiro. Uscì tremolante. Sembrava sollievo.

La stanza di guardia era buia e silenziosa, un abbinamento perfetto per il mio stato mentale. Il mio camice bianco pendeva floscio dallo schienale di una sedia, abbandonato come le mie vecchie convinzioni. Fissai lo stretto lettino, ma non era di riposo che avevo bisogno. Era di qualcosa di più grande, qualcosa di più difficile da trovare.

Lasciai che l'oscurità si depositasse intorno a me, intima e confortante, come le pareti di una grotta. Era l'opposto della luce cruda della sala riunioni, dell'ufficio sterile, della tromba delle scale echeggiante. Qui, potevo respirare. Qui, non dovevo fingere di non essere esausta, di non mettere in discussione tutto ciò che avevo sempre considerato vero. Il silenzio era così denso che potevo quasi toccarlo, ma sotto, sentivo il lontano ronzio della vita ospedaliera che continuava senza di me.

Dovrei essere elettrizzata. Avevo appena sfidato una stanza piena di completi eleganti ed ero sopravvissuta per raccontarlo. Maria ed Ethan avrebbero ricevuto un richiamo formale, niente di più. Avrebbero dovuto documentare la loro relazione con le Risorse Umane, ma nessuno avrebbe perso il lavoro. È una vittoria, anche se non la riconosco del tutto come mia.

Il risultato è buono. Meglio che buono. È quasi incredibile, come una versione onirica della realtà in cui preoccuparsi non equivale a debolezza e prendere posizione non porta alla rovina. Allora perché mi sento come se stessi crollando?

Le reazioni del consiglio mi tornarono in mente, il modo in cui le loro espressioni erano passate da sicure a scettiche a, quasi, convinte. Fu un brivido strano, vederli a disagio. Non sapevo di avere la forza di sfidare le regole, di rischiare così tanto per una questione di principio. Per il cuore di qualcun altro, e forse anche per il mio. Quando avevo deciso che l'amore non era una passività?

Questo cambiamento si è insinuato in me, come la nebbia che cala e avvolge tutto ciò che pensavi di poter vedere chiaramente. Prima Maria. Poi Ethan. Ora... Ora non sono sicura di cosa sia rimasto. I miei occhi si posarono sull'orologio al muro, ma non riuscii a leggere l'ora. Non sono sicura che mi importi.

Pensai all'abbraccio di Maria dopo l'udienza, al modo in cui si era aggrappata a me come se fossi più di una semplice mentore. Come se fossi qualcosa di sicuro. Ethan, silenzioso e impacciato, che mormorava un grazie che non meritavo. Sapevano che non stavo parlando solo di loro lì dentro? Avevano sentito la verità che non riuscivo a pronunciare ad alta voce?

Tirai su le ginocchia, appoggiandomi al letto troppo piccolo. Il materasso era rigido, ma mi sosteneva, e in quel momento sembrava abbastanza. Probabilmente dovrei muovermi, andare a casa, comportarmi come un essere umano normale con una vita al di fuori di questo ospedale. Ma dove andrei? Chi sarei, una volta arrivata?

I miei pensieri si volsero a Noah, l'unica cosa che non riuscivo a razionalizzare. Il sorriso facile che mi infastidisce di più perché mi piace, il modo in cui mi legge come uno dei suoi pazienti del pronto soccorso, vedendo dritto alla fonte del mio disagio. Ci eravamo girati intorno, due squali in oceani diversi, aspettando di vedere chi avrebbe sanguinato per primo, e ora lui stava andando a San Francisco.

Le regole secondo cui ho vissuto ora mi sembrano una gabbia. Un tempo erano un'armatura, una protezione contro l'incertezza, il fallimento e cose disordinate come la speranza. Ma oggi, in quella sala riunioni, sembravano piccole e infantili. Ricordai di aver detto a Maria di non lasciare che qualcun altro scrivesse la sua storia, e mi colpì il fatto che avrei potuto parlare a me stessa per tutto il tempo.

La stanza di guardia era silenziosa, salvo il suono lontano

di un monitor che emetteva un bip, il cigolio del carrello di un'infermiera. Sentivo ogni rumore come se annunciasse una possibilità, un promemoria che non devo scegliere tra essere Lily Harper, il chirurgo, e qualcuno con una vita. Posso essere entrambe le cose. Forse.

Sentivo gli occhi pesanti, ma non era di sonno che avevo bisogno. Avevo bisogno di alzarmi, di muovermi, di agire in base a questa fragile nuova comprensione prima di ripensarci e mandare tutto all'aria. Mi alzai, allungando la mano verso il mio camice. Il tessuto sembrava appartenere a qualcun altro ora. Qualcuno che pensava di avere tutto sotto controllo.

La morbida luce della lampada proiettava ombre contro il muro, e mi fermai prima di uscire. La mia silhouette sembrava strana e nuova, e avevo quasi paura di rivendicarla. Il corridoio era silenzioso quando vi entrai, ma non mi importava. Avevo abbastanza rumore dentro di me da riempire lo spazio.

VENTI

NOAH

I nostri passi cigolarono all'unisono mentre percorrevamo il corridoio del reparto post-operatorio, e il ritmo sembrava teso quanto noi. Avevamo eseguito quella danza centinaia di volte, ma oggi i passi erano tutti sbagliati. Troppo meccanici. Troppo rigidi. Allungai la mano verso la maniglia di una porta che all'improvviso mi sembrò lontana chilometri.

«Ottimo lavoro con quel consulto», dissi, mantenendo un tono strettamente professionale per imitare il suo. «Bello ed efficiente.»

Gli occhi di Lily rimasero incollati ai suoi appunti, rifiutandosi di incontrare i miei, e mi ci volle tutto me stesso per non trasformare quel corridoio in un campo di battaglia di vecchie liti e pensieri incompiuti.

Lei annuì, in modo secco e sbrigativo. «La paziente è stabile», disse, come se fosse l'unica cosa degna di nota. Come se fossimo solo due persone che ogni tanto si incrociavano al lavoro e niente di più.

Repressi l'impulso di tirare in ballo San Francisco, lo ricacciai in fondo, dove il resto della mia frustrazione stava crescendo.

«Quel nuovo specializzando era perso», le proposi, sperando anche solo nella più piccola scintilla della nostra solita parlantina.

«I nuovi specializzandi sono sempre persi.» Sembrava distratta, ma capii che era tutto il contrario. Ogni parola sembrava deliberata, attentamente studiata per non darmi nulla a cui aggrapparmi.

Studiai il suo viso, cercando una crepa nella sua compostezza. Non ce n'era nessuna. Aveva perfezionato l'arte di sembrare interessata a tutto tranne che a me.

Passammo davanti alla stanza di un paziente, ed ero abbastanza disperato da tentare con l'umorismo come ultima spiaggia. «Hai visto il tipo nella 316?» domandai, forzando un sorriso. «Ha un tatuaggio con su scritto: 'Se riesci a leggere questa scritta, non sono abbastanza sedato'.»

Lily non mi degnò nemmeno di uno sguardo. «Affascinante.» La sua voce era piatta, e iniziavo a pensare che avesse dimenticato come sembrare una persona invece di una cartella clinica.

Il corridoio si stendeva di fronte a noi, infinito e silenzioso. Volevo scuoterla, costringerla a dire qualcosa di reale, qualcosa di umano. Ma non lo feci. Mi limitai a camminarle accanto, sentendomi più un fantasma che una persona.

La sua coda di cavallo oscillava a ogni passo, precisa e perfetta, e mi ricordava tutto ciò che non eravamo in quel momento.

Più camminavamo, più non lo sopportavo. La distanza. La finzione. Quella maledetta, imperturbabile compostezza.

«Senti», dissi, fermandomi di colpo. «Avresti potuto almeno chiedermi di restare.»

Le parole mi uscirono di bocca con violenza, crude. Esposte. Vulnerabili in un modo che non avrei mai voluto, ma che non potevo più evitare.

Si fermò anche lei, e per un secondo pensai di averla finalmente colta alla sprovvista. Ma quando parlò, la sua voce era tagliente. Controllata.

«Io non chiedo alla gente di restare. O restano o non restano.»

Trasalii come se fossi stato colpito, e forse lo ero stato. Non stava andando per il sottile e, a quel punto, nemmeno io l'avrei fatto.

«È davvero così che vuoi giocarla?»

«Giocare a cosa, di preciso?» Sembrava sinceramente curiosa, come se stesse leggendo un articolo su come rovinare la vita di Noah Carter e volesse davvero dei consigli di prima mano.

Le mie mani erano serrate a pugno e cercai di rilassarle. «A tutto.»

Lily mi guardò, mi guardò davvero, e per una frazione di secondo, pensai che potesse dire ciò che avevo bisogno di sentire. Ma si limitò a ripetere, questa volta più a bassa voce: «O restano o non restano.»

Ci fissammo, in una situazione di stallo alla quale nessuno dei due era disposto a porre fine. Potevo sentire il dolore in ogni muscolo, ogni osso, ogni respiro.

«Bene», dissi, perché non c'era nient'altro da dire che non avrebbe peggiorato le cose. Forse era proprio di quello che avevo paura.

Mi voltai e mi allontanai, i miei passi che echeggiavano nel corridoio. Ognuno era un po' più lontano da lei, un po' più vicino ad ammettere di aver perso.

L'ultima cosa che vidi fu Lily, in piedi da sola in mezzo al corridoio. L'ultima cosa che sentii fu il silenzio che ci inghiottiva completamente.

Non vidi Lily per i due giorni successivi. Non che la stessi evitando di proposito, ma neanche la stavo cercando. Non nella sala relax, non nei reparti, e decisamente non in mensa, dove la gente parla troppo forte e nota troppe cose.

Così, quando entrai in ascensore e scorsi la sua nuca - coda di cavallo scura, spalle rigide, sguardo fisso sui numeri dei piani - ci volle un secondo per capire che era lei. E un altro per decidere che non sarei tornato indietro. Le porte si chiusero. L'aria si fece più rarefatta. E poi il silenzio si fece opprimente. Contai fino a cinque, i secondi che si trascinavano come ore, e poi non ce la feci più.

«Sai, la nostra ultima conversazione non è stata esattamente piacevole», dissi, e la mia voce uscì più spezzata di quanto intendessi.

Si voltò, i suoi occhi più freddi delle pareti di metallo, e sentii ogni centimetro della distanza che avevo giurato non avrei mai lasciato si mettesse tra di noi.

«Tutto questo ha significato qualcosa per te?» feci un gesto tra di noi, cercando di sembrare più arrabbiato che disperato. «Il progetto, le pause caffè, quelle maledette caramelle gommose... era tutto solo un passatempo?»

Lei rimase in silenzio, e non lo sopportavo. Non lì. Non in quel momento. Non quando non c'era spazio per sfuggirsi a vicenda. Avevo bisogno che dicesse qualcosa, qualsiasi cosa, che non mi facesse sentire un pazzo per aver pensato che questo fosse più di una distrazione temporanea.

Finalmente, parlò. «Certo che ha significato qualcosa. Ma questo non vuol dire che non te ne saresti andato comunque.» La sua voce si incrinò alla fine, una fessura nell'armatura, e per un momento quasi credetti che le importasse.

«È questo che pensi?» chiesi. «Che sto solo aspettando l'occasione per scappare?»

«Ma te ne stai andando.»

Sentii il sangue defluirmi dal viso. Lo credeva davvero. «Non me ne sarei andato. Non se non avessi avuto un motivo per farlo.»

Lei rise, ma era una risata priva di umorismo e tagliente. «E io non sarei stata il motivo per cui qualcuno resta solo per pentirsene più tardi.»

«Non è così», insistetti, e sentivo la supplica nella mia voce. La odiavo. Odiavo essere disposto a gettarmi ai suoi piedi, solo per vederla scavalcare il casino che avevo creato.

«Davvero? Perché sembra proprio così.»

Le mie mani si muovevano, gesticolando selvaggiamente, e sapevo di sembrare fuori di testa, ma non riuscivo a fermarmi. Lei se ne stava lì come una statua, ogni parola che rimbalzava su di lei come proiettili di gomma.

«Ti ho parlato dell'offerta perché pensavo che tu...» mi interruppi, perché ammettere che avevo bisogno che lei mi volesse era qualcosa che non potevo dire senza crollare.

«Pensavi che io cosa? Che ti chiedessi di non accettarla?»

«Qualcosa del genere», ammisi, la mia voce appena un sussurro.

«Allora forse avresti dovuto dirmelo settimane fa», sbottò, e c'era più emozione in quelle parole di quanta ne avessi mai sentita da lei.

Ci fissammo, entrambi con il respiro affannoso, l'aria tra noi densa di tutto ciò che avevamo finalmente detto. E di tutto ciò che avevamo lasciato in sospeso. I suoi occhi erano spalancati, inquisitori, e per un breve istante, vidi la persona che pensavo di conoscere — la persona che pensavo di amare — proprio di fronte a me.

Ma lei non era quella persona. Non più. Forse non lo era mai stata.

L'ascensore si fermò con uno scossone e le porte si aprirono.

Mi aspettavo che aspettasse, che dicesse qualcosa, che mi desse un'ultima possibilità per sistemare le cose. Ma lei uscì e basta, con la schiena dritta e inflessibile. Non si voltò indietro. Nemmeno una volta.

Le porte si chiusero, e rimasi solo con il silenzio, il freddo e la verità che non volevo vedere.

Non c'è niente come un tetto per ricordarti quanto sei piccolo. Ancora più piccolo quando l'unica luce quassù proviene dallo schermo di un telefono che vibra più di me. Osservai la città assumere i colori lividi di una sera di Seattle, e tutto ciò a cui riuscivo a pensare era che avrei dovuto chiederle come si deve se voleva che restassi. Se glielo avessi chiesto come si deve, forse avrebbe risposto come si deve. Forse avrebbe anche detto: «*Ti prego, resta.*» Ma sono un codardo, e ho pasticciato con la domanda come pasticcio con la vita. E ora non lo sapremo mai. Dato che di solito non riesco a smettere di parlare, anche quando dovrei davvero, sono più scioccato di chiunque altro di non aver avuto il coraggio di dire le parole giuste quando contava.

L'aria era fredda, ma non mi stava svegliando. Stava solo contribuendo al mio torpore. Fissai il telefono, i messaggi di Marcus che si accumulavano, la sua preoccupazione chiara anche attraverso lo schermo. «Ci sei ancora?» «Amico, fatti sentire!» «Non farmi mandare una squadra di ricerca!»

Li ignorai, troppo invischiato in tutto ciò che era andato storto oggi. Ciò che era andato storto tra me e Lily. Ciò che continua ad andare storto, non importa quanto io cerchi di fermarlo.

«Avrei dovuto semplicemente dirlo», mormorai, come se la ripetizione potesse in qualche modo riportare indietro il tempo e darmi la possibilità di riscrivere questa giornata. «Avrei dovuto semplicemente dirglielo.»

Ma non lo feci. Invece, girai intorno alla verità, sperando che lei riempisse gli spazi vuoti, che mi desse il segnale di cui avevo bisogno. Le offrii metà della storia, aspettandomi che lei scrivesse il resto. Troppo spaventato per essere quello a fare il salto.

Lo stomaco mi si annodò per la rabbia, ma soprattutto verso me stesso. Questo non sono io. Dovrei essere il ragazzo che ha tutto sotto controllo. Che non lascia che cose del genere lo tengano sveglio la notte, a fissare le luci della città che non smettono di lampeggiare verso di lui come se stessero deridendo la sua indecisione.

Eppure, eccomi qui. Senza niente sotto controllo. Neanche lontanamente.

Mi passai le mani tra i capelli, emettendo un gemito frustrato che echeggiò sul tetto. «Avrei dovuto dirle che non me ne andavo.»

Avrei dovuto dirle tutto, dal momento in cui quell'offerta era arrivata nella mia casella di posta. Invece, aspettai, sperando che mi leggesse nel pensiero, sperando che mi risparmiasse il rischio di dirlo per primo.

Ma l'amore non è così. Non si tratta solo di farsi vedere. Si tratta di rischiare tutto, il rifiuto e ogni altra cosa, e nessuno di noi due è stato abbastanza coraggioso da farlo. Non per davvero.

Camminai avanti e indietro lungo il bordo, con la città che si estendeva sotto di me, e mi chiesi come fossimo arrivati a questo punto. Come due persone in grado di gestire il caos di un ospedale durante un fine settimana di festa non potessero gestire una singola conversazione onesta.

Poi mi colpì la tristezza, un'onda che non mi aspettavo. Mi lasciai cadere pesantemente a sedere, il cemento freddo che mi ancorava a terra abbastanza da tenere a bada la frustrazione.

Non mentivo quando dicevo che non volevo andarmene. Ma non ero nemmeno onesto, perché non avevo mai ammesso quanto volessi restare.

O perché.

Espiai lentamente, guardando il mio respiro svanire nella sera come ogni parola che avrei dovuto dire.

Forse ero stato uno stronzo a dirglielo nel modo in cui l'ho fatto. Forse ero stato uno stronzo ancora più grande a sperare che mi desse il motivo che non riuscivo a dire ad alta voce.

Ma dannazione, quanto lo volevo quel motivo!

Continuavo a sentire la sua voce, il modo in cui si era incrinata abbastanza da farmi pensare che questo contasse per lei. Abbastanza da farmi pensare che non fossi l'unico ad averne bisogno.

Io non chiedo alla gente di restare. O restano o non restano.

Ripresi a camminare, cercando di sciogliere i nodi nella mia testa.

Questo non era mai stato il piano. Non avrei mai dovuto far entrare nessuno in questo modo. Non avrei mai dovuto lasciare che facesse così male. Ma eccomi qui, a soffrire comunque.

E ora, sono seduto qui, a rendermi conto di non averle offerto abbastanza per farla credere in noi.

Non ho rischiato abbastanza.

Non ho amato abbastanza.

La mia voce ruppe di nuovo il silenzio, più sommessa questa volta, rassegnata. «Avrei dovuto dirglielo.»

Le luci della città lampeggiarono verso di me, e io ricambiai lo sguardo, aspettando il coraggio che pensavo di avere.

La lettera di offerta brillava sullo schermo del mio portatile. Un ergastolo nella soleggiata California, senza possibilità di libertà condizionale. La fissai dall'altra parte della stanza, perché avvicinarmi troppo sembrava un impegno eccessivo. L'unico altro suono nel mio appartamento era il ronzio del frigorifero, la colonna sonora perfetta per una vita che all'improvviso non sapevo più se volevo.

Era tardi, e il mondo fuori dalla mia finestra andava avanti come sempre. Il mondo continuava per la sua strada, indifferente alla mia paralisi decisionale. Potevo sentire il rombo lontano di un treno, che portava persone in luoghi di cui probabilmente avevano più certezze.

Dovevo rispondere formalmente a San Francisco, l'ultimo passo per rendere tutto reale. L'ultimo passo per andarmene.

Dovrei sentirmi sollevato. Sono sempre stato bravo in questo. Cambiare. Ricominciare. La via di fuga facile quando le cose diventano troppo intime, troppo incasinate. Ma questa volta, sono bloccato.

«Che diavolo sto facendo?» sussurrai alla stanza vuota, e il vuoto rispose con il silenzio.

La mia testa era piena di echi: le mie parole, le sue parole, tutto quello che c'era in mezzo. *Te ne saresti andato comunque.* Non se non avessi avuto un motivo per farlo. La conversazione continuava a ripetersi, un loop da cui non potevo scappare.

Continuavo a guardare il contratto, aspettando che mi dicesse qualcosa che non sapevo già.

Dovrebbe essere facile. È tutto ciò per cui ho lavorato, tutto ciò che ha senso sulla carta. Certezza. Avanzamento di carriera. Una via d'uscita. Ma non è abbastanza. Non senza di lei.

Alcune scatole erano impilate nell'angolo, un promemoria fisico del mio solito piano. Fare i bagagli, andare avanti. Le ante degli armadi erano aperte, mezze vuote come il resto di questo appartamento. Come il resto di me.

Mi sprofondai su una sedia, passandomi le mani sul viso,

cercando di dare un senso a un futuro che sentivo vuoto come la stanza.

Pensavo davvero che fosse tutto ciò di cui avevo bisogno? Un contratto, una nuova città, un nuovo inizio? Forse sì. Fino a Lily. Fino a quelle stupide caramelle gommose e ai caffè a tarda notte e al modo in cui mi fa sentire che questo non è solo un passatempo.

«Sei un idiota, Carter», dissi a me stesso, ma non mi fece sentire più intelligente. Non rese niente di tutto questo più chiaro.

Pensavo di essere più forte di così, più duro, il tizio che non mette mai in discussione una decisione. Ma non è quello che sono in questo momento. Non è quello che lei mi ha fatto diventare.

Che diavolo sto facendo?

Lo chiesi di nuovo, all'appartamento, al contratto, alla città.

Le mie parole rimasero sospese nell'aria, in attesa di una risposta che non potevo darmi. Attraversai la stanza, a grandi passi.

Feci clic sul pulsante e fu fatta. Nessuna fanfara, nessuna cerimonia. Solo una notifica e-mail immediata che confermava la ricezione del documento.

L'appartamento era silenzioso, fatta eccezione per il mio respiro, e lasciai che riempisse lo spazio dove prima c'era la certezza.

VENTUNO

LILY

C'è qualcosa di zen nell'aprire il torace di una persona alle cinque e mezza del mattino. Prima che gli infermieri inizino con i loro mormorii passivo-aggressivi, prima che il dottor Hale irrompa abbaiando ordini. Ci siamo solo io, il bisturi e un paziente privo di sensi di nome Roger. A lui non importa che i miei occhi siano cerchiati dalla stanchezza o che il mio camice sia di una taglia troppo grande perché avevo così tanta fretta di iniziare che ho preso il set sbagliato. E a me va bene così. Non è che stia cercando di fare colpo su qualcuno.

La sala operatoria è troppo luminosa per quest'ora del giorno, e la cosa mi piace. Ogni dettaglio è nitido, ogni contorno è netto. Non c'è spazio per gli errori. Le mie mani si muovono rapide, efficienti, ma sono consapevole di qualche crepa nella mia performance. Molto probabilmente a causa del fatto che lavoro da quattordici ore di fila e sento la stanchezza negli occhi. O del fatto che ho programmato interventi uno dopo l'altro per distrarmi dalla ridicola conversazione avuta con il dottor Patel la settimana scorsa. Ma soprattutto, è perché ogni volta che abbasso lo sguardo, vedo quel maledetto camice della taglia sbagliata e sento la voce di Noah nella testa: *Meno male che non hai deciso di fare la stilista.*

«Oggi è in stato di grazia, dottoressa Harper» dice Shiv, lo strumentista.

Pensa di farmi un complimento, ma so qual è la sua vera preoccupazione. L'"oggi" è un indizio inequivocabile. Implica che ieri, la settimana scorsa, ogni giorno dalla piccola bomba sganciata da Noah, sono stata tutt'altro che brillante.

«Tieni il passo» rispondo. Ci riesce, ma a malapena.

Terminiamo l'intervento a tempo di record. Il torace di Roger è chiuso e il suo cuore batte perfettamente sotto le mie suture impeccabili. Quando lo portano via, io sono già immersa fino ai gomiti nella preparazione per il paziente successivo. La squadra si attarda, come se stesse per inscenare un intervento di gruppo.

«Ricomincia già?» ha l'ardire di chiedere una delle infermiere.

Annuisco. «Il terzo turno è quello buono» dico, con un sorriso che spero sembri spontaneo.

Le loro occhiate preoccupate si scambiano come un'infezione aerea. Shiv fa spallucce e mi lasciano alla mia devozione maniacale per la chirurgia. La porta si chiude e io inspiro l'aria sterile, esalando le mie stesse fragilità.

Afferro la cartella successiva, sfogliandola con studiata indifferenza. Le informazioni mi sono abbastanza familiari da irritarmi; le ho già ripassate tre volte, assicurandomi di conoscerne ogni sfumatura. Nulla è una sorpresa, nulla è inaspettato, eppure il mio cuore fa uno stupido balzo quando vedo la calligrafia di Noah a margine.

Ovvio. È uno dei nostri casi congiunti.

I miei occhi tracciano le curve e gli angoli dei suoi appunti, e mi ritrovo a rileggere la stessa riga più e più volte: *Potremmo dividercelo, se mai imparerai a condividere.* Sto riconsiderando quell'affermazione ora, dato che a quanto pare condividere implica ascensori e accuse accese. Dovrei gettare via la cartella, invece resto lì, bloccata in un momento sospeso di patetica indecisione.

Qualcuno si schiarisce la gola e io alzo lo sguardo. Un'infermiera con occhi comprensivi.

Fantastico.

«Dottoressa Harper?» dice. «Tutto bene?»

«Benissimo.» Chiudo la cartella di scatto, serrando la mascella. «Perché non dovrebbe?»

L'infermiera mi rivolge un piccolo sorriso consapevole e se ne va. Mi rifiuto di leggerci altro.

Torno alla mia fortezza di strumenti e compiti, ricontrollando tutto come se fosse più importante di quanto non sia. Mi sto preparando per una colecistectomia di routine, ma a vedermi si direbbe che sto per eseguire un trapianto di cuore sul Presidente. È più sicuro fingere che sia la cosa a cui tengo di più. È più facile seppellirmi nei familiari schemi del lavoro e della stanchezza, in un bozzolo di produttività.

Ma basta una piccola crepa – un caso congiunto, un pensiero vagante su Noah, una traccia di fatica – e tutto rischia pericolosamente di andare in pezzi.

Il dottor Patel è più organizzato di un seminario di etica medica. Conto cinque premi, tre diplomi incorniciati e un'intera biblioteca di riviste mediche, tutte in ordine alfabetico. Lui dice che è meticoloso. Io dico che è compulsivo. Sto per dirglielo quando mi porge il fascicolo del progetto sui traumi; i miei occhi scorrono i dati con una velocità che spero risulti di un'impressionante nonchalance.

«È stata flessibile, Lily» dice, studiandomi come se fossi il suo prossimo caso clinico.

«Sono stata molte cose» rispondo, fingendo che il commento non abbia delle frecciatine.

«Sa cosa richiede di solito questo tipo di lavoro?» Si appoggia allo schienale, la sedia che scricchiola con autorità. «Due medici. Quattro mesi. Meno precisione.»

Ci sta andando pesante e io non ho intenzione di stare al suo gioco. «Posso sempre essere meno precisa.»

«Questo» dice Patel con un sorriso, «ne dubito.» Si sistema sulla sedia, con le mani giunte, come se fosse pronto per la mia confessione. «Il passaggio di consegne dovrebbe essere impeccabile, grazie a lei.»

Vengo studiata, misurata, esaminata. Sono abituata a essere osservata – pazienti, altri specializzandi, l'occhio di falco del dottor Hale – ma questo è diverso.

«Ho revisionato tutto più volte» dico. «Sarà impeccabile.»

Sembro un maledetto pappagallo. Sono quasi infastidita da me stessa.

Patel spinge il fascicolo più vicino a me. «Questo livello di dedizione» dice, facendo una pausa come se stesse diagnosticando una malattia rara, «non molti chirurghi riescono a sostenerlo.»

«Io ci riesco» dico, ma sono meno convincente, con la mente che mi riporta già ai casi congiunti. I miei occhi colgono una nota scarabocchiata nel fascicolo: *valutazione del trauma basata sull'istinto*. So esattamente chi l'ha scritta.

A Patel non sfugge nulla. «Ha svolto un lavoro eccezionale con Maria. E con Noah.»

Non so se voglio prendere a pugni lui o me stessa. «Lavorare con gli specializzandi fa parte del mio lavoro.»

«È più di questo» insiste. «È collaborazione. Ha dimostrato una vera flessibilità.»

Ancora quella parola. Fisso un punto sul muro. La flessibilità non è un tratto del carattere; è una condizione da evitare.

«Sono adattabile quando è necessario.»

«Oppure» dice lui, con voce gentile ma insistente, «quando se lo concede.»

«Gliel'ha detto Noah?» Tento di fare dell'umorismo, ma suona forzato, persino a me.

«Lily» dice, «Noah ha detto che lei è flessibile come una lastra di granito.»

Dovrei ridere. Invece, sento che la battuta atterra con più peso di quanto vorrei.

Patel annuisce come se vedesse attraverso ogni mia singola pretesa. «A volte, avere ragione non è importante quanto essere umani.»

Sono spiazzata da quanto mi importi della sua opinione. Di quella di Noah. Non è per questo che ho firmato, per questo pantano disordinato di sentimenti e dubbi.

«Le persone cambiano» dice Patel, «anche quelle che dicono di non volerlo fare.»

Le sue parole si fanno strada oltre le mie difese. Cerco di mantenere la mia facciata professionale, ma le crepe sono abbastanza larghe da permettere a Patel di vederci attraverso.

«E se te ne rendi conto troppo tardi?»

La mia domanda resta sospesa nell'aria, la confessione che non intendevo fare.

Mi osserva con una dolcezza che non gli ho mai visto. Mi aspetto che risponda con uno dei suoi aforismi, ma rimane in silenzio, lasciando che le mie stesse parole riverberino.

Il silenzio sembra diverso. Meno un vuoto e più una cassa di risonanza in cui sono costretta ad ascoltare i miei stessi dubbi, le mie stesse paure. Mi alzo per andarmene, prendendo il fascicolo con più forza del necessario.

«Grazie per essere passata» dice Patel mentre mi volto verso la porta. «E Lily?»

«Sì?»

«Le consiglierei di fare in modo che non sia troppo tardi.»

Annuisco, incerta se sia davvero riuscita a mantenere

intatta la mia compostezza o se la mia ritirata appaia precipitosa come la sento. Esco con le parole del dottor Patel che mi seguono come un'ombra, un promemoria del fatto che ho passato troppo tempo a far finta di non sentire.

La caffetteria dell'ospedale è più rumorosa di una mandria di studenti di medicina a un buffet gratuito, ma riesco comunque a sentire i miei pensieri sopra il chiacchiericcio. Fastidioso. Vedo anche Maria dirigersi verso di me con due tazze di caffè. Ancora più fastidioso. Me ne fa scivolare una davanti e si siede, tutta occhi sgranati di sincerità e compassione smisurata. Mi piace comunque. Forse è questo il mio problema.

«Direi che l'ho beccata tra due interventi» dice Maria, accennando alle scartoffie che ho sparso come una barriera difensiva.

«Si chiama multitasking. Ho sentito dire che alcuni specializzandi sono bravi a farlo.»

«Anche certi mentori.» Sorride. «Ed è per questo che sono qui per ringraziarla. Di nuovo.»

Il mio sarcasmo è pronto a scattare, ma non riesco a tirarlo fuori. Non quando Maria sembra così maledettamente seria. «Non ci si abitui» dico invece.

«Dico sul serio, dottoressa Harper. Lei ha spezzato una lancia in mio favore quando nessun altro l'avrebbe fatto. Ha significato molto.»

«Non ho fatto granché» dico, schivando il complimento come se la mia vita dipendesse da questo.

«Lei ha creduto in me» insiste. «Non solo all'udienza. Per tutto il tempo.»

La situazione sta virando pericolosamente verso il commovente. Sorseggio il mio caffè, cercando di sembrare disinvolta e per nulla toccata.

«Ethan mi ha detto di ringraziarla e basta» dice Maria, con una risata nella voce. «Ma sapevo che avrebbe provato a sminuire. Come fa con tutto.»

«Io non sminuisco le cose» ribatto. «Le delego. Come questo caffè. Delegato a lei.»

Si sporge in avanti, abbassando la voce. «L'ho quasi perso, sa. Ho mandato tutto all'aria.»

«Ethan?» chiedo, fingendo ignoranza.

«La nostra relazione, i nostri lavori. Tutto. L'ho allontanato perché avevo paura di rovinare la mia carriera.» L'onestà di Maria è cruda come un ginocchio sbucciato. «E invece ho quasi rovinato tutto.»

La schiettezza nella sua voce mi mette a disagio, ma sono catturata. È un incidente d'auto da cui non riesco a distogliere lo sguardo.

«Ma non l'ha fatto» le faccio notare, più curiosa di quanto lasci intendere.

«Perché è l'uomo più testardo del pianeta» dice Maria, alzando gli occhi al cielo. «Le ricorda qualcuno?»

Un lampo di Noah mi attraversa la mente. La sua espressione ferita, le sue parole che echeggiano come una diagnosi: *Avresti potuto chiedermi di restare.*

«Probabilmente più persone di quante pensi» ammetto. Non è una vera risposta, ma Maria sembra soddisfatta.

«Ero così sicura che avrei perso tutto se mi fossi concessa di amarlo» dice, ogni parola che atterra come un pugno. «Alla fine, ho scoperto che non ce l'avrei fatta senza di lui.»

Il parallelo è lampante. Rivedo me stessa nella sua storia, nelle sue paure ed esitazioni, e sono colpita da quanto tutto sia familiare. Da quanto Maria e io siamo diverse, eppure così simili.

«Lei è coraggiosa» le dico, sorprendendo me stessa con questa ammissione.

«Ho imparato dalla migliore» risponde lei, con una gratitudine genuina e luminosa.

Si alza per andarsene, dandomi una stretta rapida e calorosa sulla spalla. La guardo allontanarsi e, per una volta, non sento il bisogno di fingere che non mi importi.

Fisso le carte davanti a me, ma sono solo righe senza senso. La conversazione con Maria risuona forte e chiara, un promemoria del fatto che non sono così diversa da lei come vorrei credere. E che forse, devo essere coraggiosa come lo è lei.

La stanza di guardia odora di antisettico e speranze perdute. Mi siedo sul bordo del letto e il vinile si attacca al camice. Le pareti stanno ingiallendo in un modo che sembra dire: «Lasciate ogni ottimismo, voi ch'intrate». Non ricordo un tempo in cui mi importasse dell'arredamento. O del dolore al petto. Entrambi sembrano pressanti, ora.

Il ronzio dell'ospedale continua dall'altra parte della porta, frenetico e implacabile. Di solito è confortante. Ma in questo momento, sono intrappolata nella penombra, i miei pensieri che si ripetono in un loop infinito. Una scena, una conversazione.

L'ascensore era più luminoso di questa stanza, ma la tensione lo rendeva claustrofobico. Era uno spazio condiviso dove abbiamo finalmente affrontato il disastro inespresso tra di noi. Ora è come se le parole fossero incise sulle pareti del mio cervello.

Avresti potuto chiedermi di restare.

Non avrei mai pensato che mi sarebbe importato abbastanza da volere che qualcuno restasse. O di sentirmi distrutta quando non l'ha fatto.

Mi seppellisco il viso tra le mani, i palmi premuti contro gli occhi, ma non riesco a scacciarlo. Il ricordo è troppo vivido, troppo crudo. Vedo l'espressione ferita di Noah, il barlume di speranza che si spegne nei suoi occhi, il ding meccanico mentre le porte dell'ascensore si aprivano e io lo lasciavo uscire dalla mia vita.

Stava aspettando che lottassi per lui. Che gli mostrassi che contava tanto quanto la mia maledetta carriera.

La consapevolezza è brutale. Avevo troppa paura di aver bisogno di qualcuno per lasciarlo restare. Pensavo fosse più sicuro allontanarlo piuttosto che rischiare di essere vulnerabile. Mi sbagliavo. Così completamente, terribilmente, sbagliato.

Mi dico che sto bene da sola. Che sono sempre stata bene da sola. Ma l'eco del mio cuore suona vuoto, e mi resta la certezza che questa volta, stare bene non è abbastanza.

Noah era disposto ad aspettare che io capissi. Che scegliessi lui, che mi lasciassi provare qualcosa di più dell'ambizione e del controllo. Volevo che restasse, ma non l'ho mai detto. Non gli ho mai dato un motivo per credere che volessi qualcosa di più della mia solitudine attentamente custodita.

La verità è dolorosa e precisa, più affilata di qualsiasi bisturi che io maneggi in sala operatoria. Non l'ho allontanato perché non mi importava. L'ho allontanato perché mi importava troppo ed ero troppo terrorizzata per ammetterlo.

Fisso il soffitto, le piastrelle ingiallite che si confondono l'una con l'altra. Per una volta, non riesco a trovare una via d'uscita con la logica. Posso solo rimanere qui, lasciando che la realtà delle mie paure si posi su di me come la penombra silenziosa e cupa della stanza di guardia.

Il mio appartamento è stranamente silenzioso, a parte il basso ronzio del frigorifero e il sussurro lontano della pioggia contro le finestre. Sono seduta al tavolo della cucina, a fissare il portatile come se fosse un episodio particolarmente poco ispirato di un reality. Dovrei revisionare i file del protocollo per i traumi, ma la mia mente è vuota come il soffitto. Posso quasi sentire la voce di Noah, un misto di sarcasmo e sfida: *Cerca di capire cosa vuoi, Lily.*

Il bagliore dello schermo fa sembrare il resto della stanza fioco, in ombra. È un netto contrasto con la sala operatoria, con il rumore costante e le luci accecanti dell'ospedale. Dovrebbe essere un sollievo, ma non lo è. Sembra un vuoto, un'assenza di tutto ciò di cui mi sono circondata per evitare questo esatto momento.

I file si confondono in dati senza senso, parole su cui non riesco a concentrarmi. Ho sempre saputo cosa volevo: carriera, successo, maestria chirurgica. Erano certezze, ancore. Ora, sono alla deriva, fluttuando in un mare di dubbi e desideri che non mi sono mai concessa di avere.

Avresti potuto chiedermi di restare.

Le parole di Noah echeggiano nel silenzio, riverberando nel mio petto come un cercapersone troppo forte. Fisso il portatile, ma non vedo lo schermo. Vedo lui, il suo dolore, il modo in cui mi guardava come se fossi io ad avergli fatto credere in qualcosa di più. Il modo in cui non sono riuscita a dargli lo stesso.

Cosa voglio? È la domanda che ho evitato, la risposta che ho avuto troppa paura di ammettere. Non solo a lui, ma a me stessa.

Mi sono detta che non avrei mai avuto bisogno di nessuno. Mi sono detta che sarei stata bene da sola. *E se mi fossi sbagliata?* E se, per una volta, volere qualcosa non significasse sacrificare tutto il resto?

Fisso i file finché il bagliore dello schermo non diventa aspro contro la quiete. Finché non posso più fingere. Chiudo il portatile, lo schiocco che rompe il silenzio come un'ammissione. È la prima volta che non mi seppellisco nel lavoro per fuggire. La prima volta che mi permetto di smettere di scappare da ciò che è reale.

Il mio telefono è accanto al portatile, quasi beffardo nella sua semplicità. Un solo tocco, e lo starei contattando. Una sola parola, e sarei vulnerabile. Il mio pollice si libra sul contatto di Noah, sospeso in un'indecisione che sta rapidamente diventando insopportabile.

Invece di mettere via il telefono, di nasconderlo come ho nascosto tutto ciò che non voglio provare, lo lascio sul tavolo. A portata di mano. Dove possa ricordarmi cosa devo fare.

«Devi volere qualcosa prima di poterlo chiedere.»

La mia voce suona estranea nella stanza vuota, un'eco che resta sospesa nell'aria come una sfida, come una promessa. Come il primo passo per lasciarmi finalmente provare qualcosa.

VENTIDUE

NOAH

Le mie dita indugiarono sul foglio dei turni della settimana successiva. L'assenza del mio nome mi colpì dritto al cuore. Era la misera scusa del reparto per una festa d'addio e la odiavo. Lasciai che il dottor Patel mi strappasse il foglio dalla presa. Continuavano ad arrivare congratulazioni e strette di mano, accompagnate da sorrisi tirati e goffe pacche sulla spalla. Io guardavo la porta invece delle loro facce. Lei non era ancora lì, il che significava qualcosa che non volevo significasse.

«Ben fatto, dottor Carter», disse il dottor Patel, sfogliando l'ultima bozza dei nuovi Protocolli per il Trauma. «Un modo eccellente per concludere il Suo lavoro qui».

Sotto il complimento si nascondeva un esame a sorpresa. Non stavo ingannando nessuno con il mio patetico tentativo di essere presente.

«È stato gratificante, dottor Patel. Emotivamente difficile, ma gratificante», dissi, provando a indossare la sincerità. Non mi calzava. «Grazie per l'opportunità».

Lui sorrise, un'attenta composizione di rispetto professionale, e mi chiesi se fosse possibile annullare un addio all'ultimo minuto.

«Farà bene a San Francisco». Sembrava sospettosamente un'affermazione, ma colsi la domanda sottintesa.

Stavo per rispondere quando un altro specializzando fece irruzione, pieno di energia ed entusiasmo malriposto.

«Grande, amico!». Mi diede una pacca sulla spalla, un brusco segno di interpunzione. «Ci mancherai da queste parti».

Altre bugie. Altri sorrisi. Fluttuavo sopra di loro, un osservatore della mia stessa vita. Mi sentii borbottare la gratitudine che si aspettavano, una colonna sonora poco convincente per i miei veri pensieri.

I miei occhi scattavano verso la porta a ogni guizzo di movimento nel corridoio. Non è Lily. Non è Lily. Ancora non è Lily.

La immaginai a un altro piano, a inseguire la perfezione e a schivare gli addii. Forse si era preparata per un intervento e non poteva essere disturbata. Forse pensava che un taglio netto fosse più gentile. O forse semplicemente non le importava. Ogni opzione aveva un sapore peggiore dell'altra.

Ritornai a concentrarmi sul dottor Patel, che era a metà della presentazione della mia progenie accademica. Lo osservai mentre tentava di distillare il mio lavoro in slogan, pezzetti di me che avrebbe distribuito come bustine di zucchero.

«Il pronto soccorso non sarà lo stesso senza di Lei», continuò, con un sottotesto chiaro: *Ha ottenuto tutto ciò che si era prefissato, perché ha la faccia di uno a cui hanno annegato il cucciolo?*

«Grazie», riuscii a dire, soffocando la sillaba. Colsi la porta con la coda dell'occhio. Ancora niente. Ancora nessuno. Ancora il peggio.

Altri corpi andavano e venivano, le loro voci si fondevano

nel ronzio ambientale di luci fluorescenti e macchinari che suonavano. C'era qualcosa di surreale in tutto ciò, come se fossi già un ricordo, come se mi stessero cancellando dal copione in tempo reale.

Una delle altre dottoresse si unì alla mischia, e il suo tono era a metà tra il solidale e il compassionevole. «Ti farai davvero un nome, Noah».

Annuii, e sentii come se la testa potesse staccarsi. «Vi terrò aggiornati», dissi, la bugia più grande fino a quel momento.

Passò altro tempo. Forse un minuto. Forse un'ora. Avrei dovuto prestare attenzione a ciò che Patel stava dicendo sul mio contributo al reparto, ma riuscivo a concentrarmi solo sul vuoto dove Lily non c'era.

«Il progetto a cui ha lavorato con la dottoressa Harper ha davvero definito un nuovo standard», stava dicendo Patel, cercando di strapparmi un po' di coinvolgimento. «I protocolli che avete stabilito...»

«Felice di aver aiutato», lo interruppi, con lo sguardo ancora incollato all'ingresso. Maleducato, lo sapevo. Ma non riuscivo a scrollarmi di dosso la sensazione che, se avessi sbattuto le palpebre, me la sarei persa.

«Non verrà, amico», scherzò un altro specializzando, seguendo il mio sguardo. Credeva di essere furbo. «Magari nella prossima vita».

Mi sforzai di ridere, ma il suono fu troppo simile a una smorfia di dolore. «Dille di trovarmi un buco».

Lui ridacchiò, ignaro di aver appena trafitto qualcosa di vitale. «Lo farò».

Come se la mia frequenza cardiaca fosse indicata su un monitor, Patel fece un altro tentativo di sincerità. «Sono sicuro che il Suo talento sarà apprezzato lì. Ma si ricordi, avrà sempre un posto all'Emerald Bay».

Sentii la sua previsione inespressa: *Tornerà*.

Immaginai scenari diversi. Lei che irrompeva dalla porta,

senza fiato, ammettendo di non poter credere che me ne stessi andando davvero. Lei che entrava con noncuranza, fredda come sempre, con qualche commento sarcastico che mi sviscerava più di qualsiasi parola sincera. O forse lei che dava un'occhiata dentro e poi fuori, lasciandomi con l'eco delle mie stesse aspettative.

«Dottor Carter?»

La voce del dottor Patel mi riportò bruscamente al presente. Era imbarazzante quanto mi fossi allontanato.

«Sì, scusi», dissi, cercando di nascondere il filo tagliente della mia delusione. «Sono qui».

«La porta per Lei è sempre aperta».

Non sapeva che mi stava uccidendo con l'ironia.

Annuii e deglutii a fatica. «Grazie. Lo apprezzo».

Ci fu una pausa in cui fu chiaro che stava cercando di decidere se valesse la pena riportarmi a galla, o se dovesse semplicemente lasciarmi andare alla deriva fuori dalla porta. Scelse la seconda opzione. «Buona fortuna, Noah».

E con questo, rimasi solo in mezzo alla folla. Altri corpi, altre voci. Altri volti che mi dicevano che era tutto per il meglio.

Uscii di scena lentamente, aggrappandomi alla flebile, stupida speranza che, nel momento in cui me ne fossi andato, Lily sarebbe apparsa per cercarmi, sai, proprio come nei film. Mi concessi quella fantasia perché era meno patetica dell'alternativa: che lei sapesse esattamente cosa significava quel giorno, e che non le importasse abbastanza da farne parte.

Lo spogliatoio era tutto panche d'acciaio e luci pessime, un riflesso di come mi sentivo riguardo alla mia vita. Era la terra di mezzo tra ciò che era appena successo e ciò che stava per succedere, e io ci ero bloccato dentro. La cravatta era mezza slacciata, il bottone del colletto aperto, e la mia determinazione si stava disfacendo più o meno alla stessa velocità. Me ne stavo seduto lì con la testa contro il metallo freddo del mio armadietto, aspettando un segno dall'universo o forse solo dal mio telefono.

Marcus entrò, disinvolto come una granata.

Soppesò le macerie del mio ottimismo, gettò lo stetoscopio nel suo armadietto con un noncurante colpo di polso, e poi si sedette accanto a me.

«Pensavo di trovarti qui», disse, mettendosi comodo come se stesse per godersi un bello spettacolo.

«E dove sennò?», risposi, fissando le mie scarpe. Sembravano più sicure del loro percorso di quanto lo fossi io.

Marcus si appoggiò all'indietro, una gamba distesa, l'immagine della rilassata osservazione. «Ho sentito che il debriefing sul protocollo per il trauma è stato un vero spasso».

«Avvincente», borbottai. «Stavo quasi per chiedere il sequel».

Lui annuì, studiandomi con quella sua calma visione a raggi X. «Come se la passa il pezzo grosso di San Francisco?».

«Quale dei due?», chiesi. «Quello che pensano sia entusiasta di partire, o quello che non riesce a trovare l'uscita?»

Marcus sorrise, per nulla turbato dalle mie manovre evasive. «Probabilmente entrambi».

La stanza rimase in silenzio per un istante. Si riempì dei suoni delle mie incertezze che echeggiavano contro gli armadietti. Mi passai una mano sul viso, come se potesse cancellare le ultime due settimane.

«Ho detto a Patel che avrei lavorato per tutto il periodo di preavviso», dissi alla fine. Le parole caddero come macigni, e mi aspettavo che lo schianto fosse più forte.

Marcus non batté ciglio. Studiò la mia espressione, o forse la sua assenza, e poi annuì. «Quando te ne vai?».

«Sabato. Altri tre turni». Feci un respiro profondo, più per abitudine che per necessità. «Pensavo fosse il sogno. Ora sembra solo... un'inerzia».

Marcus assorbì la mia confessione con la disinvoltura di chi è abituato a parare i colpi bassi. Rimase in silenzio, lasciando che fossi io a riempire gli spazi vuoti, o a non farlo. Sapeva che a volte, riuscire a tirare fuori le parole è già un miracolo di per sé.

«Inerzia», ripeté, come se ne stesse assaporando il gusto. «Sì, capisco».

«Non è quello che mi aspettavo». Sentii la crepa nella mia voce e mi chiesi come avessi potuto spingermi così lontano.

«La vita è una stronza, a volte», disse, con l'autorità di chi sa il fatto suo.

Scossi la testa, cercando di scacciare l'idea che tutto ciò che stavo facendo fosse sbagliato. «E se non lo volessi nemmeno?»

Marcus non si affrettò a dare una risposta. Rimase lì nel silenzio, e fu allora che capii che stavamo avendo una conversazione vera.

«Allora non accettare», disse alla fine, come se fosse così semplice.

«È già tutto in moto, le scartoffie sono state presentate», gli dissi. «Come un treno merci, capisci? Ha preso velocità senza che nessuno se ne accorgesse davvero, e ora continua ad andare avanti».

I suoi occhi erano su di me, fermi e consapevoli. «Non significa che devi restarci sopra».

C'era altro che volevo dire, altro che non sapevo come dire. Marcus attese, con la pazienza di mille santi in un unico, sarcastico caposala.

«Me ne vado perché...». Le parole si bloccarono, come se non dovessero essere pronunciate.

«È più facile che restare?», finì Marcus per me.

«Qualcosa del genere».

Lui alzò le spalle. «Allora assumitene la responsabilità. Oppure cambia le cose».

«Non è così facile», insistetti, anche se una parte di me voleva crederci. «Non è che posso semplicemente...»

«Restare?», mi interruppe. «Sono abbastanza sicuro che potresti, se lo volessi».

La sua osservazione atterrò troppo vicino alla verità. «E che diavolo significa restare senza Lily?», sbottai, odiando il suono del suo nome e la presa che aveva su di me.

«Forse è più difficile. Ma forse è meglio».

Rimanemmo seduti lì per un po', nessuno dei due disposto a rompere il silenzio per primo.

«Non doveva andare così», dissi, sapendo che suonava come un cliché, ma avendo comunque bisogno di dirlo.

«Le cose vanno raramente come dovrebbero».

Cercai di sorridere, ma il sorriso non mi arrivò agli occhi. «E quindi adesso che faccio?».

Marcus si alzò, spolverando distrattamente la panca come se fosse importante non lasciare alcuna traccia. «Solo tu lo sai, amico».

Lo guardai uscire, lasciandomi solo con il mio armadietto semiaperto e la mia incertezza spalancata. Mi colpì il fatto che non avesse mai detto nulla sugli addii. Mi chiesi se sapesse qualcosa che io non sapevo, o se stesse semplicemente scommettendo su di me come sempre.

Me ne restai seduto lì ancora un po', aspettando che arrivassero le risposte. Le volevo in pacchetti chiari e diretti, come i risultati degli esami che speriamo sempre di ricevere al pronto soccorso. Invece, tutto ciò che ottenni fu il leggero scatto della porta che si chiudeva alle spalle di Marcus.

Da quassù la città sembra piccola, come una sua versione giocattolo. Non è molto diverso da come appare il mio futuro: qualcosa che posso tenere tra le mani, ma non necessariamente qualcosa che voglio. Presi un sorso di caffè, sperando che l'amaro mi riportasse con i piedi per terra, ma tutto ciò che fece fu ricordarmi quanto fossi andato alla deriva.

Le finestre dell'ospedale brillavano in basso, un promemoria di tutte le persone che mi stavo lasciando alle spalle, che lo volessi o no. Un elicottero si alzò nel cielo, le sue pale che fendevano la notte. Lo guardai scomparire in lontananza e sussurrai le parole che non avrei dovuto dire: «Intelligente non è la stessa cosa di giusto».

L'aria era fredda, mi intorpidiva le dita e il viso, ma non mi mossi. Ero radicato sul posto, una figura solitaria su questo tetto deserto, con la sensazione di stare per saltare in qualcosa di più grande di quanto potessi gestire.

Presi un altro sorso di caffè, il cui calore non riusciva a raggiungere le parti di me che ne avevano più bisogno. Aveva il sapore di tutte le mie mattine qui, di tutti i giorni che avevo passato a inseguire traumi e a schivare impegni. I ricordi di Lily si confondevano con i ricordi di questo posto, ognuno più difficile da inscatolare dell'altro.

Non doveva andare così. Ero venuto qui pensando di potermene andare pulito, che andarmene fosse una scelta che avevo già fatto. Ma è più incasinato di quanto avessi mai immaginato, ingarbugliato in più sentimenti di quanti io sappia gestire.

Il nome di Lily mi stava sulla punta della lingua, pronto a farmi inciampare da un momento all'altro. Pensavo che dirlo avrebbe reso le cose più chiare, ma tutto ciò che fa è rivoltarmi dentro.

Noi due non saremmo mai dovuti succedere. Lei era troppo determinata, troppo concentrata, troppo simile alla persona che avevo sempre pensato di essere, ma che non ero mai diventato. E in qualche modo, funzionavamo. In qualche modo, lei mi aveva fatto desiderare di essere la persona che avevo sempre pensato che non sarei mai stato.

Ogni finestra laggiù era una parte diversa della mia vita, che brillava costantemente mentre io mi accendevo e spegnevo. Immaginai Lily da qualche parte là sotto, a fare un turno di cento ore e a comportarsi come se non le facesse male. È lei che mi ha convinto che avevo più da offrire di quanto pensassi. È lei quella che sto lasciando perché è lei quella che conta di più.

Se resto, cosa significa? Se me ne vado, chi sono io senza di lei?

L'ospedale ronzava sotto di me, pieno di persone che sono più brave di me a sopravvivere. Ogni luce rappresentava qualcuno che combatteva, guariva, diceva addio. Pensavo che l'addio fosse il mio forte, ma ora sento che potrebbe essere la cosa che alla fine mi distruggerà.

Guardai la città estendersi in tutte le direzioni, vasta e indifferente. Mi dissi che potevo perdermici, perdere questi sentimenti, trovarne di nuovi. Ma non ne volevo di nuovi. Volevo quelli vecchi, quelli impossibili, quelli che erano iniziati quando non sapevo nemmeno che fossero iniziati.

Ci fu un rombo sordo quando un'eliambulanza decollò, frantumando il silenzio con la sua urgenza. La seguii mentre si alzava dalla piattaforma di atterraggio, desiderando di poterla seguire ovunque stesse andando. Desiderando di poter semplicemente continuare ad andare, senza dover mai atterrare.

L'elicottero scomparve nell'oscurità, parte dell'emergenza di qualcun altro che era più importante della mia. Feci un respiro profondo, lasciando che l'aria notturna mi riempisse i polmoni, desiderando che riempisse anche i posti vuoti dentro di me.

Mi dissi che l'indomani avrei finalmente impacchettato le ultime cose. Che avrei finito il mio turno venerdì e guidato finché la distanza non avesse reso tutto più facile. Ma sapevo, in fondo, che la distanza non era ciò di cui avevo bisogno.

La mia vita è una zona disastrata, organizzata in scatole ordinatamente etichettate. Tra qualche giorno, tutto il casino sarà caricato su un camion, destinato a un futuro che non assomiglia per niente a quello che avevo immaginato. Tenevo le mani occupate, come facevo sempre quando la mia testa era un caso disperato. Avvolgevo piatti, imballavo libri, controllavo il telefono in cerca di messaggi che non c'erano. Era come un triage, solo che il paziente ero io.

Vagai per l'appartamento, raccogliendo oggetti a caso e decidendo il loro destino. C'era una pila di cose che avevo intenzione di portare, una pila più grande di cose che ero pronto a gettare, e una pila enorme di dubbi che non riuscivo a scrollarmi di dosso. Lasciai cadere una pila di CD in una scatola contrassegnata con TENERE, chiedendomi quando fosse stata l'ultima volta che ne avevo ascoltato uno. La sigillai comunque con il nastro adesivo, perché stavo già mettendo in discussione abbastanza cose nella mia vita senza aggiungere la musica alla lista.

Con i libri era più facile. Li gettai nelle casse, senza preoccuparmi di ordinarli per genere e autore come avrei fatto di solito. A questo punto, nemmeno io ero abbastanza pazzo da preoccuparmi se Atul Gawande finiva accanto al Dr. Seuss. L'appartamento sembrava una zona di guerra, con schegge di cartone e nastro da imballaggio sparsi ovunque.

Avvolsi i bicchieri nel giornale, facendo un lavoro approssimativo perché non mi importava davvero se si rompessero durante il viaggio verso la mia nuova, scintillante esistenza. Mentre ne prendevo un altro, vidi il bordo di uno scontrino del supermercato spuntare da sotto alcune carte. Sapevo esattamente cosa fosse prima ancora di raccoglierlo.

La calligrafia di Lily era inconfondibile, le lettere acute e appuntite come se stesse cercando di pugnalare la sua opinione sulla pagina: «Hai il palato di un dodicenne. Non è un complimento».

Non ricordavo cosa avessi comprato quella sera, ma ricordavo l'espressione sul suo viso quando lo aveva detto. Il misto di incredulità e affetto. Il modo in cui mi faceva sentire come se essere ridicolo fosse un'abilità. Un sorriso riluttante mi si disegnò sulle labbra, e odiai il potere che aveva ancora su di me.

Dovrei buttare via il biglietto. Sarebbe la cosa intelligente, pulita, distaccata da fare. Invece, lo spianai e lo posai con cura sul bancone, proprio accanto al rotolo di nastro adesivo che avevo intenzione di ignorare.

Presi un'altra pila di piatti, ma non riuscii a scrollarmi di dosso la sensazione che fossero più pesanti di quanto avrebbero dovuto. Forse era perché non stavo solo facendo i bagagli per San Francisco, ma stavo facendo i bagagli per dimenticare. Lasciai cadere i piatti in una scatola con meno entusiasmo del relatore principale a una conferenza medica.

Ogni cosa che toccavo sembrava avere un ricordo ad essa legato. Un vecchio paio di scarpe da ginnastica che secondo lei sembrava avessi rubato dagli oggetti smarriti di una scuola media. Una foto di noi alla raccolta fondi dell'ospedale, dove fingevamo di essere civili, ma i nostri occhi dicevano altro. La gettai nella pila della spazzatura, poi la ripescai e la aggiunsi a TENERE.

Sentivo la voce di mia madre nella mia testa, che mi ricordava come fare questa cosa nel modo in cui lei fa tutto: con amore e troppa preoccupazione. *Una cosa alla volta, Noah. Non riuscirai mai a fare tutto insieme.*

Una cosa alla volta, e nessuna sembrava reale. Una volta

ero bravo a far sì che le cose non sembrassero reali, ma Lily mi aveva rovinato anche in quello.

Il mio telefono stava sul bancone, deridendomi con il suo silenzio. Lo controllai di nuovo, sperando in un suo messaggio, anche solo una frecciatina sarcastica su quanta roba avessi per un ragazzo che affermava di poter far entrare la sua vita in un bagaglio a mano.

Lo schermo rimase vuoto, un dito medio digitale alla mia negazione. Lo posai a faccia in giù, perché non vederlo era meno doloroso che non vedere niente.

Passai all'armadio, infilando vestiti nelle valigie con la finezza di uno specializzando del pronto soccorso al suo primo turno di notte. Tutto odorava di familiarità, di conforto, di casa, e niente di tutto ciò apparteneva a una città che ha un mercato agricolo tutto l'anno.

«Non essere un tale cliché», direbbe Lily se potesse vedermi ora. «Il broncio non ti si addice». Ma lei non poteva vedermi, e il broncio era tutto ciò che mi restava.

Alla fine, l'appartamento era altrettanto disordinato, ma la mia mente un po' meno. Avevo evitato la parte difficile, e lo sapevo. Marcus me l'avrebbe fatto notare, se fosse stato qui.

«Non sei pronto per andartene, amico», direbbe.

E per una volta, non avrei avuto una risposta pronta.

Mi sedetti sul divano, circondato dal disastro che avevo creato, e mi lasciai immaginare come sarebbe stato se fossi rimasto. Se avessi mandato a quel paese San Francisco con il suo granchio Dungeness e la sua nebbia, e avessi iniziato a disfare le valigie invece. Il pensiero era caldo e stupido, come tutti i miei pensieri migliori ultimamente.

Lo lasciai indugiare più a lungo di quanto avrei dovuto. Poi mi alzai, presi del nastro da imballaggio e finsi di stare ancora facendo questa cosa perché lo volevo. Ma il biglietto di Lily rimase sul bancone, la sua presenza l'unica cosa di questo trasloco che avesse un senso.

L'interno della mia macchina era silenzioso, ma giurerei di poter sentire il mio cervello urlare. Se Marcus mi vedesse ora, direbbe che sembra che me ne sia già andato. Che sto solo aspettando che il resto di me mi raggiunga. Il mio telefono brillava nella mia mano, un costante promemoria della mia codardia. Il nome di Lily era proprio lì, a schernirmi.

Digitai: *Parto sabato. Non volevo andarmene senza dire—*

Smisi di digitare, fissando la frase a metà. Puzzava di disperazione, e nemmeno io ero pronto ad affrontarlo.

Guardai fuori dal parabrezza, osservando il crepuscolo inghiottire la città. Era bellissimo in un modo solitario, il tipo di vista che si può apprezzare solo quando ci si convince di essere gli unici a vederla. Seattle sembrava diversa da qui, come se sapesse già che me ne stavo andando e non le importasse abbastanza da salutarmi.

Il mio pollice tamburellava contro il volante, un codice Morse di esitazione. Mi dicevo che ero seduto qui per capire le cose, ma era più che non riuscivo a capire niente. Era come se avessi inscatolato tutta la mia vita, e ora non fosse rimasto spazio per le parole.

Diedi di nuovo un'occhiata al telefono, la luminosità era eccessiva per questa penombra. Eccola lì: Lily. Proprio dove avevo sempre saputo che sarebbe stata. Da nessuna parte vicino a me.

Ci volle uno sforzo stupido per cliccare sul suo nome, come se fosse collegato a tutte le cose che avevo cercato di staccare. Scorsi i vecchi messaggi, i familiari scambi di sarcasmo e quasi affetto. Ognuno era una pugnalata al cuore che pensavo di aver anestetizzato.

Parto sabato. Non volevo andarmene senza dire—

La frase mi derideva con la sua insufficienza.

L'auto sembrava più piccola, come se si stesse ripiegando

su se stessa. Come se fossi bloccato in un posto da cui stavo cercando di fuggire, sia sulla mappa che nella mia mente. Volevo spalancare la portiera e correre di nuovo dentro, trovare Lily, farle capire. Ma i miei piedi erano incollati al tappetino, e l'unica cosa da cui stavo scappando era ciò che volevo davvero.

Provai un nuovo messaggio. Stesso inizio, stesso vuoto. Stesso risultato.

Parto sabato. Non volevo andarmene senza dire—

Qualche altro carattere e avrei potuto finirlo. Ma poi sarebbe stato reale, e lei avrebbe potuto non rispondere, e questo probabilmente mi avrebbe spezzato in due.

Il pensiero incompiuto rimase lì, come se mi sfidasse a premere invio o cancella o anche solo a respirare.

Premetti il tasto per cancellare. Fu quasi più difficile che non premere invio. Ogni lettera scomparve in una codarda nuvola di fumo.

L'interno dell'auto divenne più buio, lo schermo del telefono la mia unica luce. Forse sarei rimasto seduto qui finché la batteria non si fosse scaricata. Forse sarei rimasto seduto qui finché non fossi morto. Qualsiasi cosa sembrava più facile di quello che avrei dovuto fare.

Il mio telefono atterrò sul sedile del passeggero con più forza di quanta ne meritasse. Strinsi la presa sul volante, come se questo potesse impedirmi di sfasciarmi completamente. Non funzionò.

«Maledizione, Noah», dissi all'auto vuota.

Strinsi di nuovo la presa sul volante, chiedendomi se mi stessi aggrappando o trattenendo.

La città fuori dal finestrino scintillava di indifferenza, ogni luce un promemoria di qualcosa che mi sarebbe mancato. Una volta pensavo che non mi sarebbe mancato niente, e ora penso che mi mancherà tutto. Ma più di tutto, mi mancherà lei, e lei è l'unica cosa a cui non ho il diritto di aggrapparmi.

Fissai lo schermo vuoto, aspettando che si riempisse di idee migliori di quelle che avevo. Invece, si spense, rispecchiando l'interno della mia testa.

Se avesse voluto fermarmi, l'avrebbe fatto.

Se avesse voluto fermarmi—

Girai la chiave nel quadro e l'auto si avviò con un sussulto, rompendo il silenzio con una tosse meccanica. Era un suono freddo, un suono solitario, come la colonna sonora di tutte le mie peggiori paure. Mi allontanai dal marciapiede e guidai.

VENTITRÉ

LILY

Mi sveglio alle quattro e trentasette del mattino perché ho delle cose da fare, e sono una che le cose le porta a termine. O forse perché non ho dormito affatto, e nessuna quantità di cose portate a termine può rimediare al fatto che lui è come se fosse già andato via.

È passata una settimana da quando Noah ha dato le sue dimissioni. Una settimana in cui ho fissato referti chirurgici fingendo che l'emoglobina mi importasse più di lui. Una settimana in cui non gli ho detto niente, e ora oggi sarà il suo ultimo turno all'Emerald Bay.

Mi caccio il cuscino sulla testa, ma le sue parole sono ancora lì, chiare come il sole e impossibili da ignorare: «*Sei tu quella che mi ha lasciato andare*». A quanto pare, si può essere il miglior medico specializzando in chirurgia dell'ospedale e non avere comunque la minima idea di come rimettere insieme i propri pezzi.

Mi stacco a fatica dal letto. È troppo presto per qualsiasi cosa che non sia il rimpianto. Forse il caffè, se voglio essere generosa. Ma quando sei emotivamente instabile e composta al novanta per cento di caffeina, il confine tra generosità e patetico è sottile. Il parquet è freddo contro i miei piedi, l'intero appartamento silenzioso, a eccezione del rumore di me che vado in pezzi.

Sul tavolo della cucina c'è una pila di riviste mediche, quella in cima aperta su un articolo che in realtà non ho letto. "Progressi nella chirurgia cardiotoracica". Doveva essere il mio mantra, la mia ragione di vita. Ora è solo un'accusa. La chiudo di scatto e accendo la caffettiera, guardando la caraffa riempirsi di promesse acquose di lucidità.

Fisso il goccia, goccia, goccia del caffè. Per una volta, mi sembra troppo lento. I miei pensieri saltano dal momento esatto in cui ho saputo che l'avrei perso (quando mi ha chiesto se doveva andarsene) al momento in cui l'ho perso (in ascensore, dove avrei potuto dire qualcosa, qualsiasi cosa). I ricordi fanno male, ma non riesco a smettere di rigirare il dito nella piaga. Mi passo le mani tra i capelli, sfilo l'elastico dalla coda di cavallo e cerco di respirare.

Il telefono vibra, squarciando la nebbia dell'indecisione. Probabilmente un avviso per un intervento. Qualcun altro che ha bisogno di qualcosa che solo io posso fare. Guardo lo schermo e il mio stesso riflesso mi fissa, privato del sonno e arrabbiato. «*Sei tu quella che mi ha lasciato andare*», sussurra, ancora e ancora, finché non mi viene voglia di spaccare quel maledetto aggeggio.

Mi ha dato ogni opportunità per fermarlo. «*Dimmi di non andare*», aveva detto, i suoi occhi troppo fermi, troppo pazienti. Mi ero bloccata. Certo che mi ero bloccata. Sono la dottoressa Lily Harper, la Regina di Ghiaccio dell'Emerald Bay, così professionale che potrei avere un manico di scopa infilato nel mio camice perfettamente stirato.

Afferro il telefono, le dita strette tanto da poter incrinare la custodia. Non sembra appartenere alla mia mano. Troppo goffo. Troppo insicuro. Ma so che farò quella telefonata, anche se non so cosa dirò.

Prima, il caffè. Riempio una tazza e mi brucio la lingua al primo sorso, poi ne prendo subito un altro. L'autopunizione è una delle mie specialità.

Maria risponde al secondo squillo. «Lily?» Sembra assonnata, probabilmente avvolta in un sonno sdolcinato e romantico che sto per rovinare.

«Ho bisogno di un favore», dico, le parole che mi escono di bocca prima che possa fermarle. «E di un piccolo aiuto per fare una scenata».

C'è una pausa. Si sta chiedendo se stia ancora sognando o se io abbia veramente, finalmente, perso la testa. «Stai bene?»

«Sto benissimo», mento, perché è quello che faccio. «Possiamo vederci più tardi? Ti spiegherò tutto allora».

«Certo», dice lei, con voce più dolce. «Ci vediamo alle otto. Porto io il caffè».

Riattacco e rimango lì, stringendo la tazza vuota come se fosse l'unica cosa che mi impedisce di crollare. Un favore. Una scenata. È una misura drastica, e lo so. Ma lo è anche svegliarsi in un letto vuoto e rendersi conto che non posso risolvere questa cosa da sola.

I minuti passano in silenzio, ognuno un conto alla rovescia verso qualcosa che non ho ancora definito. Penso a cosa dirà Maria, alle assurdità che farà solo per vedermi ammettere che ho bisogno di aiuto. La immagino arrivare con un thermos grande quanto il mio ego e un sorriso insopportabilmente consapevole.

Ma niente di tutto ciò ha importanza. Non davvero. Ciò che conta è che ho preso una decisione. Una decisione folle, terrificante, assolutamente necessaria. Poggio la tazza sul bancone, mi raddrizzo, più alta di quanto non sia stata da giorni, e lascio che le ultime parole che Noah mi ha detto risuonino nella mia mente finché la determinazione non prende il posto della paura: «*Sei tu quella che mi ha lasciato andare*».

Siedo di fronte a Maria nella mensa dell'Emerald Bay, stringendo un muffin stantio come se fosse uno strumento chirurgico.

«Devo fare una scenata», ripeto, perché non sono ancora sicura di crederci nemmeno io.

Ma Maria ci crede. Lo capisco dal modo in cui le si illuminano gli occhi, come se le avessi dato un biglietto d'oro per il mio crollo emotivo.

«Sapevo che saresti tornata in te», dice, raggiante come l'inguaribile romantica che è.

Cerco di non fare una smorfia. «Non sono tornata in niente. Devo solo parlargli prima che lui...» Mi interrompo. Ammetterlo lo renderebbe reale.

«Prima che se ne vada», finisce lei per me, senza esitazione. È come guardare qualcuno maneggiare un bisturi con assoluta precisione.

Le ci vogliono cinque secondi per reclutare Ethan, sei perché lui si unisca a noi, e sette perché le mie viscere si attorciglino nel nodo più stretto del mondo. Dev'essere questa la sensazione di avere degli amici.

«Stiamo organizzando un saluto per Noah», annuncia Maria, e gli occhi di Ethan si sgranano.

«Lui lo sa?» chiede Ethan, con una punta di panico nella voce. Ha sentito parlare del mio bisogno di controllo, di come ho schiacciato più di un collega ignaro.

«Lo saprà», dice Maria, sorridendo. «È questo il punto».

Ethan scuote la testa. «Se qualcosa va storto...»

«Non andrà storto», lo interrompe Maria, così sicura che quasi le credo.

Ethan annuisce, entrando nello spirito. «Marcus può portarlo lì. Faremo sembrare che sia un incontro dell'ultimo minuto per concludere».

Ora mi stanno guardando entrambi, gli occhi di Maria pieni di aspettativa, quelli di Ethan di un dolce sostegno. Faccio un respiro profondo.

«Okay», concedo. «Facciamo una scenata».

Ci spostiamo nell'ala amministrativa, un angolo tranquillo dove Maria ed Ethan sussurrano dettagli logistici mentre io fingo di supervisionare.

«Dovremo prenotare una stanza», dice Maria, sfogliando una cartellina con un'efficienza allarmante.

«E del cibo», aggiunge Ethan. «Sai com'è Noah con gli snack».

«Ordino qualcosa io», mi offro, cercando di riprendere una parvenza di controllo.

Maria inarca un sopracciglio. «Forse è meglio se ce ne occupiamo noi?». È gentile ma ferma, un promemoria del fatto che ho chiesto il loro aiuto e devo lasciarglielo dare.

Mi siedo a una scrivania con un foglio bianco e una penna che sembra troppo pesante nella mia mano. Le parole dovrebbero essere la mia specialità. Concise. Chiare. Ma niente di tutto questo ha un che di chirurgico.

«Credevo che la professionalità significasse distanza», scarabocchio, per poi cancellarlo subito. «No. Troppo clinico».

Ci riprovo. «Ho imparato che la connessione non è un punto debole». Un'altra riga sopra, l'inchiostro che si sbava come il tradimento delle mie stesse intenzioni. Accartoccio il foglio e lo getto da parte.

Maria osserva dall'altra parte della stanza, la sua comprensione palpabile. «Va tutto bene, sai», dice. «Non avere tutto pianificato».

«Non sono brava a non pianificare», borbotto, più a me stessa che a lei.

Ride dolcemente. «Allora dovrai fare pratica».

Pianificano intorno a me, Maria ed Ethan, scambiandosi parole sussurrate che fluttuano dentro e fuori dalla mia coscienza. Non sono abituata a questo, alla sensazione di persone che si stringono intorno a me per qualcosa che non sia un miracolo medico.

«La stanza è prenotata», annuncia Ethan.

Maria mi porge un foglio di carta. «Ecco la scaletta».

Lo fisso, poi fisso loro, poi di nuovo il programma scarabocchiato. Hanno pensato a tutto. Penso a quanto diversamente avrei fatto tutto questo da sola. Sterile. Freddo. Niente di simile a questo... caos collaborativo.

«Okay», dico, con voce più forte. «Potrebbe davvero funzionare».

Maria annuisce, il suo sorriso è di quelli che insistono sull'ottimismo. «Funzionerà».

Sento la porta aprirsi alle mie spalle, ma non mi volto. So che è lui. Lo sento prima di vederlo: il sottile cambiamento nell'aria, la pausa nel silenzioso fruscio di carte e nei mormorii educati. La stanza reagisce al suo arrivo prima di me. Il mio cuore sussulta come se avesse ricevuto una scarica elettrica.

Getto un'occhiata sopra la spalla. Eccolo lì. Noah, fermo sulla soglia, come se non fosse sicuro se entrare o andarsene. Per un secondo, resta lì, con lo sguardo che percorre la stanza finché non si posa su di me. Esita. Solo questo basta quasi a mandarmi in pezzi.

Mi chiedo se scapperà. Se dovrei dire qualcosa per prima. Ma poi fa un passo dentro — cauto, indecifrabile — e so che è questo. Il mio momento. Il mio polso è un tamburo costante contro le costole, e mi costringo a rimanere immobile. A parlare prima che il panico vinca.

La stanza sprofonda in un silenzio pesante, di quelli che ti opprimono il petto e rendono impossibile respirare. O forse sono solo io. So che devo parlare prima di perdere il coraggio, ma la mia bocca è così secca che potrebbe essere piena di sabbia. È questo l'effetto che mi fa, che mi ha sempre fatto: mi rende muta e incapace, come se fossi qualcosa di diverso dalla versione migliore e più brillante di me stessa. Non posso lasciare che mi fermi ora.

Faccio un passo avanti, e il movimento sembra una dichiarazione di per sé. Incrocio i suoi occhi dall'altra parte della stanza, mille parole non dette che finalmente prendono forma. «Credevo che la professionalità significasse distanza», comincio, la voce poco più di un sussurro. Ma è sufficiente. È sufficiente a spaccare il silenzio.

L'espressione di Noah cambia. Ho la sua attenzione.

Le mie parole escono a fiotti, malferme ma determinate. «Che i sentimenti fossero pericolosi. Che se li lasci entrare, ti annegano. E forse è vero, ma quello che ho imparato lavorando con te, Noah, è che la connessione non è un punto debole». Faccio una pausa, lo sguardo fisso sul suo. È come stare sul ciglio di un precipizio, l'aria tagliente, fredda ed esilarante.

La stanza sembra svanire, le altre persone si trasformano in sagome ombrose di sostegno. Di speranza. Ma non riesco a staccare gli occhi da lui. E non lo farò.

«La cosa che ci rende migliori», comincio, il tremito nella mia voce che si placa. «Medici migliori. Persone migliori».

Il volto di Noah è un miscuglio di contrasti. Sta cercando di rimanere sulla difensiva, di mantenere i muri di cui pensa di avere bisogno. Ma io riesco a vedere oltre, oltre la studiata indifferenza, fino alla parte di lui che crede ancora in noi.

Quindi continuo. «Volevo dirlo di fronte a tutti», ammetto, costringendomi a respirare, a sentire ogni parola. «Perché non l'ho detto quando contava di più». L'ammissione mi costa, ma mi libera anche. Lo sto facendo. Sto dicendo quello che ha bisogno di sentire.

«Non voglio che tu te ne vada».

Resta lì, sospesa, esposta e cruda. Tutti nella stanza la sentono, ma è destinata solo a lui.

Faccio un passo avanti, e qualcosa cambia dentro di me, un cambiamento di cui non mi credevo capace. «Ma se lo farai», dico, la voce che acquista forza, «avevo bisogno che tu sapessi che non ho più paura».

I suoi occhi sono sgranati, lo shock si mescola a qualcosa che assomiglia molto alla speranza. Mi dà energia, mi dà il coraggio di lasciargli vedere tutto ciò che sono, senza l'armatura che ho sempre indossato.

Mi raddrizzo, le mani lungo i fianchi, i palmi aperti. Questo è l'atto più onesto che abbia mai compiuto. Il più esposto. Ma anche il più vero.

I colleghi si scambiano un'occhiata, poi tornano a guardarci, la stanza carica del peso di ciò che sta accadendo. Maria è raggiante, quasi risplende di trionfo. Ethan si muove a disagio, una presenza goffa ma solidale al suo fianco. Marcus sembra sinceramente impressionato.

Ma niente di tutto ciò conta quanto quello che c'è tra me e Noah.

Lo vedo prendere fiato, la sua compostezza che vacilla abbastanza da mostrare l'impatto delle mie parole. È in silenzio, ma sento la risposta che si sta formando dentro di lui.

I secondi si allungano e, per una volta, non li riempio con nient'altro che la verità di questo momento. La verità su di me.

Un leggero mormorio si diffonde nella stanza. Qualcuno sussurra: «Wow». Un altro dice: «Questa non me l'aspettavo». Ma i commenti sono distanti, un'eco dietro l'intensità di ciò che ho appena fatto.

Il discorso, se così si può chiamare, è finito. O forse è appena iniziato.

Incrocio il suo sguardo, e per la prima volta da quando se n'è andato, vedo qualcosa spezzarsi anche in lui.

La stanza torna a vibrare di vita, ma io rimango ferma, lasciando che la vulnerabilità si trasformi in un nuovo tipo di forza.

Il silenzio riempie di nuovo lo spazio, ma questa volta è diverso. Questa volta, è pieno di possibilità, non di paura.

E quando faccio un altro respiro, è più profondo di qualsiasi altro io abbia mai fatto.

VENTIQUATTRO

---♥---

NOAH

Ero inchiodato al pavimento della sala conferenze, con il cuore in gola, il polso che rimbombava come un tuono e il respiro chissà dove. Lily mi stava di fronte, con gli occhi scuri, folli e terrorizzati. La bocca non si apriva. Le gambe non si muovevano. Forse non stavo nemmeno respirando. Sapevo solo che dovevo raggiungerla.

Intorno a noi, la gente finse di riprendere le conversazioni, ma era impossibile non notare i sussurri sommessi o gli sguardi non così discreti. Colleghi che conoscevo a malapena erano improvvisamente coinvolti nell'ultimo dramma medico con protagonisti il dottor Noah Carter e la dottoressa Lily Harper. Qualcuno di Pediatria lanciò un'occhiata, saettando lo sguardo tra noi due come se si aspettasse una dichiarazione di matrimonio o un patto omicida-suicida. Persino Marcus stava guardando, il viso un strano miscuglio di sorpresa e compiacimento, come se avesse sempre saputo che sarebbe successo. Non era l'unico. Ma nessuno se lo aspettava in quel modo.

Soprattutto io.

Lily era ancora in attesa, la sua confessione sospesa tra noi come un cavo dell'alta tensione. Non vacillò sotto il peso dell'attenzione di tutti, ma potevo vedere la vulnerabilità sul suo viso, il modo in cui la sua solita corazza si era completamente frantumata. La chirurga tosta messa a nudo, più umana e fragile di quanto l'avessi mai vista.

Il mio cuore era un martello pneumatico che cercava di sfondarmi le costole, e pensai che forse avevo dimenticato come si facesse, come si rispondesse a quelle parole. Come essere ciò che mi stava chiedendo di essere. Come non mandare tutto a rotoli.

Perché porca miseria, l'aveva detto davvero. La cosa che aspettavo di sentire da mesi e che non pensavo avrei mai sentito.

I miei piedi si mossero prima che dessi loro il permesso. Sembrava ci fossero chilometri tra noi. Che non l'avrei mai raggiunta in tempo. E per un folle secondo, mi chiesi se fosse questa la sensazione di cadere. Cadere senza avere idea se ci fosse qualcosa a prendermi. Sfondai il muro invisibile di spettatori e continuai a camminare, non perché tutti stessero guardando, ma perché fisicamente non riuscivo a fermarmi.

Lily rimase completamente immobile, come se, muovendosi, l'intero momento potesse spezzarsi. Mi guardò come se fossi l'ultima domanda dell'esame più difficile, terrorizzata di sbagliare la risposta. Mi fermai di fronte a lei e incrociai i suoi occhi. Erano incredibilmente scuri.

«Potevi semplicemente dire che ti mancavano gli snack», dissi, le parole che uscirono goffamente, come se non le avessi mai usate prima.

La stanza trattenne il respiro, e per un terribile secondo pensai che potesse andarsene.

Ma poi rise. Una risata sommessa, senza fiato, e così completamente da Lily che quasi risi con lei. La tensione si spezzò, qualcosa si sciolse nel mio petto e, porca miseria, quella risata mi sembrò una vittoria.

Volevo baciarla. Volevo prenderla per mano, trascinarla fuori da quella sala conferenze e correre lungo il corridoio come gli idioti innamorati che forse, probabilmente, eravamo. Invece, lasciai che il momento fluttuasse, guardando il suo volto illuminarsi di qualcosa di simile al sollievo. Non credo di averla mai vista così bella.

«Avrei dovuto immaginarlo», disse lei, una traccia del suo solito sarcasmo che si faceva di nuovo strada. «Tu resti solo per il cibo.»

Il calore tra noi era come essere in pieno luglio, e mi chiesi se lei potesse sentire il mio cuore martellare forte quanto lo sentivo io. Cercai di rispondere, ma improvvisamente fui consapevole delle cento paia d'occhi ancora incollate su di noi, della stanza che era passata da un silenzio assordante a colpi di tosse imbarazzati e piedi strascicati.

Il dottor Norton di Oncologia si schiarì la gola e si voltò, trascinando con sé uno specializzando confuso. Marcus diede una gomitata alla dottoressa di Pediatria, che distolse rapidamente lo sguardo. Era come guardare un incidente d'auto al contrario, con i rottami che si ricomponevano lentamente e ripartivano come se nulla fosse accaduto.

Non ero mai stato così grato di essere circondato da un branco di chirurghi emotivamente bloccati. Non sapevano se applaudirci o sedarci. Fingevano che non gli importasse, ma sapevo che entro il giorno dopo ogni reparto ne avrebbe parlato. Una parte di me voleva dire loro di farsi gli affari propri. Il resto di me voleva urlare a pieni polmoni.

Lily non si era mossa, non aveva distolto lo sguardo, e la vulnerabilità nei suoi occhi fece cambiare tutto dentro di me. Cambiò l'idea che mi ero fatto di quel momento. Cambiò l'idea che mi ero fatto di me stesso. Non avrei mai immaginato di trovarmi lì, con tutta Seattle che ci guardava, sul punto di perdere tutto ciò che non sapevo di volere.

È pazzesco, ma la mia terribile battuta fu la cosa più coraggiosa che avrei potuto dire. Non era solo umorismo, era uno scudo, qualcosa dietro cui nascondermi mentre cercavo di trovare il coraggio di dire il resto. Guardai Lily, e non ero più così spaventato. Perché non se n'era andata. Era rimasta.

E anch'io.

«Vieni?», chiesi, consapevole della ridicolaggine della domanda. Come se se ne sarebbe andata adesso, dopo che mi aveva praticamente servito il suo cuore su un piatto d'argento. Ma quella era Lily Harper, e anche dopo tutto ciò, era la donna più imprevedibile che avessi mai incontrato.

Si avvicinò, la sua espressione che passava da terrorizzata a determinata, nello spazio di un respiro. «Devo darti un piano chirurgico dettagliato?»

Sogghignai, il sollievo che mi inondava come una maledetta onda anomala. «Un diagramma di flusso non guasterebbe.»

Sembrava che fossimo le uniche due persone nella stanza, e quasi mi dimenticai che gli altri erano ancora lì, a bocca semiaperta, con il cervello che faticava a elaborare ciò che era appena successo. Quando finalmente mi guardai intorno, incrociai lo sguardo di Marcus dall'altra parte della stanza. Fece un piccolo cenno col capo, e potei quasi sentirlo dire "era ora".

La verità è che non pensavo che quel momento sarebbe mai arrivato. Non pensavo che lei l'avrebbe detto, o che io sarei stato in grado di rispondere. Ma eccoci qui, ed era tutto ciò che avevo avuto troppa paura di ammettere di volere.

Lily stava aspettando che mi muovessi, che facessi qualcosa di diverso dallo stare lì come un idiota, e non avevo alcuna intenzione di rovinare tutto. Non ora. Le allungai la mano, sentendo la scarica di adrenalina quando le sue dita sfiorarono le mie, e la condussi attraverso la folla sbigottita.

Non avevo nemmeno capito cosa significasse veramente restare fino ad ora. Fino a questo momento. Fino a lei.

Eravamo quasi alla porta quando mi fermai.

Non era la folla. Non erano i sussurri o il calore di ogni paio d'occhi che ci bruciava la schiena. Era la sua mano nella mia — solida, calda, reale — e l'ondata di emozione che mi inondava il petto come se qualcuno l'avesse spaccato e avesse lasciato che la verità si riversasse dentro. Mesi di attriti. Battute. Tempismo sbagliato. Occasioni mancate. Tutto si scontrò in un unico, bruciante pensiero.

Mi voltai verso di lei.

E poi—

La baciai.

Non fu un bacio timido. Non fu cauto. Non fu neanche lontanamente professionale. Furono mesi di tensione che esplosero tra noi come una dannata supernova. La sua bocca incontrò la mia con una certezza che fece svanire tutto il resto: la sala conferenze, gli spettatori, le regole. Lei afferrò il davanti della mia camicia e mi tirò più vicino come se avessimo già superato il punto di non ritorno, come se fosse affamata di quel momento tanto quanto me.

Qualcuno ansimò. Qualcuno fece decisamente cadere una cartellina.

Non era il tipo di bacio che appartiene a un ospedale. Non apparteneva a nessun luogo con regolamenti o dipartimenti delle Risorse Umane o luci fluorescenti. Apparteneva a un film. O a un temporale. O a una guardiola chiusa a chiave dopo l'orario di servizio con le tende tirate e un'ottima scusa.

Ma stava succedendo lì. Ora.

E a nessuno dei due importava un accidente.

Mi staccai giusto il tempo di respirare, di guardarla. Aveva le guance arrossate, gli occhi fiammeggianti, le labbra socchiuse come se volesse discutere, ma solo se fosse finita con me che la baciavo di nuovo.

Sogghignai. «Pensi ancora che sia una pessima idea?»

Espirò tremante, poggiando la sua fronte contro la mia. «Oh, è un'idea assolutamente catastrofica.»

Poi mi baciò.

Più forte, questa volta.

Intorno a noi, il mondo continuava a girare. Ma in quel momento, finalmente sentii che eravamo esattamente dove dovevamo essere.

Insieme.

VENTICINQUE

LILY

C'è un momento, subito dopo che hai messo a nudo la tua anima, in cui il tempo si ferma e pensi: ci siamo, è questo il momento in cui crollerà tutto. Osservo Noah in cerca di un qualsiasi segno, un movimento, un barlume di speranza. Ma non arriva. Per secondi che sembrano ore.

Maria dà una gomitata a Ethan così forte che per poco non lo fa cadere. I colleghi si muovono a disagio, mormorano, fanno congetture. La stanza sembra troppo grande, il silenzio troppo profondo, la speranza troppo pericolosa.

E poi Noah mi bacia. E io ricambio il suo bacio, ed è tutto ciò che avevo immaginato e anche di più.

Le lacrime scorrono, irrefrenabili. Ma per una volta, non mi importa di chi mi vede. Sollievo e incredulità mi travolgono, e mi rendo conto che la speranza non è così pericolosa come pensavo.

La stanza espira con noi, un rilascio collettivo di tensione e aspettativa.

«Oh mio Dio, lo sapevo», strilla Maria, afferrando il

braccio di Ethan con entusiasmo trionfante. Lui fa una smorfia ma non si scosta, probabilmente per paura di perdere un arto.

Marcus fa un sorrisetto, incrociando le braccia con la soddisfazione compiaciuta di chi aveva scommesso su questo esatto risultato. «E poi dicono che i chirurghi non hanno cuore», commenta ironicamente.

Noah sorride, finalmente, ed è come il sole che spunta dopo una tempesta. «Era questo il tuo piano fin dall'inizio?», mi chiede, prendendomi la mano di fronte a tutti, senza vergogna.

«Il piano di Maria», ammetto, con la voce tremante ma felice, così ridicolmente felice. «Io... l'ho solo assecondato».

Le sue dita si stringono attorno alle mie, e il gesto dice più di mille parole. Che non se ne andrà. Che ho fatto l'impossibile. Che non sono sola in questa situazione.

«Sembra che ti sia sbagliata su una cosa», mi prende in giro, avvicinandosi così che possa sentirlo solo io.

«Solo una?», ribatto, e le vecchie battute tornano con facilità, con calore, con un senso di promessa.

Il suo sorriso si addolcisce. «Sul fatto di dover fare tutto da sola».

Annuisco, scacciando lacrime che sono più di gioia che altro. «Credo di stare imparando».

La stanza è ancora in fermento, i colleghi si scambiano sguardi e sussurri, alcuni sinceramente sorpresi, altri che sostengono compiaciuti di averlo sempre saputo.

«È come guardare una soap opera», dice qualcuno, da qualche parte in sottofondo.

«Meglio», risponde un'altra voce. «Senza attori scarsi».

Ma tutto ciò che sento davvero è lui, il modo in cui ride mentre mi attira a sé, un suono che è un'ancora che mi tiene salda, mi salva, rende tutto reale.

Maria si precipita da noi, trascinando Ethan con sé. Sembra estasiata, e anche fastidiosamente soddisfatta. «Stai piangendo», osserva, come se fosse la condizione medica più eccitante che abbia mai visto.

«No, non è vero», mento, tirando su col naso vistosamente.

Mi abbraccia lo stesso, togliendomi il fiato ma riempiendomi i polmoni di qualcosa di più importante. «Sono così fiera di te», sussurra, e questa volta le credo.

Ethan dà una pacca sulla schiena a Noah. «Benvenuto nel club», dice, con un sorriso sbilenco. «Avremmo dovuto avvertirti che è contagioso».

Marcus ci raggiunge, un lampo di soddisfazione negli occhi. «Lo sai che ora non si torna più indietro, vero?».

«Ci conto», risponde Noah, con la mano ancora stretta saldamente attorno alla mia.

Ho passato così tanto tempo terrorizzata da cosa questo avrebbe significato, da ciò che sarebbe costato, da come avrebbe potuto distruggermi. Ma stando qui, circondata da persone che mi vedono in modi in cui non avevo mai permesso prima, mi rendo conto di quanto mi sbagliassi.

Il mondo professionale a cui mi aggrappavo, la fortezza dell'autosufficienza, svanisce in secondo piano. Ciò che rimane è molto più incasinato, molto più rischioso, molto più...

Noi.

È personale. È imperfetto. È tutto ciò che avevo troppa paura di volere.

«Immagino che adesso sappiamo chi l'ha detto per primo», mormora Ethan a Maria.

Lei annuisce, con gli occhi brillanti e consapevoli. «Te l'avevo detto che sarebbe stata lei».

Il caos della stanza si dissolve, lasciando solo noi due e un nuovo tipo di certezza.

Lui resta, io resto, noi restiamo. Ed è tutto il grande gesto di cui avrò mai bisogno.

VENTISEI

---♥---

NOAH

Lily camminò al mio fianco, e potei percepire il cambiamento nell'aria, la mutata percezione che la gente aveva di noi. Uno specializzando del terzo anno di Chirurgia Plastica diede di gomito a un collega di Cardiologia, che fece un cenno nella nostra direzione con uno sguardo che era per metà sorpresa, per metà rivincita.

La tensione precedente era svanita, sostituita da una strana sorta di celebrazione. A nessuno sembrava importare che avessi appena mandato a monte un'offerta di lavoro in uno dei migliori ospedali del Paese, o che Lily mi avesse di fatto chiesto di restare. Erano solo elettrizzati che qualcosa fosse successo. Che noi, finalmente, fossimo successi.

Lily rimase insolitamente silenziosa, lasciando che fossi io a gestire lo spettacolo. Avrei dovuto sentirmi esposto, come se fossi stato scorticato vivo di fronte a tutto l'ospedale. Ma non mi sentivo così. Neanche un po'.

«Avremo bisogno di altri vermi gommosi» annunciai, ammucchiando snack sul mio piatto. Il gruppo rise e, proprio così, la tensione che si era accumulata per mesi si dissolse in un singolo istante di sollievo condiviso.

Il cambiamento nell'interazione di tutti era quasi palpabile. Norton di Oncologia ci fece un cenno d'approvazione, e persino il nuovo specializzando, che probabilmente non conosceva ancora i nostri nomi, sembrava un po' folgorato. Mi aspettai quasi che piovessero palloncini dal soffitto o che partisse un flash mob per celebrare il nostro status di coppia.

Era incredibile come un gruppo di chirurghi potesse passare così in fretta dall'essere scettico e distaccato al diventare festoso e compiaciuto. E forse era perché non mi importava più, o forse perché invece sì, ma ora tutto sembrava diverso. Lo scrutinio non mi infastidiva come prima.

«Ci sono altre sorprese?» domandò Marcus, e la sua era solo per metà una battuta.

Lily intervenne prima che potessi rispondere. «Intendi a parte questo?» Indicò lo spazio tra di noi, un sorriso ironico sulle labbra.

Marcus sollevò il bicchiere in un finto brindisi. «Era ora, cazzo.»

Incrociai lo sguardo di Lily, e per un momento fummo di nuovo solo noi due, avvolti nella nostra impossibile realtà. Il mondo continuava a muoversi intorno a noi, il brusio della conversazione e il tintinnio dei bicchieri, ma tutto svanì nel rumore di fondo. Non era per niente come la prima volta che eravamo stati lì, impacciati, incerti e pieni di paura per ciò che sarebbe potuto accadere. Stavolta, sapevo esattamente cosa sarebbe successo dopo.

Le battute scherzose tra di noi ora erano spontanee, un segnale di ciò che era cambiato e di quanto invece non lo fosse. C'erano sollievo, risate e la gioia di essere finalmente sulla stessa lunghezza d'onda, di essere finalmente le stesse persone di prima, ma di più.

La sala conferenze ronzava della soddisfazione per un

finale per cui tutti facevano il tifo, un finale che non sembrava affatto tale. Era l'inizio di qualcosa che nessuno di loro si aspettava, qualcosa che io stesso non mi aspettavo fino al secondo in cui lei pronunciò quelle parole e sentii la terra mancarmi sotto i piedi.

Non lo avrei voluto in nessun altro modo.

Lily mi diede un colpetto con il gomito, una domanda negli occhi. *Andiamo bene? Può durare? Lo pensi davvero?* E la mia risposta fu semplice, solo tre stupide parole che cambiavano tutto.

«Sono ancora qui.»

Uscimmo nel corridoio, con l'adrenalina che ci vibrava nelle vene, e tutto quello a cui riuscivo a pensare era: *Porca puttana, è successo davvero?* Mi aspettai quasi che il mondo si resettasse, che tornasse alla sua forma abituale in cui la dottoressa Lily Harper non chiedeva a uno come me di restare. Ma eravamo lì, e sembrava di essere entrati in un universo alternativo.

Il ronzio della sala conferenze si spense alle nostre spalle, e il silenzio ci avvolse come un campo di forza. Divenni improvvisamente consapevole della distanza tra noi, di come si restringeva e si allargava a ogni respiro, e mi resi conto che le stavo ancora tenendo la mano. La lasciai andare con riluttanza, appoggiandomi alla parete ed espirando l'aria che avevo tenuto prigioniera.

La guardai, in attesa che accadesse la prossima cosa impossibile. Era ancora lì, in piedi, esposta e forse sbalordita quanto me. *"Pensavo che chiedere avrebbe reso più difficile il momento in cui se ne sarebbero andati."* Le sue parole mi risuonarono nella mente, questa nuova versione di Lily che mi sbilanciava.

«Pensavo che tu non chiedessi alla gente di restare» dissi, rompendo il silenzio prima che ci soffocasse entrambi.

Non si mosse, non distolse lo sguardo. C'era qualcosa di crudo nella sua espressione, una fragile onestà che non ero abituato a vedere. «Pensavo che chiedere avrebbe reso più difficile il momento in cui se ne sarebbero andati» ripeté, la voce così bassa che quasi non la sentii.

Assorbii la sua vista, imprimendo ogni dettaglio nella memoria come se potessi averne bisogno per sopravvivere ai minuti successivi. Era ancora Lily – la maniaca del controllo, l'incredibile chirurgo, la donna che mi faceva impazzire – ma ora tutto sembrava diverso. E in quel momento, la novità non era terrificante; era elettrica.

«Lo è stato?» domandai, la voce che mi uscì più roca di quanto intendessi.

Lily esitò, come se si stesse facendo strada in un campo minato di emozioni a cui non sapeva dare un nome. «Lo è» disse infine, la voce poco più di un sussurro.

Avevamo passato mesi a girarci intorno, intrappolati nelle nostre stesse regole, convinti che questa conversazione ci avrebbe fatti a pezzi. Ma ora, qui, in questa bolla di silenzio e verità, finalmente mi permisi di sperare.

Il corridoio sembrava intimo, un bozzolo solo per noi. Il ronzio delle luci, il rumore distante dell'ospedale, l'assenza di sguardi giudicanti: tutto rendeva quel momento impossibile e perfetto. Le mie spalle si rilassarono e mi resi conto di quanto fossi stato teso. Non solo quella sera, ma per tutto quello stramaledetto anno.

Lily mi stava osservando, con un'espressione tenera e determinata. Era uno sguardo che prima mi avrebbe spaventato a morte, ma ora mi faceva solo desiderare di colmare la distanza tra noi.

Mi staccai dal muro e feci un passo verso di lei, saggiando il terreno sotto di noi, assicurandomi che avrebbe retto. Non si ritrasse, e giurai che il sollievo fu così intenso da farmi girare la testa.

«E adesso?» domandò, e c'era una vulnerabilità nella sua voce che fece fare una capriola al mio cuore.

«Adesso» dissi, le parole che uscivano più facili di quanto non avessero fatto da molto tempo, «troviamo una soluzione.»

Ero abbastanza vicino da poterla toccare, e ci volle ogni briciolo di forza di volontà che avevo per non farlo. Non riuscivo a smettere di sorridere, e dal modo in cui mi guardava, forse lo stava prendendo come una malattia contagiosa.

Rilasciai un respiro che non sapevo di aver trattenuto, e mi sembrò di respirare per la prima volta. «Insieme» aggiunsi, assicurandomi che mi sentisse.

«Insieme» ripeté lei, come se stesse mettendo alla prova la parola. Il suo sorriso era piccolo ma genuino, e sembrò un'ancora, che mi teneva saldo in questa nuova, impossibile realtà.

Il corridoio si estendeva davanti a noi. Non una divisione, ma una promessa. Eravamo ancora noi – Lily, che aveva bisogno di un piano chirurgico dettagliato, e Noah, che non li seguiva mai – ma le vecchie regole non contavano più.

Non dovevano. Ne stavamo scrivendo di nostre.

Nel parcheggio, sotto il cielo serale, sembrava un mondo diverso, un luogo dove potevo quasi credere che non avessimo mandato tutto a puttane. Dove potevo quasi credere che Lily intendesse davvero quello che aveva detto. Il ronzio distante di Seattle, l'aria fresca sulla pelle, le luci di Emerald Bay che lampeggiavano come stelle pigre: era tutto stranamente silenzioso, specialmente dopo il caos di dentro.

Adesso eravamo solo noi due, e non credo che fosse mai stato così reale. Ci eravamo lasciati alle spalle la sala conferenze, insieme allo spettro di una vita incompiuta, e ora c'eravamo solo noi, la notte, e mille parole sospese e non dette tra di noi. Era terrificante il modo in cui questa cosa avrebbe potuto funzionare davvero. Terrificante, surreale e... *Porca puttana, spero tanto che sia vero.*

Ce ne stavamo lì, con un silenzio così pesante da essere quasi solido. Lily era al mio fianco e guardava il cielo come se avesse le risposte alle domande più difficili. Forse ce le aveva. O forse ce le aveva lei. In ogni caso, stavo di nuovo trattenendo il respiro.

«Allora» dissi, sondando il terreno, mettendoci alla prova. «C'è una cosa che probabilmente dovresti sapere.»

Lily si voltò verso di me, e mi aspettai quasi che riapparisse la vecchia versione di lei, quella che mangiava incertezza a colazione e non aveva tempo per tutto questo casino. Ma la sua espressione rimase aperta, un'attenta mescolanza di curiosità e paura che potessi rovinare tutto aprendo bocca.

«Quel lavoro a San Francisco?» continuai, sentendo le parole spingersi e tirarsi a vicenda. «Tecnicamente è ancora sul tavolo.»

Lei sbatté le palpebre, e non riuscii a capire se fosse scioccata, delusa, o se stesse solo elaborando l'idea impossibile che non avessi rispedito i documenti. «Ma pensavo—»

«Ho rifiutato l'offerta» la interruppi, sentendo il bisogno di tirare fuori tutto prima di perdere il coraggio. «Stavo per accettarla, ma non l'ho fatto. Ma tu? Questa cosa? Non volevo lasciarla incompiuta.»

«Ma ti sei licenziato. Pensavo—»

«Stavo per cercare qualcosa qui in zona. Se c'era una possibilità per noi, doveva essere qualcosa di più del semplice fatto di lavorare insieme.»

«E se non avesse funzionato?»

«Almeno non mi sarei torturato ogni giorno, incrociandoti nel corridoio.»

La sorpresa sul suo volto si trasformò in qualcosa di più

morbido, qualcosa che credetti di riconoscere come speranza. Fece fare una capriola al mio cuore. «Incompiuta?» ripeté, mettendo alla prova la parola come se non fosse sicura che appartenesse al suo vocabolario.

«Già» dissi, trovando improvvisamente difficile mantenere la calma. «Non ero pronto a rinunciarci. A rinunciare a noi.»

Lily mi fissò come se stesse cercando di memorizzare questa versione di me, quella che non faceva battute o non deviava con il sarcasmo. Quella che lo pensava davvero, ogni stupida parola. Non credevo di poterla sorprendere così. Non credevo di poter sorprendere me stesso così.

Rimanemmo entrambi in silenzio per un momento, la gravità di ciò che avevo appena detto che si depositava intorno a noi come una rete. Sembrava pericoloso e liberatorio allo stesso tempo.

«E adesso?» domandò, e le parole avevano più peso di qualsiasi altra cosa avessimo detto per tutta la sera.

Era la domanda che avevamo evitato, quella che significava che avremmo dovuto davvero trovare una soluzione, quella che mi terrorizzava perché desideravo così tanto darle la risposta giusta.

«Adesso troviamo una soluzione» le dissi, lasciando che un sorriso si facesse strada.

La sua risata fu brillante e inaspettata, e fu come accendere un interruttore. Tutto sembrò più chiaro, meno simile a un sogno. La tensione che mi aveva gravato sulle spalle tutta la notte, tutto l'anno, forse da sempre, finalmente cominciò ad allentarsi.

Scosse leggermente la testa, sorridendo ancora, ma lo vidi – proprio lì nei suoi occhi – il cambiamento. Il momento in cui abbassò completamente la guardia.

E io mi mossi.

Non velocemente, non bruscamente. Semplicemente, sicuro.

Colmai lo spazio tra noi e la baciai di nuovo, più lentamente questa volta, in modo deliberato. Non un giro d'onore. Non un momento rubato di fronte ai nostri colleghi.

Ma una scelta.

La sua.

La mia.

La nostra.

Mi corrispose con la stessa energia, le sue mani che mi afferrarono il camice, tirandomi quel centimetro più vicino, come se entrambi avessimo aspettato troppo a lungo. Il bacio divenne più profondo, respirò, trovò un ritmo che diceva che eravamo lì. Che lo stavamo facendo.

Quando finalmente ci separammo, i suoi occhi cercarono i miei, non per una conferma, ma per qualcosa di più concreto. Qualcosa che già sapeva.

E io annuii. Una sola volta.

Lei espirò, come se avesse trattenuto quel respiro dal giorno in cui ci eravamo incontrati.

Il parcheggio sembrava un mondo completamente nuovo. Non era solo che il peso era stato sollevato, era il modo in cui mi guardava ora, il modo in cui i suoi occhi rimanevano sui miei e non vagavano altrove come facevano prima. Non avrei mai pensato che sarebbe stato così. Non avrei mai pensato che potesse esserlo.

Lily si avvicinò di un passo, e l'aria tra di noi era viva, ronzante di possibilità a cui non avevo osato credere fino a quel momento. Mi osservò attentamente, come se si aspettasse ancora il peggio, come se non riuscisse ancora a fidarsi che stesse accadendo davvero. Ma lo avrebbe fatto. Ne ero certo. Certo come lo ero di qualsiasi altra cosa in quel momento.

«Tutto qui?» disse, con un tono scherzoso nella voce. «Nessun piano chirurgico? Nessuna istruzione dettagliata?»

Scossi la testa, con un sorriso che si allargava, ampio e

impossibile. «Pensi di potercela fare?» la sfidai, senza davvero chiederlo.

Mi lanciò un'occhiata che diceva che poteva gestire qualsiasi cosa, specialmente me. «Immagino che lo scopriremo» rispose, suonando come una promessa.

Le luci del parcheggio proiettavano lunghe ombre mentre stavamo insieme, fianco a fianco, un mondo a parte da tutto ciò che era venuto prima. La città si estendeva intorno a noi, aperta e infinita, e per la prima volta, sembrava nostra.

Non era per niente come avevo pensato che sarebbe stato.

Era molto meglio.

Per strada, sotto il cielo notturno, tutto sembrava nuovo. Le luci di Seattle tremolavano come mille possibilità, e per una volta, nessuno di noi due aveva fretta di essere altrove. C'era una calma nell'aria, un leggero freddo che sembrava tenere il mondo al suo posto, e non ero sicuro di essermi mai sentito così fermo.

Camminammo all'aperto, l'aria fresca che ci avvolgeva, e sembrò di entrare in un'altra versione delle nostre vite, una in cui tutto ciò che non avevamo detto era finalmente là fuori, a respirare con noi. Era tutto così strano e perfetto, e mi domandai quanto tempo sarebbe durata questa novità prima di diventare qualcosa di reale e familiare.

La mano di Lily sfiorò la mia, non del tutto intenzionalmente, ma neanche per caso. La lasciò sospesa lì, nello spazio tra di noi, e quando gliela presi, non ci fu esitazione. Fu facile, naturale e giusto, come se fosse sempre stato così anziché da pochi minuti.

Stavamo insieme, la città una vasta distesa intorno a noi, ma nulla sembrava importante quanto i pochi centimetri tra i nostri corpi. Mi aspettavo che lasciasse la presa, che si allontanasse perché era tutto così tanto, così veloce, così completamente l'opposto di chi era lei e di chi eravamo noi. Ma non lo fece.

Era ancora qui.

Era silenzioso, e il silenzio era pieno di tutto ciò che era cambiato. Avrebbe dovuto essere imbarazzante. Ma non lo era. Era confortevole e reale, una bolla intorno a noi dove nulla sembrava impossibile.

La guardai, il mio polso un'eco del suo, e per una volta, eravamo in perfetta sincronia.

La notte si stendeva davanti, lunga, aperta e promettente. I suoni distanti dell'ospedale svanirono, sostituiti dal battito costante del mio cuore che finalmente conosceva il proprio ritmo. Questo era tutto ciò che non sapevo di stare aspettando.

Tutto ciò che avevo paura di volere.

Non avevamo detto molto, ma non c'era più niente da dire. Il peso che mi portavo dietro da mesi era sparito, sollevato da una singola conversazione e da una risata che non meritavo di sentire. Finalmente sapevo qual era il mio posto.

Accanto a lei.

Lily mi osservò, i suoi occhi scuri e indagatori, e mi chiesi se potesse vedere il cambiamento in me così chiaramente come io lo vedevo in lei. La tensione che aveva sempre indossato come una medaglia d'onore era sparita, sostituita da qualcosa di più morbido e umano. Qualcosa che non avrei mai pensato di vedere.

Le strinsi la mano, avendo bisogno di sentire quella connessione, di sapere che non era solo una bellissima e fragile illusione. Lei ricambiò la stretta, e mi disse più di tutte le parole che ci eravamo scambiati quella notte. Più di tutte quelle che non ci eravamo detti.

Era reale. Eravamo reali.

«Adesso sei bloccata con me.»

Alzò gli occhi al cielo, un gesto dolce e affettuoso a cui mi sarei aggrappato per molto, molto tempo. «Finalmente» mormorò, e suonò come la parola più bella del mondo.

Le luci della città scintillavano intorno a noi, e per una volta, non avevamo fretta di essere da qualche altra parte. Non stavamo correndo verso qualcosa o scappando da essa. Eravamo solo lì, insieme, con le dita intrecciate come se fossero passati anni invece di minuti.

Sembrava nuovo, vecchio e come tutto ciò che volevo.

Sembrava per sempre.

VENTISETTE

♥

LILY

«Dirai qualcosa, o devo chiuderla qui?» chiese Noah, non sgarbatamente. La sua voce era più bassa del solito. Non mi guardava negli occhi, cosa che apprezzavo e al contempo mi infastidiva.

«Sto pensando.» Incrociai le braccia, più per impedirmi di tradirmi che per il freddo.

Lui annuì, come se fosse una risposta perfettamente ragionevole. Non aveva mai avuto bisogno di riempire i silenzi. Si limitava ad aspettare, paziente come la forza di gravità, sicuro che alla fine ogni cosa sarebbe andata al suo posto.

Odiavo e amavo questa sua caratteristica.

«Lì dentro, nella sala conferenze. Volevo dire qualcos'altro. Solo che... non ci sono riuscita.»

Fece spallucce, ma una piega della bocca suggerì che già sapeva. «Non devi.»

«Sì, invece.» Deglutii, e mi sembrò di ingoiare una lama di bisturi. «Avevo paura. Non di te. Solo... paura.» Espirai, e un tremito mi percorse. Le mani mi tremavano, così le cacciai più a fondo nelle tasche.

Lui non si mosse, ma ci fu un cambiamento nell'aria tra noi. Stava ascoltando. Ascoltando davvero.

«Continuavo a ripetermi che fosse meglio non avere bisogno di niente. O di nessuno. Solo fare il mio lavoro e ignorare il resto.» Fissai il mio riflesso nel finestrino di un'auto vicina: un fantasma con i capelli scuri e la postura da chirurgo. «Ma mi sbagliavo.»

Noah emise un piccolo suono: forse un assenso, o solo un cenno di ricezione.

Volevo fermarmi lì. Volevo lasciare che le parole rimanessero sospese in aria, vaghe e indefinite, e fingere che quello potesse valere come onestà. Ma sapevo che non era così. Sapevo che non era abbastanza.

«Non sono brava in queste cose» dissi. «Probabilmente l'avevi immaginato.»

«Nessuna sorpresa» disse Noah, e per la prima volta quella sera, mi guardò direttamente. Non c'era nulla di crudele nel suo sguardo. Solo... aspettativa.

Avrei potuto fermarmi lì. Lasciare che l'imbarazzo ci scivolasse addosso, come il maltempo. Lui me lo avrebbe permesso. Ma per una volta, volevo qualcosa di più.

«Voglio che tu sappia» dissi, «che non ho mentito. Quando ho detto che non volevo che le cose cambiassero. Dicevo sul serio. Ma non intendevo...» Il mio cervello scattò in avanti, inciampando sulle parole, «...non volevo dire che volevo che tu sparissi.»

Si voltò verso di me, con le mani fuori dalle tasche ora, come se stesse resistendo all'impulso di afferrare qualcosa. O qualcuno.

«L'hai detto tu stessa, Lily. È difficile liberarsi di me.»

Mi sforzai di ridere, ma mi uscì un suono strozzato. «Già, sei praticamente una cozza. O una tenia.»

«Un gran complimento dalla specializzanda migliore dell'ospedale.» Tentò un sorrisetto, ma sotto c'era della vulnerabilità.

Il silenzio crebbe, denso e magnetico, come se ogni molecola nel parcheggio si stesse contraendo intorno a noi. Sentivo il mio polso ovunque: nei polsi, nel collo, sulla lingua.

«Non voglio tornare a come era prima» dissi, ora più a bassa voce, ogni parola che incideva strati di tessuto cicatriziale. «Non a fingere. Non a nascondermi. Non da te.»

Noah emise un lento respiro. La sua postura era aperta, rilassata, ma i suoi occhi erano acuti, e coglievano ogni guizzo della mia determinazione.

«Sai che non devi essere perfetta con me» disse.

Volevo controbattere. Volevo dire che non era possibile, che il requisito dell'assenza di difetti era codificato nel mio DNA, che qualsiasi deviazione era un fallimento personale di proporzioni catastrofiche. Invece, mi limitai ad annuire. Non mi fidavo della mia voce, temevo mi avrebbe tradita.

Lo sportello di un'altra auto sbatté da qualche parte più in là. Sussultai, poi mi ricomposi, fingendo di aver solo spostato il peso del corpo.

Noah aspettò. Avrebbe potuto rendere tutto più facile. Avrebbe potuto riempire lo spazio con una battuta, o una storia sul peggior turno di notte del mondo, o qualche curiosità inutile sulle lontre marine. Ma si limitò a lasciarmi lì, a lasciarmi scegliere.

«Pensavo di averti perso per sempre non parlando. Non dicendoti quello che provavo. Non ti nasconderò mai più la verità» dissi, e non era una promessa, ma era la cosa più vicina a una che avessi mai fatto. «A meno che tu non faccia qualcosa di incredibilmente stupido, il che è, francamente, un'inevitabilità statistica.»

Lui rise, e la tensione nel mio petto si allentò di un millimetro.

«Hai un piano d'emergenza?» chiese. «Per quando inevitabilmente farò un casino?»

«Sono un chirurgo. Ho sempre un piano di riserva.»

A quelle parole sorrise, e quasi pensai di aver detto abbastanza. Ma c'era un'altra cosa, e dovevo tirarla fuori prima di perdere il coraggio.

«Ti volevo» ammisi. «Per tutte quelle settimane. Mesi, in realtà. Più di quanto pensassi fosse possibile.»

Il suo viso si addolcì, solo per un istante. Si avvicinò di una frazione di passo, la punta della sua scarpa quasi a sfiorare la mia.

«Ti volevo anch'io, Harper. Tutta.»

Distolsi lo sguardo, ma lui non me lo permise. Allungò una mano, lento e deliberato, e mi prese il mento con due dita. Delicatamente, come se temesse che potessi rompermi.

Aspettò. Annuii, quasi impercettibilmente.

Si chinò, ma non così in fretta da renderla una conclusione scontata. Ci fu un lungo, tremante mezzo secondo in cui avrei potuto fare un passo indietro, avrei potuto schivarmi e fingere che non fosse successo niente. Ma non lo feci. Inclinai il mento verso l'alto e lo incontrai a metà strada, testarda fino alla fine.

La sua bocca era gentile, non insistente o affamata, ma attenta, come se stesse toccando un livido. Il calore delle sue mani si irradiò attraverso la mia pelle, calmando il nervosismo nelle mie vene. Il mio polso, che era in tachicardia ventricolare dal momento in cui l'avevo visto nella sala conferenze, rallentò fino a un ritmo quasi umano.

Mi permisi di notare ogni dettaglio: il ruvido sfregare della barba corta, l'odore di pioggia e detersivo per il bucato, il modo silenzioso in cui il suo petto si alzava e si abbassava in sincrono con il mio. Nessuna ostentazione. Niente lingua, niente denti. Solo la pressione deliberata e paziente di qualcuno che è assolutamente sicuro di ciò che vuole, ma disposto ad aspettare che io lo raggiunga.

Quando si tirò indietro, fu solo quanto bastava per guardarmi. Il suo pollice mi sfiorò lo zigomo, cancellando la possibilità che tutto questo fosse un errore.

Per una volta, non avevo una risposta pronta. Il mondo avrebbe potuto finire in quella strada e non mi sarebbe importato.

«Farò ancora casini» disse a bassa voce. «Probabilmente molti.»

«Anch'io.» Lo dissi senza pensare e subito mi pentii della dolcezza nella mia voce.

«Bene.» Ghignò, e la serietà svanì, sostituita dalla solita malizia. «Mantiene le cose interessanti.»

L'incantesimo non si ruppe, ma cambiò. Rimanemmo lì, sorridendo come idioti, mentre il resto del mondo andava avanti per la sua strada.

Potevo ancora sentire il suo sapore, e ne volevo ancora, ma volevo anche assaporare la sensazione di non aver bisogno di nient'altro che questo. Era una cosa nuova. Era terrificante.

Era perfetto.

Si rimise le mani nelle tasche del cappotto e ondeggiò sui talloni. «Allora, da te o da me, o è contro le regole?»

Inarcai un sopracciglio. «Da quando ti interessano le regole?»

«Non mi interessano. Ma a te sì.»

Mi aveva in pugno. Guardai i miei piedi, poi lui. «Non mi dispiacerebbe la compagnia.»

«Allora andiamo» disse.

Camminammo. Non c'era un piano, solo noi due che vagavamo lungo un marciapiede semi-illuminato senza altra destinazione se non, suppongo, casa mia. Seattle dopo mezzanotte era una città diversa: svuotata, la solita calca di pendolari sostituita dal dolce scricchiolio delle scarpe sul cemento bagnato e dal ronzio persistente e ambientale della pioggia.

Le nostre spalle si sfioravano ogni pochi passi. La prima volta che accadde, ci irrigidimmo entrambi, come se nessuno dei due sapesse se ci fosse permessa così tanta vicinanza. La seconda volta, Noah rise piano e mi diede una spallata di rimando, di proposito.

Avrei potuto analizzare la cosa per ore – cosa significava, quali potevano essere le conseguenze – ma ero stanca, e c'era un calore sotto le costole che rendeva tutte le ipotesi meno importanti del solito.

Il silenzio era sereno, non forzato. Per uno che non stava mai zitto durante i giri di visite, Noah era straordinariamente contento di lasciare che il silenzio si protraesse. La città faceva la maggior parte della conversazione: un gatto sfrecciò sotto un'auto, un autobus sbuffò passando in fondo all'isolato, da qualche parte una coppia discuteva a bassa voce su chi fosse il turno di portare a spasso il cane.

Quando allungai la mano per prendere la sua, fu perché l'impulso era così forte che non potei ignorarlo. Lo feci senza guardare, e per mezzo secondo mi aspettai resistenza, una sottile tensione o una battuta sul fatto che tenersi per mano fosse poco igienico. Invece, le dita di Noah si incastrarono nelle mie come se ci fossimo esercitati per settimane.

La sua presa era salda. Sicura. Lo avrei odiato per questo, se non l'avessi trovato così rassicurante.

«Lo sai» dissi dopo un po', «che la gente parlerà.»

«Di cosa?» chiese impassibile. «Del nostro tragico gusto in fatto di scarpe?»

«Di questo.» Gli strinsi la mano per enfatizzare, poi me ne pentii. «Di noi.»

Fece spallucce, indifferente. «Lo fanno già. Tu sei la ragazza d'oro. Io sono il monito vivente del pronto soccorso. È un classico.»

Sbuffai. «Dovresti davvero smetterla di definirti un monito vivente. Stai dando idee al personale infermieristico per il tuo prossimo Babbo Natale segreto.»

Lui ghignò, e l'insegna al neon della tavola calda aperta 24 ore su 24 gli colorò i denti di blu. «Ci sono destini peggiori che ricevere calzini gratis.»

Passammo accanto a un murale che si stava lentamente decomponendo da anni. Quella che una volta era un'eroica rappresentazione del Monte Rainier era ora una macchia sbiadita di grigi e verdi, ma mi piaceva ancora.

Noah fu il primo a rompere l'incantesimo del silenzio. «Allora. Pensi sia legale registrare la mia auto come residenza principale?»

Lo guardai di sbieco. «Dipende. Ha il Wi-Fi?»

«Solo se parcheggio vicino all'ospedale.»

«Che comodo» dissi. «Vuoi che ti lavori a maglia uno zerbino con su scritto: 'Benvenuto sul fondo del barile'?»

Noah annuì, solenne. «Quello, e magari un cuscino decorativo. Qualcosa di sobrio. Tipo 'Va tutto bene' a punto croce aggressivo.»

«Stai gestendo sia la tua disoccupazione che la tua condizione di senzatetto con vera dignità.»

«Ci provo.»

Continuammo a camminare, e non lo baciai di nuovo, ma ci pensai, e a giudicare dall'espressione sul suo viso, lui lo sapeva.

La passeggiata riprese, più lenta ora, come se nessuno di noi avesse fretta di arrivare alla fine.

Non sono abituata a questo. A questa serenità, a questa tacita certezza che qualcuno voglia davvero essere qui. Non è drammatico. Non è nemmeno particolarmente romantico, a meno che non si contino l'odore della pioggia e il disprezzo condiviso per le politiche ospedaliere. Ma è bello.

Quando arrivammo al mio palazzo, mi facevano male le guance a forza di sorridere.

Potrei abituarmici.

Non ho mai portato nessuno nel mio appartamento. Non per cena, non per del sesso, non per nulla che non potesse essere gestito in una caffetteria o in un bar buio con una chiara via d'uscita.

In piedi davanti alla mia porta, sentii il peso della chiave nella mia mano e la pressione della presenza di Noah alle mie spalle. Il corridoio odorava di detergente al limone e di moquette antica, e il silenzio qui era diverso, più denso, in qualche modo, del tipo che amplifica il mio polso fino a farlo diventare una rullata di tamburi dietro i miei timpani.

«Il momento della verità?» chiese Noah.

Esitai un attimo di troppo, poi aprii la porta. L'aprii abbastanza da farci entrare entrambi, ma non così tanto da permettergli di vedere subito l'interno.

Noah mi passò accanto, senza fretta, senza curiosare. Si fermò sulla soglia, osservando tutto con uno dei suoi sguardi lenti e completi.

Fischiò, a bassa voce e impressionato. «Cristo, Harper. Questo posto è stato allestito per un servizio fotografico?»

Volevo ridere, ma improvvisamente mi sentii sulla difensiva. «È solo... ordinato.»

«È un modo di dirlo.» Entrò ulteriormente, attento a non toccare nulla. Le sue scarpe scricchiolarono leggermente sul pavimento di legno lucido.

L'appartamento era piccolo: una camera da letto, un cucinotto, un soggiorno con un divano da negozio dell'usato e una parete di libri così ordinatamente alfabetizzati e impilati da rasentare il patologico. Le superfici erano tutte splendenti, il divano era disposto con un angolo perfettamente geometrico rispetto al tavolino, e non c'era un singolo oggetto fuori posto in vista.

«Potresti eseguire un intervento chirurgico qui dentro»

disse Noah, sbirciando in cucina. «Anzi, credo che tu l'abbia fatto. Quella è un'autoclave?»

«Molto divertente.» Mi sfilai le scarpe e le allineai con le altre nella scarpiera, poi appesi il cappotto al gancio designato.

Il cappotto di Noah, d'altra parte, finì gettato sul bracciolo del divano. Si tolse le scarpe da ginnastica con un calcio e le lasciò leggermente storte vicino alla porta.

Mi ghignò, come se mi stesse sfidando a farmene un problema.

Dovrei. Ma non lo feci.

Vagò per la stanza, con le mani in tasca, gli occhi che scrutavano gli scaffali. «È qui che accade la magia, quindi.»

«Definisci magia.»

Sollevò un libro dallo scaffale, lesse il dorso – *Robbins Basic Pathology* – e lo ripose esattamente dov'era. «Ti rilassi mai, o è contro il Codice di Condotta Harper?»

Inarcai un sopracciglio. «È risaputo che mi sono rilassata. Una volta. Nel 2017.»

Rise, e il suono rimbalzò sulle piastrelle. Poi i suoi occhi caddero sul bancone della cucina, dove una pila di fascicoli era sistemata in modo ordinato. Il mio stomaco si contrasse.

Si avvicinò, sollevò il fascicolo in cima e lesse l'etichetta: «'Revisioni Protocollo Trauma'. Che ribelle.»

Volevo fare una battuta, ma non mi uscì nulla. Invece, rimasi a guardarlo, aspettando la stoccata finale.

Ma non ce ne fu una. Alzò lo sguardo su di me, qualcosa di indecifrabile nella sua espressione.

«Hai lasciato spazio per qualcosa di inaspettato» disse.

Sbattei le palpebre. «Credo di sì.»

Rimostrò il fascicolo al suo posto, più attentamente di come l'aveva preso. «Vuoi da bere?» chiese. «O è un privilegio riservato al prossimo appuntamento?»

La parola *prossimo appuntamento* rimase sospesa nell'aria, ma non in modo sgradevole.

Annuii. «La cucina è ben fornita.»

Ispezionò il frigorifero. «Cristo. Non scherzavi sui Tupperware. Ti stai preparando per un assedio?»

«Preparare i pasti in anticipo è efficiente.»

Tirò fuori due bottiglie d'acqua e me ne passò una. Le nostre dita si toccarono e sentii lo stesso ronzio elettrico di prima, ma ora era colorato da qualcosa di più morbido. La corrente silenziosa e costante di sentirsi visti.

Noah si lasciò cadere sul mio divano, allargandosi come se fosse il padrone di casa. Io rimasi in bilico, incerta se unirmi a lui o restare in piedi sull'attenti nel mio stesso soggiorno.

Bussò sul posto accanto a sé. «Puoi sederti, sai.»

Cercai di sembrare esasperata, ma lo sforzo fu poco convinto. Mi sedetti, vicina ma senza toccarlo, e lui chiuse immediatamente la distanza, drappeggiando il braccio sullo schienale del divano in un modo che mi avrebbe infastidito se fosse venuto da letteralmente chiunque altro.

Non parlammo per un po'. Non ne avevamo bisogno.

Guardai il mio appartamento, lo guardai davvero, e per la prima volta, mi sembrò meno una fortezza e più una casa. Forse è quello che succede quando lasci entrare qualcuno.

Mi appoggiai a lui, solo un po'. Lui non si mosse, ma potei sentire il suo sorriso.

Era sottile, ma era abbastanza.

Mi appoggiai contro la sua spalla, quel tanto che bastava per sentire la forma di lui sotto il tessuto. Non abbastanza da significare qualcosa. Tranne che lo significava.

La voce di Noah ruppe l'immobilità. «Sei sicura di questo?»

Non stava scherzando. Non c'era nessuna curva compiaciuta nella sua domanda. Solo calore. Solo premura.

Mi voltai verso di lui, i nostri visi più vicini di quanto ricordassi. Abbastanza vicini da poter vedere le pagliuzze dorate nei suoi occhi, e la tensione all'angolo della sua bocca. Come se si stesse trattenendo per me.

«Non ti avrei fatto entrare se non lo fossi» dissi, appena sopra un sussurro.

Mi studiò per un altro secondo, come se mi stesse dando un'ultima possibilità di fuggire, poi si chinò. Il suo bacio fu morbido, esitante, non una pretesa ma una domanda. La mia risposta fu nel modo in cui mi mossi verso di lui. Nel modo in cui la mia mano trovò il suo colletto, poi la sua mascella.

Il bacio si approfondì, il calore che si accumulava lentamente sotto una pelle che improvvisamente sembrava troppo sottile. Il mio petto si strinse per qualcosa che non riuscivo a nominare e che non volevo controllare.

La sua mano mi sfiorò la vita. Si fermò. Mi diede lo spazio per tracciare un confine.

Invece, sussurrai: «Non fermarti.»

Noah si immobilizzò, solo per un momento. Poi annuì, una sola volta, e mi baciò di nuovo.

Questa volta, nulla in quel bacio era esitante.

Ci muovemmo senza parlare. Non freneticamente, non come se il mondo stesse finendo, ma come se entrambi avessimo girato intorno a questo momento per così tanto tempo da non aver bisogno di istruzioni. Solo di intenzione.

Lasciai che mi guidasse verso la camera da letto. Sembrava surreale avere qualcuno che mi seguisse qui, in questo spazio privato, controllato, non condiviso. Non credo di essere mai stata così consapevole di ogni oggetto che possedevo. Gli angoli rimboccati del letto. La coperta piegata con cura sulla sedia. La candela sul comodino che non avevo mai acceso una volta.

Noah rimase appena dentro la porta. «Sei ancora in tempo per cacciarmi» disse.

Scossi la testa. «Non a meno che tu non inizi a riordinare la mia libreria.»

Sorrise – quel sorriso lento e caldo che mi disarma più velocemente di quanto vorrei – e si avvicinò.

Ci spogliammo a vicenda con delicatezza, deliberatamente. Le mie mani cercarono l'orlo della sua maglietta, e lui alzò le braccia per lasciarla scivolare via. Il suo petto era caldo e solido sotto i miei palmi. Mi baciò la tempia. La mascella. La clavicola.

Quando mi sfilò la maglietta sopra la testa, lo fece lentamente, come se ogni centimetro di pelle appena esposta fosse qualcosa che voleva imparare, non solo vedere. Avrei dovuto sentirmi a disagio, di solito mi sento così. Ma in questo momento, mi sentivo... qui. Presente. Senza nascondigli.

Le sue dita percorsero la linea delle mie costole. «Non devi essere perfetta con me» mormorò.

Sbattei le palpebre e qualcosa dentro di me si inceppò. «Non ho mai lasciato che nessuno mi vedesse così.»

Non disse nulla. Mi prese semplicemente la guancia e premette le labbra all'angolo della mia bocca in un modo che sembrava un voto. Il respiro mi si bloccò in gola. Non distolsi lo sguardo.

Quando finalmente cademmo sul materasso, non fu un movimento aggraziato. Ridemmo, solo per un momento, i nostri arti che si intrecciavano, le lenzuola che si attorcigliavano sotto di noi.

«Alla faccia della precisione chirurgica» borbottai, cercando di trovare il ritmo di questo nuovo territorio.

Noah ghignò, scostandomi i capelli dal viso. «Siamo dottori, Harper. Non ginnasti.»

E proprio così, l'aria cambiò di nuovo: leggera, elettrica, assolutamente reale.

Le sue mani trovarono le mie sul cuscino. Le nostre dita si intrecciarono.

Non si trattava di una performance. Si trattava di presenza.

E non sono mai stata più presente in vita mia.

Non c'era musica, né candele, né un drammatico dispiegarsi di lenzuola di seta. Solo noi. Respiro, pelle, nervi. Risate soffocate in gola.

I primi minuti furono goffi: ginocchia che si scontravano, angolazioni disallineate, il mio gomito che finiva chissà come sotto la sua ascella. Ci districammo alla bell'e meglio, sorridendo contro le labbra l'uno dell'altra.

Ma non era un imbarazzo negativo. Era un imbarazzo autentico.

Ogni momento fu una scoperta. Non solo di corpi, ma di come siamo insieme: di come io trattengo la tensione nella schiena e di come lui la percepisce, baciandomi lo spazio tra le scapole finché non si scioglie. Di come è più paziente di quanto mi aspettassi. Di come io glielo permetto.

A un certo punto, la mia mano si posò sulla curva della sua schiena e vi rimase. I suoi occhi incontrarono i miei, e ci guardammo e basta, come se il momento richiedesse una conferma. Come se entrambi avessimo bisogno di essere sicuri che non fosse solo calore, ma qualcosa costruito su basi più solide.

Lo era.

Quando finalmente ci unimmo, tutto il resto svanì: le mie regole, le sue battute, le pareti dell'ospedale. C'era solo la sua bocca al mio orecchio, il leggero raschiare del mio nome, e il modo in cui persi ogni senso delle cose che ero solita proteggere.

Non c'era fretta. Nessun crescendo. Solo un dispiegarsi costante e lento, come se stessimo scartando qualcosa di fragile.

Quando allungai la mano verso di lui, non fu per urgenza. Fu per desiderio. Per scelta. Per consapevolezza.

E quando dissi il suo nome – non acuto, non scherzoso, solo Noah – lui rispose con tutto il suo corpo.

Dopo, giacemmo intrecciati nel silenzio, il mondo sfocato ai bordi.

Appoggiai la testa contro il suo petto. Potevo sentire il suo battito cardiaco, costante e solido sotto la mia guancia.

Mi passò pigramente il pollice sul dorso della mano, senza chiedere nulla. Solo essendo lì.

«Pensavo che mi sarei sentita esposta» mormorai.

Mi baciò la sommità della testa, appena uno sfioramento. «E invece no?»

«No» dissi, a occhi chiusi. «Mi sento... qui.»

E questo, più di ogni altra cosa, mi terrorizzava.

E pensai che, forse, questo significava che era reale.

La stanza era silenziosa. Buia.

Non ci eravamo mossi molto. La mia gamba era agganciata alla sua. Una delle sue braccia era piegata dietro la testa, l'altra ancora appoggiata sulla mia schiena come se si fosse dimenticato di lasciarmi andare. O non avesse voluto.

Nemmeno io lo volevo.

Fuori, da qualche parte in fondo alla strada, una sirena ululò, svanendo in lontananza. Mi ricordò chi eravamo, cosa facevamo. Ma qui dentro, eravamo solo due persone che respiravano, ricomponendosi lentamente.

Noah parlò per primo, la sua voce bassa e indifesa. «È stato...»

Alzai la testa. «Attento.»

Annuì. «E un po' terribile.»

Risi contro il suo petto. «Decisamente la cosa meno efficiente che ho fatto in tutta la settimana.»

«Nella mia top ten, senza dubbio.»

Mi spostai per poterlo vedere. Stava sorridendo, ma era il tipo di sorriso dolce: non compiaciuto, non spavaldo. Solo presente. Reale.

«Stai bene?» chiese, a bassa voce. Non come un riflesso. Come un controllo.

Annuii. «Sto... meglio che bene.»

E lo pensavo davvero.

Allungai la mano verso la coperta e ce la tirai addosso. Odorava di detersivo per il bucato e ora, debolmente, di lui. Me la rimboccò intorno senza che glielo chiedessi.

Rimanemmo così per molto tempo. Senza fretta. Senza obblighi. Solo il ronzio della pelle contro la pelle, i nostri respiri che si sincronizzavano lentamente.

Pensai alle regole con cui ero solita vivere. Al controllo e al contenimento. A come avevo costruito una fortezza di solitudine e l'avevo chiamata forza.

Ma questo?

Questa immobilità, questa sicurezza, questa deliberata vicinanza—

Non mi sembrava debolezza. Mi sembrava vita.

Mi svegliai con l'odore del caffè. Caffè vero, non la miscela di capelli bruciati e disperazione che servono nella mensa dell'ospedale.

Per un momento pensai di averlo immaginato. Poi ricordai: la notte scorsa, Noah, il divano, il suo braccio intorno alla mia spalla e il lento, strano conforto di addormentarsi con qualcun altro che respirava accanto a me.

Non dormo mai oltre le sei, ma oggi erano le sette e mezza e il mio corpo si sentiva... diverso. Non proprio riposato, ma reimpostato. Come se il pulsante di riavvio avesse finalmente funzionato.

I miei piedi toccarono il pavimento freddo e feci un rapido inventario: nessuna ricaduta emotiva catastrofica, nessun rimpianto. Solo una stretta al petto che sembrava quasi piacevole.

Mi feci una doccia, mi passai un pettine tra i capelli e mi

misi una tuta. Mi aspettavo che Noah se ne fosse andato, o almeno che stesse goffamente in bilico all'ingresso, ma era nella mia cucina, a piedi nudi, a sfogliare i miei appunti sui protocolli come se fosse il giornale del mattino.

Indossava una delle mie vecchie magliette oversize del college. Non so quando me l'abbia rubata, ma gli stava meglio di quanto non fosse mai stata su di me. I suoi capelli erano un disastro ancora più del solito, sparati in tutte le direzioni.

Alzò lo sguardo e ghignò, impenitente. «Non volevo ficcanasare. Mi stavo annoiando.»

«Leggi protocolli di trauma per divertimento?»

Fece spallucce, indifferente. «Mi piace sapere cosa ti tiene sveglia la notte.»

C'era una tazza che mi aspettava – la mia preferita, l'unica con una crepa nel manico – e me la porse senza cerimonie. Le nostre dita si toccarono, e per un secondo, tutto il resto nella stanza andò fuori fuoco.

«Ti rendi conto che questo ti rende ufficialmente poco professionale» dissi, cercando di essere severa ma fallendo.

Noah si appoggiò al bancone, con le braccia incrociate. «Ho intenzione di essere completamente inappropriato durante la colazione. Stavo pensando a dei pancake. O potremmo semplicemente mangiare la tua granola stranamente ossessiva.»

«Non è ossessiva, è ottimizzata.» Sorseggiai il caffè, lasciando che il calore mi ancorasse. «E non dovresti essere qui, sai. Non faccio mai entrare nessuno.»

«Già» disse, con voce bassa ma sicura. «Ma l'hai fatto.»

Distolsi lo sguardo, imbarazzata per il calore che mi saliva lungo il collo. «Non abituartici.»

Non insistette. Si limitò a rimettere a posto i fascicoli e si avvicinò, appoggiando le mani sui miei fianchi come se fosse la cosa più naturale del mondo.

«Troppo tardi» disse, e mi baciò una volta, piano e breve, prima di allontanarsi per saccheggiare il frigo.

Lo guardai muoversi nel mio spazio, a suo agio in un modo che non avevo mai visto in nessuno prima. Si adattava, non perché gli avessi fatto spazio, ma perché aveva trovato il vuoto che non sapevo esistesse.

Per una volta, non mi importava del disordine. Non delle scartoffie, non dei capelli scompigliati, nemmeno del fatto che saremmo arrivati tardi al lavoro.

Ce ne saremmo occupati. Insieme.

Finii il mio caffè e sorrisi, già pregustando la mattina successiva.

Forse, se fossi stata molto fortunata, sarebbe stato sempre così facile.

VENTOTTO

NOAH

La particolarità degli uffici amministrativi degli ospedali è che sono più asettici del pronto soccorso vero e proprio, ma senza il fascino dell'adrenalina che si prova sull'orlo della morte.

Mi sedetti su una sedia di plastica che si sforzava troppo di sembrare di vera pelle, sfogliando una brochure delle risorse umane sulla "Sinergia Vita-Lavoro". Le luci al neon erano del tipo più impietoso, progettate per illuminare ogni poro e angoscia esistenziale. C'erano tre poster motivazionali, tutti di diverse sfumature di blu, e un ficus nell'angolo sopravvissuto a base di aggressività passiva e aria riciclata dal 2007.

Dall'altra parte della stanza, un orologio ticchettava con l'efficienza che si trova solo negli ingranaggi della burocrazia. Controllai il telefono. Le otto in punto. Puntuale, la porta si aprì e ne uscì una donna in un sobrio tailleur pantalone: la signora Norris, Specialista delle Risorse Umane, come recitava il suo cartellino.

«Dottor Carter?» Aveva una voce che sembrava un sorriso senza denti.

276

Mi alzai, offrendole una stretta di mano che non era né floscia né stritolante. «Sono io.»

Mi fece cenno di entrare nel suo ufficio, che era in qualche modo ancora più sterile della sala d'attesa. Scrivania perfettamente pulita, a parte un blocco note con il logo dell'ospedale e una penna che sembrava non essere mai stata usata per qualcosa di più rischioso di un post-it. Niente foto, niente disordine. *Probabilmente si plastifica i pensieri quando nessuno la guarda.*

Mi indicò la sedia per gli ospiti. La presi, sprofondandoci appena quel tanto che bastava a far capire che non ero lì per negoziare la crisi dei missili di Cuba.

La signora Norris si sedette. Intrecciò le mani. Non sorrise.

«Ho capito bene che desidera ritirare le sue dimissioni, dottor Carter?»

«Esatto.»

Fece una pausa. Nessun cenno di assenso. Si limitò a picchiettare un dito curato sulla superficie immacolata della scrivania, come se stesse cercando di evocare il fantasma di un regolamento.

«Sta rinunciando a un'opportunità notevole» disse. «Salario competitivo, un cospicuo fondo per la ricerca, indennità di trasferimento...»

«Lo so» dissi, e lasciai che il silenzio facesse il suo lavoro.

Stavolta lo lasciò protrarre. Più a lungo del previsto. La signora Norris non era una che si scomponeva facilmente, ma qualcosa cambiò dietro i suoi occhi. Calcolo, forse.

«C'è stato qualcosa nell'offerta di San Francisco che le ha dato da pensare?» chiese.

La risposta facile: non è una questione di soldi.

La risposta meno facile: ero pronto ad andarmene finché non mi resi conto di cosa, e chi, mi sarei lasciato alle spalle.

Invece, optai per una terza risposta.

«È un ottimo lavoro» dissi. «Ma qui ho già trovato qualcosa di meglio.»

Inclinò la testa. Ci fu un lampo di interesse. «Questo "qualcosa di meglio" non è che per caso lavora in cardio-chirurgia?»

Sorrisi, quasi mio malgrado. «Credo che per quello ci sia un modulo a parte.»

Le labbra le si contrassero, quasi in un sorriso, ma non del tutto. Poi raddrizzò le carte sulla scrivania con una precisione che di solito è riservata alle autopsie.

«Dottor Carter, non direi che ci siano macchie nere sul suo fascicolo... ma di certo qualche impronta di fango sì.» Girò una pagina. «Due richiami formali...»

«Uno è stato un malinteso.»

«...tre lamentele, due violazioni degli orari e una nota disciplinare relativa a un incidente che coinvolgeva un distributore automatico e un kit da tracheotomia vagante.»

«A mia discolpa, non ho danneggiato il distributore.»

La signora Norris non rise. Ovviamente no.

«La verità» disse, puntando lo sguardo su di me, «è che le sue dimissioni ci hanno risparmiato una conversazione difficile. E ora ci sta chiedendo di annullare quel taglio netto.»

Per la prima volta, sentii l'aria rarefarsi nella stanza. Il petto mi si strinse. Forse non mi volevano più. Forse avevo bruciato i ponti per poi chiedere in prestito un secchio d'acqua.

Ma poi prese una cartellina – di manila, molto sfogliata – e la aprì come se stesse per pronunciare un verdetto.

«Tuttavia» disse, girando una pagina con cura deliberata, «il dottor Patel ha presentato una dichiarazione formale a suo nome. Così come il dottor Winston e la dottoressa Grant. Tutti hanno parlato della sua crescita nell'ultimo anno, dei suoi risultati chirurgici e dei suoi... diciamo, modi poco ortodossi con i pazienti.»

Sbattei le palpebre. «Hanno scritto delle lettere?»

Annuì. «Nel caso di Patel, una scritta in termini molto forti.»

«Conteneva minacce?»

«Non esplicite.»

Fece scivolare un modulo sulla scrivania.

«L'Emerald Bay sarà lieto di riaverla» disse, con voce uniforme ma con una leggerissima inflessione alla fine, come se quella decisione avesse sorpreso anche lei.

Presi la penna. Firmai. Un'unica pennellata nera nella sconfinata burocrazia della vita adulta.

La signora Norris si alzò. Mi offrì la mano. «Siamo lieti che lei resti, Noah.»

Stavolta le feci un sorriso vero, non quello che insegnavano all'orientamento. «Grazie per la comprensione.»

«Non ringrazi me» disse. «Ringrazi il suo fan club.»

Uscii dall'ufficio con le mani in tasca e le spalle rilassate per la prima volta dopo mesi. Sentivo una leggerezza sotto le costole, come se forse, per una volta, non avessi sabotato il mio futuro.

Non del tutto, almeno.

Si può dire molto di un turno al pronto soccorso dai primi dieci secondi che si passano in reparto. Se sembra un alveare a cui hanno appena dato un calcio, ti aspetta una lunga giornata. Oggi, l'atmosfera era un gradino sopra il caos assoluto, ma due sotto il "chiamate la Guardia Nazionale". Il che, per l'Emerald Bay, è praticamente una mattinata tranquilla.

Mi affiancai a Lily mentre svoltava l'angolo proveniente dalla terapia intensiva. Era immersa nella cartella clinica, gli occhi che scorrevano la stampa con la bocca serrata in un'espressione che significava o "non ho preso il caffè" o "sto mentalmente componendo il tuo necrologio". Non era mai facile capirlo.

«Aggiornamenti?» chiesi, senza nemmeno salutare.

Non alzò lo sguardo. «L'emoglobina del paziente della 307 sta crollando. È il sanguinamento gastrointestinale di ieri notte.»

Annuii, già al suo passo. «Patel l'ha visto?»

«È impegnato con i codici rossi della 309. Cercarlo è come tentare di contattare il Papa.»

«Parliamo di plasma fresco congelato o solo di una supplica disperata agli dèi dell'ematologia?»

Mi lanciò un'occhiata di sbieco, un'ombra di sorriso che le aleggiava all'angolo della bocca. «Entrambi.»

Il corridoio era un imbuto di barelle, tecnici di sala operatoria e l'inconfondibile odore di disinfettante industriale. Scansammo un carrello del trauma in arrivo – due paramedici che litigavano su chi si sarebbe preso l'ultima barretta Clif – e Lily non perse un colpo nella revisione della cartella.

«Altro in arrivo?» chiesi.

«L'unità ustioni sta per ricevere un trasferimento da Spokane, arrivo previsto tra dieci minuti. E l'ortopedico è ancora disperso.»

Controllai l'orologio. «Scommetto tre a uno che ha i postumi della sbornia.»

Non ribatté. Sapeva che probabilmente avevo ragione.

Scivolammo oltre la tenda della 307 e, per cinque secondi, fummo professionalità pura. Parametri vitali, anamnesi, valutazione: era un balletto e conoscevamo tutti i passi.

Lily controllò la flebo, rapida e competente. «Vuoi somministrare un'altra unità prima del prelievo?»

«Perché non vivere pericolosamente?»

Lei sogghignò. «È il tuo marchio di fabbrica, no?»

Allungai il braccio oltre il suo per afferrare una siringa di soluzione fisiologica dal vassoio e, per un millisecondo, le nostre spalle si sfiorarono. Lei non trasalì. Nemmeno io. Anzi, sembrò quasi una sfida.

In corridoio, l'infermiera Patty ci lanciò un'occhiataccia da sopra gli occhiali. «Vedo che il Dream Team è di nuovo all'opera.»

Le feci l'occhiolino e Lily si limitò a scuotere la testa, ma colsi la contrazione delle sue labbra.

Continuammo lungo la fila di letti, gestendo un disastro dopo l'altro. Era ormai un ritmo: lei faceva i calcoli difficili, io calmavo le famiglie sull'orlo di una crisi di nervi, ci riunivamo alla lavagna e discutevamo su chi dovesse avere la precedenza sul prossimo disastro ferroviario.

A metà turno, fummo fermati da Marcus, che faceva finta di non guardarci dalla postazione degli infermieri.

Si chinò, sussurrando platealmente a Patty. «Te l'avevo detto che sarebbero finiti a lavorare di nuovo insieme. Devo pagare subito o aspetto l'annuncio del fidanzamento?»

Patty non perse un colpo. «Accetto contanti o Venmo, tesoro.»

Marcus incrociò il mio sguardo e sogghignò, come se sapesse esattamente come era finita la notte precedente. Gli feci un saluto svogliato, poi trascinai Lily verso la sala relax.

Andammo al ripostiglio per prendere dei guanti puliti e, mentre allungavo la mano verso lo scaffale più alto, Lily si alzò in punta di piedi accanto a me. Le nostre mani si sfiorarono. Nessuno dei due si ritrasse.

Dissi: «Siamo bravissimi a essere discreti.»

Lei sbuffò, con un suono basso e sprezzante. «Tu sei bravissimo a essere presuntuoso.»

Sogghignai. «È un dono.»

Facemmo scorta in silenzio, ma era un silenzio confortevole, di quelli che sembrano meno un'assenza di rumore e più una promessa.

Tornati nel corridoio principale, affrontammo insieme il

trasferimento dell'ustionato. Il paziente era un adolescente con ustioni di secondo grado sul braccio e sul petto. Lily lo esaminò mentre io parlavo con i genitori, rispondendo alle domande e deviando il panico come se facesse parte della cura della ferita.

Facemmo il punto fuori dalla stanza, spalla a spalla contro il muro. La cartella fra di noi, l'aria pesante di quel debole odore di plastica bruciacchiata.

«Bel lavoro là dentro» disse Lily.

Feci spallucce, ma capì che significava qualcosa. «Anche tu.»

Ci fu una pausa, ma non durò a lungo. Le emergenze non aspettano nessuno e nessuno dei due era interessato a un momento plateale. Ci staccammo dal muro contemporaneamente e, per una volta, il mondo sembrava meno sul punto di esplodere.

La sorpresi a guardarmi. Sostenne il mio sguardo per mezzo secondo, poi distolse gli occhi, ma non prima che vedessi il suo sorriso vero.

Lo archiviai per dopo, come un portafortuna nella tasca di un camice.

Le sale riunioni degli ospedali hanno tutte lo stesso odore: fumi di pennarello, aria riciclata e un debole sottofondo di paura fredda e umida.

Oggi era piena. Il dottor Patel a capotavola, lo specializzando capo alla sua destra, una manciata di strutturati che orbitavano come satelliti guardinghi. Qualcuno aveva portato una scatola di ciambelle, già ridotte a briciole e tovaglioli. L'evento principale era sulla lavagna: i diagrammi di flusso di Lily, con codici colore al micron, e post-it disposti in una griglia così precisa da poter essere considerata un'installazione artistica.

Reclamai la sedia accanto a Lily. A malapena si accorse di me, con gli occhi fissi sul suo portatile mentre rivedeva le diapositive per la quinta, forse sesta volta.

«Finirai per bucare lo schermo» mormorai.

Non alzò lo sguardo. «Impossibile. Questa cosa risale all'era Bush.»

«W.» dissi. «O H?»

Questo mi valse una minuscola contrazione delle labbra, quasi un sorriso.

Patel ci richiamò all'ordine, con gli occhiali da lettura appollaiati sulla punta del naso. «Sentiamo l'aggiornamento sul protocollo trauma, dottoressa Harper.»

Lily era nel suo elemento: svelta, imperturbabile dal peso di tutti quegli occhi puntati addosso. Illustrò a tutti l'algoritmo: valutazione iniziale, triage rapido, comunicazione semplificata con la banca del sangue. Ogni volta che qualcuno la interrompeva, rispondeva prima che la domanda fosse finita, come se stesse facendo una versione accelerata del metodo socratico.

Dovevo essere lì per supporto morale, ma non ne aveva quasi bisogno. Tuttavia, intervenivo con un cenno del capo o un "esattamente" quando il momento lo richiedeva e una volta, quando ebbe un vuoto su un nuovo codice di procedura, glielo suggerii prima che dovesse chiedere.

Eravamo una squadra. Lei faceva i calcoli difficili, io mantenevo il polso della situazione nella stanza. Perfino Patel se ne accorse.

Ci fermò a metà. «Quindi, dottoressa Harper, lei suggerisce un taglio del venti percento al tempo di valutazione in stanza. Pensa che sia fattibile?»

Era pronta. «So che lo è. Abbiamo testato il flusso di lavoro nelle ultime tre settimane.»

Patel si rivolse a me. «Lei è d'accordo?»

«Solo se poi potrò chiamare io i paramedici quando gli

specializzandi inizieranno a crollare per la stanchezza» dissi. «Ma sì. I dati sono solidi.»

Una risata – una vera risata – si diffuse intorno al tavolo. Perfino lo specializzando capo accennò un sorriso.

Passammo in rassegna il resto del protocollo. Lily conosceva a menadito ogni diapositiva, ma quando un dibattito si accendeva – vecchia guardia contro nuova scuola, tradizione contro efficienza – la sostenevo, riformulando l'obiezione con una battuta o un aneddoto. A un certo punto, mi lanciò un'occhiata che era un misto di esasperazione e gratitudine. Ero abbastanza sicuro che me ne avrebbe parlato più tardi.

Patel concluse, togliendosi gli occhiali e pizzicandosi la radice del naso. «Bene. È stata la presentazione più chiara che abbia visto in tutto l'anno. Commenti finali?»

Intervenne lo specializzando capo. «Nessuno lo dirà, quindi lo dico io. È la prima volta in cinque anni che i nostri protocolli hanno un senso.»

Lily sbatté le palpebre, sorpresa. Per la prima volta quella mattina, sembrava colta alla sprovvista.

Patel annuì. «Mi aspetto un piano di implementazione entro la prossima settimana. Ben fatto, a entrambi.»

Sciolse la riunione, ma non prima di incrociare il mio sguardo e fare un cenno con la testa verso il corridoio.

Lo seguii fuori, aspettandomi una ramanzina. Invece, si fermò e abbassò la voce. «Sa che la terrò d'occhio, vero?»

Sorrisi, disinvolto. «Lei e metà ospedale.»

Borbottò, ma colsi il quasi-sorriso. «Non faccia casini, Carter.»

«Non ci penso nemmeno» dissi, e per una volta lo pensavo davvero.

Patel scomparve nel suo ufficio e io tornai nella sala riunioni. Lily stava mettendo via le sue cose, le mani che si muovevano veloci, ma c'era un rossore sulle guance che non riusciva a nascondere.

Mi appoggiai alla porta. «Bel salvataggio sulla domanda del flusso di lavoro del laboratorio.»

«Tu mi hai tirato fuori dai guai con il codice ICD.»

«Lavoro di squadra» dissi. «O qualcosa del genere.»

Uscimmo, fianco a fianco. I membri dello staff si facevano da parte senza pensarci, come se fossimo un'unica entità.

In ascensore, le diedi una gomitata sulla spalla. «Vuoi festeggiare?»

Inarcò un sopracciglio. «Definisci 'festeggiare'.»

«Cena. Drink. Un giro della vittoria nel ripostiglio delle forniture mediche.»

Sbruffò. «Due su tre.»

Le porte si aprirono su un turbinio di personale e barelle, ma per un momento, eravamo solo noi. Niente litigi. Niente vecchie ferite. Solo due persone che finalmente, finalmente, avevano capito come vincere, insieme.

Se la mia intera esistenza potesse essere distillata in una singola ora, sarebbe questa: le sei di sera, il ronzio attutito del traffico cittadino fuori, la cucina di Lily illuminata come una scena del crimine e noi che cerchiamo – fallendo miseramente – di preparare la cena.

Il suo appartamento – che ora è il *nostro* appartamento – è ancora tutto linee nette e ordine chirurgico, ma sto lentamente facendo progressi. La mia giacca è sullo schienale di una sedia, le mie vecchie scarpe da corsa vicino alla porta. C'è un sacchetto mezzo vuoto di tortillas sottomarca sul suo bancone immacolato e non l'ha ancora buttato. Progressi.

Dovremmo preparare i tacos. La cosa degenera in un dibattito sul modo migliore di tagliare una cipolla.

«Le farai venire una commozione cerebrale» dice Lily, osservando la mia tecnica.

«Le cipolle non hanno un sistema nervoso» ribatto.

Alza lo sguardo, impassibile. «Nemmeno tu prima del primo caffè, eppure sei comunque permaloso.»

Mi inchino. «Touché.»

L'intero processo è un caos. Io cerco di inventare il condimento sul momento; lei insiste nel misurare ogni spezia. Quando allungo la mano per il cumino, lei lo scambia con il peperoncino alle mie spalle, solo per vedere se me ne accorgo.

Me ne accorgo. Litighiamo, poi ridiamo, poi litighiamo di nuovo. Ci urtiamo con i fianchi ai fornelli e a un certo punto le lancio un pezzetto di cipolla vagante e lei si vendica spalmandomi della salsa sul polso.

Siamo entrambi coperti di cibo quando il ripieno dei tacos è pronto. Le tortillas sono bruciacchiate in alcuni punti. Il guacamole ha un gusto aggressivamente carico di lime, cosa che io adoro e lei finge di odiare. Quando finalmente ci sediamo a mangiare, siamo ancora in divisa: la sua giacca aperta a metà a rivelare una T-shirt sbiadita del MIT, la mia spolverata di farina e di quel che restava della mia dignità.

Mangiamo sul divano, con i piatti in equilibrio sulle ginocchia e le repliche di *Grey's Anatomy* senza volume in TV. Mi diverto a sottolineare ogni grossolana imprecisione medica.

«Hanno appena rianimato uno con, cosa, una sola compressione toracica?» sogghigno.

Lily mastica pensierosa. «Una volta ti ho visto far ripartire il cuore di un tizio urlandogli contro.»

«Ha funzionato.»

Inclina la testa. «Hai una voce potente.»

Sorrido di gusto e lei mi urta il piede con il suo.

A metà cena, afferra il telecomando e riattiva l'audio. Guardiamo in silenzio per un po'. Mi appoggio allo schienale, con le gambe distese, e lei finisce per appoggiarsi al mio petto, la testa sulla mia spalla.

È una cosa banale e assolutamente perfetta.

Non so quando ho iniziato a desiderare questo: serate normali, pessima TV, cibo che non proviene da un distributore automatico. Forse è solo lo shock di non essere in fuga per una volta, di stare fermo e permettermi di essere felice.

Lily alza lo sguardo, mi sorprende a fissarla e dice: «Cosa c'è?»

«Niente» rispondo, anche se è tutto.

Socchiude gli occhi, ma lascia perdere. Appoggia la mano sul mio ginocchio, le dita aperte, reclamando il suo spazio.

Finiamo di cenare. Mi offro di lavare i piatti e lei non obietta, si limita ad appoggiarsi allo stipite della porta e a guardarmi mentre metto in ordine. Ogni tanto corregge il modo in cui impilo i piatti. La lascio fare.

Quando la cucina torna al suo ordine da manuale, ci trasferiamo di nuovo sul divano. Stavolta, lei tira una coperta sopra entrambi. Le nostre gambe si intrecciano. Nessuno dei due si muove.

In TV, un chirurgo salva la situazione con una procedura rischiosa e improbabile.

Lily alza gli occhi al cielo e sbuffa: «Nessuno lo farebbe mai nella realtà.»

Le do una gomitata. «Dice la donna che ha riscritto il protocollo dei traumi dell'ospedale in una settimana.»

Fa spallucce, come se non fosse niente di che, ma il suo sorriso indugia.

Più tardi, sediamo in silenzio, l'unico suono il basso brontolio di un tuono lontano e il lieve scatto dell'impianto di riscaldamento. Lascio che la mia mano si posi sulla sua vita, il palmo piatto e rilassato.

Lei non dice niente, ma si avvicina un po' di più.

Penso a tutte le cose che potrei dire. A come non sapevo di volere questo. A come ogni giorno con lei sembri nuovo e familiare allo stesso tempo. A come, per la prima volta nella mia vita, non senta il bisogno di cercare una via d'uscita.

Ma non dico niente di tutto ciò. Non ne ho bisogno.

Invece, resto semplicemente così, tenendola stretta, e lascio che la notte si posi intorno a noi.

La parte migliore dell'Emerald Bay è la vista dal tetto, specialmente dopo mezzanotte, e ora, quando i nostri orari lo permettono, posso condividerla con Lily.

Quassù, la città è una distesa luminosa, tutta vene al neon e finestre illuminate. I suoni delle sirene, dei clacson e dell'umanità sono attutiti, sostituiti dal sottofondo più tranquillo del vento e delle onde lontane. Siamo sei piani sopra il reparto traumi, ma potrebbe essere un altro pianeta.

Lily siede accanto a me sul cornicione di cemento, le ginocchia raccolte al petto, il colletto del cappotto alzato contro il freddo. Tra di noi c'è un thermos ammaccato di caffè dell'ospedale. Lei ne beve un sorso e fa una smorfia, ma non dice nulla. Lascio che il silenzio si protragga, perché per una volta è confortevole.

«Sai che potremmo finire nei guai per questo» dice, fissando lo skyline.

«Definisci 'guai'» ribatto. «È un reato minore se il caffè proviene tecnicamente dalla mensa?»

Mi urta il piede con il suo. «Sei impossibile.»

«Eppure, eccoti qui.»

Scuote la testa, ma sta sorridendo. Il vento le sposta una ciocca di capelli sul viso e resisto a malapena all'impulso di sistemargliela dietro l'orecchio.

Guardiamo il traffico insieme. Mi chiedo quante persone là sotto stiano scappando da qualcosa, o correndo verso qualcosa, o semplicemente cercando di sopravvivere alla notte.

Dopo un po', dico: «Pensi mai di andartene? Di... ricominciare da qualche altra parte?»

Non risponde subito. «No. Non più.»

Annuisco, bevo un sorso di caffè. Ha un sapore orribile. «Nemmeno io.»

Cadiamo di nuovo in silenzio. Rabbrividisce, appena un po', e le metto un braccio sulle spalle. Non si irrigidisce. Anzi, si appoggia a me, rannicchiandosi contro il mio fianco come se fosse la cosa più naturale del mondo.

Le porgo il thermos. «Vuoi l'ultimo sorso?»

Alza lo sguardo, gli occhi scuri e acuti. «Pensavo che la cavalleria fosse morta.»

«Ho solo paura che mi pugnalerai se lo prendo io.»

«Giusto.»

Nonostante il buon senso, ci passiamo la tazza avanti e indietro finché non è vuota. La poso sul cornicione, le mie dita sfiorano le sue. Stavolta, lei lascia che la mia mano indugi.

«Allora» dico, ora più a bassa voce. «Come la chiamiamo questa cosa?»

Mi guarda, le labbra che si contraggono. «Cosa, il caffè? O...» Gesticola tra di noi.

«O.»

Ci pensa, poi dice impassibile: «Una tragica codipendenza.»

Rido. «Forse. Speravo in qualcosa con meno codici DSM.»

Rimane in silenzio per un istante, poi dice: «Io la chiamo sopravvivenza.»

Le stringo la mano, il pollice che traccia la linea delle sue nocche. «Io lo chiamo restare. Esserci. Ogni singolo giorno.»

Mi studia, come se stesse catalogando ogni cellula del mio viso. «Allora chiamiamola così.»

Stiamo seduti al freddo, con la città che ronza sotto i nostri piedi, e per la prima volta sembra abbastanza.

Niente emergenze, niente grandi drammi. Solo noi. Solo questo.

Appoggia la testa sulla mia spalla. «Sai,» dice, «se mai inizi a comportarti come una persona normale, mi riservo il diritto di rompere con te.»

Sogghigno. «Affare fatto. Ma prima dovrai prendermi.»

Non risponde, ma mi stringe la mano, e so che dice sul serio.

Restiamo finché il thermos non si raffredda, finché il vento non si alza, finché le luci dell'edificio amministrativo non iniziano a spegnersi una a una.

Poi scendiamo insieme, fianco a fianco, nel rumore, nella luce e nel resto delle nostre vite.

VENTINOVE

LILY

Il bello di uscire a cena come coppia, una vera Coppia con la C maiuscola, è che il mondo intero sembra aver capito lo scherzo prima di te. Ogni ristorante di Capitol Hill ha la lista d'attesa. Ogni cameriere ti accoglie con un'arcata di sopracciglio complice, di quelle riservate ai compleanni, agli anniversari e ai primi appuntamenti che stanno palesemente andando a rotoli.

Stasera, il locale che abbiamo scelto è a due isolati dall'ospedale, ma si direbbe che stiamo entrando in un universo parallelo, illuminato solo da candele e dal bagliore soffuso delle aspettative altrui.

Noah e io camminammo fianco a fianco, i nostri passi sfasati ma che in qualche modo trovavano sempre un equilibrio. Mi tenne la porta, un gesto che l'anno prima mi avrebbe fatto venire l'orticaria.

Stasera, mi limitai a un sorrisetto e a borbottare: «Ha chiamato il patriarcato, rivuole indietro il suo gesto», e lui sorrise come se gli avessi fatto un complimento.

La hostess ci rivolse un sorriso smagliante, con l'entusiasmo fragile di chi è stato addestrato sia per il servizio di ristorazione sia per le negoziazioni con ostaggi.

«Tavolo per quattro, dottoressa Harper?» La sua voce era sciroppposa, il suo sorriso un'arma. Ci aveva già inquadrati. Forse per i tesserini dell'ospedale ancora attaccati ai cappotti, o forse perché odoravamo vagamente di antisettico e di stress malcelato.

La seguimmo lungo un corridoio di separé rivestiti di velluto verde scuro, oltre file di coppie in varie fasi di idillio e rovina. Ogni tavolo era una biosfera a sé stante: neosposi che facevano piedino sotto il tavolo, una coppia più anziana che leggeva il menù in un silenzio perfetto e rassegnato, un gruppo di infermiere fuori servizio già al secondo margarita, sempre più rumorose a ogni sillaba.

Maria ed Ethan ci stavano aspettando in fondo, rannicchiati in un separé d'angolo che in qualche modo li costringeva ad avvicinare le teste. Maria aveva sciolto la solita coda di cavallo, e onde scure le incorniciavano il viso, mentre Ethan dava l'impressione di sforzarsi di non esplodere di felicità. Stavano ridendo di qualcosa, probabilmente una battuta di Ethan, perché la mano di Maria era sul suo braccio e lui sembrava aver appena scoperto l'ossigeno per la prima volta.

Un tempo, a una scena del genere avrei alzato gli occhi al cielo. L'avrei chiamata "la fase della luna di miele" e calcolato mentalmente le probabilità di una rottura prima del dolce. Ora, provai solo uno strano senso di orgoglio, come guardare il proprio allievo vincere un premio.

Maria fu la prima a vederci. Il suo viso si illuminò e ci salutò con entrambe le mani, come se altrimenti avessimo potuto non notarla. Ethan si alzò, il che era una novità: o stava cercando di fare colpo su Noah, o aveva assorbito da qualche parte un po' di cavalleria residua.

Noah mi spinse delicatamente in avanti, la mano sulla

parte bassa della mia schiena. Lo fece con disinvoltura, come se fosse la cosa più ovvia del mondo, ma la mia spina dorsale andò comunque in cortocircuito per mezzo secondo.

«Guardali» dissi con la coda dell'occhio mentre ci avvicinavamo. «Scommetto dieci dollari che stanno già parlando di finanze in comune.»

Lo sguardo di Noah si spostò sul separé, poi di nuovo su di me. «Lo dici come se fosse una cosa brutta.»

«È un fattore di rischio documentato per l'omicidio» risposi impassibile.

Rise, una risata vera, non la risatina educata che riservava ai pazienti. «Ci sto.»

Maria vibrava quasi per l'attesa quando raggiungemmo il tavolo. «Ce l'avete fatta!» disse, come se fossimo appena tornati dal regno dei morti.

Il sorriso di Ethan era più stabile, ma c'era qualcosa nei suoi occhi: un calcolo, forse, o il sollievo di essere finalmente visto come un'unica entità.

«Certo che ce l'abbiamo fatta» disse Noah, scivolando nel separé e riuscendo in qualche modo a occupare più spazio di quanto la fisica dovrebbe consentire.

Scivolai accanto a lui, la mia spalla che sfiorava la sua. Dall'altra parte, Maria ed Ethan erano vicini, già un organismo con un sistema nervoso condiviso.

Il tavolo era apparecchiato con candele spaiate in portacandele di vetro, del tipo che si trova ai mercatini dell'usato e ai funerali.

«Allora» disse Maria, contenendo a stento l'entusiasmo. «È un'uscita a quattro, o facciamo ancora finta di essere solo colleghi?»

«Non possono essere entrambe le cose?» chiese Ethan. Mi guardò in cerca di supporto, e mi resi conto di non avere una risposta pronta.

Noah mi salvò. «Dipende da chi paga» disse. «Se è un

appuntamento, lo faccio passare come spesa per un'attività di team building.»

«Tecnicamente» aggiunsi, «è una riunione di squadra. L'argomento è la resilienza di fronte alla burocrazia ospedaliera.»

Ethan rise, cosa che mi sorprese. Di solito non era il primo a cedere.

Maria si sporse in avanti, abbassando la voce a un sussurro cospiratorio. «Sapete, voi due fate molta meno paura fuori dall'ospedale.»

Sbattei le palpebre, incerta se fosse un complimento o un avvertimento.

Noah le sorrise. «È perché qui non abbiamo accesso ai bisturi.»

La cameriera arrivò e prese le nostre ordinazioni con la studiata indifferenza di chi ha già visto altri tre tavoli andare a rotoli quella sera. Ordinai un gin tonic. Noah prese un whisky liscio. Maria ed Ethan ordinarono entrambi la stessa IPA, in perfetta sintonia, per poi riderci su per almeno cinque secondi.

Mi presi un momento per osservarli, osservarli davvero. La mano di Maria non si allontanava mai da quella di Ethan. Ogni volta che lui parlava, lei si sporgeva, non solo per le parole ma per la loro vibrazione. Rispecchiavano il linguaggio del corpo l'uno dell'altra senza nemmeno pensarci.

Guardai Noah. Stava guardando me, non la coppia dall'altra parte del tavolo. Sollevò il bicchiere in un brindisi silenzioso.

«A noi?» propose.

Feci tintinnare il mio bicchiere contro il suo, il suono acuto nel buio. «A noi» dissi, e non suonò così ridicolo come pensavo.

La serata era appena iniziata, e non avevo idea di come sarebbe finita. Per una volta, sembrava meno una minaccia e più una promessa.

Il gin tonic arrivò per primo, goccioline di condensa che già scivolavano veloci lungo il bicchiere, come se il ghiaccio non vedesse l'ora di fuggire. Noah tranguggiò il suo whisky in un solo sorso, poi fece finta di niente, e quando la cameriera tornò con le IPA per Maria ed Ethan, loro brindarono con una serietà imbarazzante.

«Al sopravvivere a un'altra settimana» disse Maria.

«Al sopravvivere al frigo nella sala degli specializzandi» aggiunse Ethan, alzando il bicchiere.

«Al non essere l'argomento di un'altra presentazione delle Risorse Umane» propose Noah.

Alzai il bicchiere, in cerca di una battuta finale, ma tutto ciò a cui riuscii a pensare fu: «Al farcela a finire la cena senza un codice blu.»

Gli altri alzarono i loro drink e, per un secondo, sembrò che lo facessimo da anni.

La conversazione scorreva veloce, sostenuta dal modo in cui Maria ed Ethan si scambiavano battute. Avevano quell'energia da coppia fresca, ancora stupiti dell'esistenza dell'altro. I loro scambi erano una serie di frecciatine affettuose, ognuna delle quali rivelava un po' di più sul meraviglioso e caotico legame che avevano creato.

«Okay» disse Maria, rivolgendosi a noi con l'aria di chi sta per sganciare una storia che teneva in serbo per il pubblico giusto. «Volete sapere come abbiamo quasi ricevuto un richiamo durante la nostra prima settimana da specializzandi?»

Ethan si coprì il viso con una mano. «Avevamo concordato di non parlarne mai più.»

Maria lo ignorò. «Allora, lui doveva archiviare la cartella di un paziente con gli aggiornamenti, no? Invece, lui...»

«Accidentalmente» la interruppe Ethan. «Accidentalmente.»

«...mette l'intera cartella nel frigorifero. Non una copia, non una pagina. L'intero raccoglitore.» Maria fece una pausa per creare suspense. «Proprio accanto a un panino al tacchino.»

Le guance di Ethan arrossirono. «A mia discolpa, erano le quattro del mattino e stavo per finire un doppio turno.»

Noah annuì solennemente. «Un errore classico. Hai provato a metterla nel microonde per vedere se i dati funzionavano ancora?»

«Incredibilmente» disse Maria, «ci hanno messo due ore a trovarla. Nel frattempo, l'intera équipe medica stava impazzendo pensando che la cartella fosse andata persa chissà dove.»

Ethan scrollò le spalle. «Il panino al tacchino è sopravvissuto. Questa è la parte importante.»

Maria si chinò e gli diede un bacio sulla guancia, una scena che prima mi avrebbe fatto venire la nausea, ma che ora catalogai con blando divertimento.

«Tocca a me» disse Ethan, incoraggiato dall'attenzione. Sorrise a Maria, che si mise subito sulla difensiva. «Una volta si è addormentata in piedi durante il giro visite. Narcolessia pura. L'équipe si è spostata lungo il corridoio e lei è rimasta lì come una statua per cinque minuti. Quando si è svegliata, aveva ancora la cartella in mano, così ci è corsa dietro.»

Maria alzò gli occhi al cielo, ma non negò. «Era il terzo giorno di fila senza dormire. Lo rifarei.»

Ci scambiammo storie per un po', del tipo che racconti solo a chi ti ha visto nel tuo momento peggiore. C'era un ritmo, un botta e risposta di umiliazioni e trionfi, il tutto condito con la giusta dose di onestà per renderlo reale.

Alla fine, Maria ed Ethan iniziarono a spettegolare sull'ospedale: chi esce con chi, chi è stato beccato a baciarsi nel ripostiglio, quale strutturato ha più probabilità di essere un robot. Erano i soliti pettegolezzi, ma stasera sembravano meno sorveglianza e più cameratismo.

A un certo punto, alzai lo sguardo e sorpresi Noah a guardarmi. Non nel modo predatorio e possessivo che si vede nei film d'amore, ma nel modo in cui uno scienziato osserverebbe un organismo raro che finalmente prospera nel suo habitat naturale.

«Che c'è?» chiesi, a disagio.

Inclinò la testa. «Sei diversa stasera.»

«Non è vero» protestai, anche se non riuscii a suonare molto convincente.

Mi sfiorò il piede con il suo sotto il tavolo. «Non stai tenendo la forchetta come se fosse uno strumento chirurgico.»

Abbassai lo sguardo e mi resi conto che aveva ragione. Stavo mangiando come una persona normale, non attaccando il cibo come se avesse insultato la mia famiglia.

Sia Maria sia Ethan notarono lo scambio. Maria mi lanciò un'occhiata che diceva: *Avanti, ammettilo, sei felice.*

Ricambiai il calcetto a Noah sotto il tavolo. Lui si limitò a sorridere più ampiamente, del tutto impenitente.

Arrivò il cibo: una sfilata di piattini e posate spaiate, tutto da condividere. Ci allungammo l'uno verso l'altro per assaggiare, ci scambiammo i piatti, litigammo su chi dovesse prendere l'ultimo raviolo. Non c'era divisione dei compiti, nessuno teneva il punteggio.

A un certo punto, qualcuno raccontò la storia di un chirurgo che una volta aveva eseguito un'ernioplastica completamente truccato da clown per una raccolta fondi di beneficenza. Scoppiai a ridere, una risata così forte che mi fece male il viso, e quando mi asciugai gli occhi, vidi Maria sorridermi con genuino affetto.

Il ristorante ronzava intorno a noi: tintinnio di posate, risuonare di bicchieri, sconosciuti che celebravano le loro piccole vittorie. Ma al nostro tavolo, era come se fossimo in una stanza insonorizzata, sigillati dal resto del mondo.

Non sono abituata a questo: la disinvoltura, il comfort, la completa assenza del bisogno di essere altrove.

Per la prima volta da un'eternità, pensai che avrei potuto abituarmici.

Per dessert ordinammo una torta al cioccolato così densa da minacciare di far crollare il tavolo, e una crème brûlée con una crosticina così perfetta che quasi esitai a romperla. Il tavolo si quietò per un minuto, noi quattro uniti in una silenziosa adorazione di zucchero e burro. Maria scattò una foto. Ethan finse che non gli importasse, ma le chiese subito di inviargliela sul telefono.

La prima forchettata di torta era così ricca da farmi dolere i denti. La spinsi verso Noah, che inarcò un sopracciglio ma accettò l'offerta. Ci passammo i piatti, scambiandoci bocconi e insulti a bassa voce. Per una volta, non stavo contando ogni caloria o pensando alla sessione in palestra che avrei dovuto fare per espiare i miei peccati.

Il telefono di Noah vibrò sul tavolo, un ronzio basso che attraversò la luce delle candele. Diede un'occhiata allo schermo, e capii prima ancora che dicesse qualcosa: allerta trauma. Esitò, con il pollice sospeso sulla notifica.

Potevo vedere il tiro alla fune sul suo viso: l'obbligo professionale contro l'attrazione della torta e della compagnia. Il vecchio Noah se ne sarebbe andato senza una parola. Il nuovo Noah guardò prima me.

«Vai» dissi prima che potesse protestare.

Aggrottò la fronte come se fosse una specie di tranello. «Sei sicura?»

Mi chinai e lo baciai, solo uno sfiorarsi di labbra, ma abbastanza da far sussultare Maria e da rendere Ethan improvvisamente molto interessato al disegno del tavolo.

«Vai» ripetei. «Ti tengo da parte il dolce. Non prometto che sopravviverà alla notte.»

Rise, il sollievo che si diffondeva nella sua postura. Indossò il cappotto, mi baciò sulla testa e schizzò via, lasciando dietro di sé una debole aura di dopobarba e adrenalina.

Maria guardò l'uscita, poi si voltò verso di me con un'espressione di stupore. «L'hai appena lasciato andare nel bel mezzo del dolce?»

Presi un pezzo di torta al cioccolato con la forchetta e lo assaporai lentamente prima di rispondere. «Sì. E se si comporta bene, gliela scalderò anche quando tornerà.»

Ethan rise, un suono dolce e genuino. Maria mi studiò per un altro secondo, come per ricalibrare l'immagine mentale che aveva di me.

«Sono impressionata» disse alla fine. «Io avrei fatto una scenata.»

«Questo perché tu sei una romantica» dissi, senza cattiveria.

Lei sorrise. «E tu sei... cosa, esattamente?»

Ci pensai, mescolando i resti della crème brûlée. «Efficiente» dissi. «Forse anche sentimentale, ma con un certo ritardo.»

Maria sembrò soddisfatta della risposta, o almeno divertita. Riprendemmo il ritmo del pasto, con Ethan e Maria che si prendevano in giro a vicenda e io che facevo da arbitro, anche se non ce n'era davvero bisogno. L'assenza di Noah era percepibile, ma non dolorosa. Era solo... uno spazio, in attesa di essere riempito.

Parlammo del più e del meno per un po': film preferiti, peggiori appuntamenti, l'orrore esistenziale della fatturazione medica. Maria raccontò la storia di un disastroso San Valentino che coinvolgeva una capra, un palloncino a elio e uno sfortunato malinteso sull'intolleranza al lattosio. Risi, risi davvero, e sentii il suono echeggiare fino alle dita dei piedi.

Ogni tanto, guardavo la porta, aspettandomi quasi che Noah si materializzasse in un turbine di verde ospedaliero, ma non provavo la vecchia angoscia dell'attesa. Anzi, mi sentivo più leggera. Come se avessi finalmente imparato a essere presente, anche quando il futuro è sempre a una chiamata di trauma di distanza.

Finimmo i dolci, e Maria insistette per ordinare il caffè per tutti. La cameriera lo portò con un contorno di giudizio, ma noi la ignorammo. Ci attardammo, noi tre, finché il locale non iniziò a ribaltare le sedie sui tavoli e a lavare il pavimento intorno ai nostri piedi.

Mentre raccoglievamo le nostre cose, Maria mi diede un abbraccio, breve ma intenso. Ethan mi offrì una stretta di mano, poi optò per una pacca sulla spalla all'ultimo secondo. Lasciammo il ristorante in un gruppo disordinato e serpeggiante, l'aria notturna fresca e pulita dopo il calore sciropposo dell'interno.

Controllai il telefono. Nessun nuovo messaggio. Lo riposi, stranamente contenta.

Forse non sto solo sopravvivendo, dopotutto. Forse sto vivendo.

Capitol Hill dopo mezzanotte è praticamente l'ultimo livello di un videogioco: PNG stravaganti, pericoli imprevedibili e una schermata di ricompensa alla fine se riesci ad arrivare al tuo appartamento senza inciampare in un mattone sconnesso o essere importunata da un poeta di strada dilettante.

Maria, Ethan e io uscimmo barcollando dal ristorante in un'aria densa di ozono e luce dei lampioni. Maria aveva messo in una scatola la torta avanzata per Noah («Proteine per il recupero post-trauma» insistette); Ethan aveva requisito una pila di tovaglioli e li stava usando per combattere una macchia di olio al peperoncino sul cappotto di Maria.

La passeggiata verso la via principale fu piacevole e lenta, nessuno aveva fretta di essere altrove. Maria ed Ethan si separarono da me al semaforo, diretti al parcheggio e probabilmente a qualche sbaciucchiamento non autorizzato sul sedile anteriore della Prius di Ethan. Maria si fermò giusto il tempo di abbracciarmi di nuovo, questa volta con meno forza, ma più intenzione.

«Verrai al brunch la prossima settimana» disse. «Niente scuse.»

«Non posso» dissi io. «Ho un appuntamento fisso con il mio divano e una storia di pessime decisioni su Netflix.»

Sbuffò, per nulla scoraggiata. «Porta Noah. O non portarlo. Basta che ti presenti.»

Non promisi nulla, ma sapevamo entrambe che ci sarei andata.

Svanirono sulle strisce pedonali, e io rimasi sul marciapiede con una scatola di torta leggermente sbilenca e il lusso della mia stessa compagnia.

Mi godetti quella passeggiata. La città era più silenziosa del solito, il ronzio del traffico in lontananza meno frenetico, l'aria meno un'arma e più una promessa. I semafori pedonali scattavano e ronzavano, le luci cambiavano per nessuno. Passai davanti a un negozio di tatuaggi ancora illuminato al neon all'una di notte, a una panetteria che si preparava per la corsa mattutina, a un uomo in impermeabile che portava a spasso un cane che sembrava più vecchio di alcuni alberi.

A metà strada verso casa, il mio telefono ronzò. Era Noah:

> Tre traumi, un burrito, zero dolce. Aiuto.

> Ci sono i cupcake per le reperibilità nel freezer. Svegliami quando sei a casa.

Rispose con una GIF di un bradipo esausto avvolto in una coperta. La salvai nel rullino fotografico, accanto a una foto di noi due di prima serata. Nella foto, avevamo entrambi gli occhi socchiusi, a metà di una risata, spontanei e senza difese.

A un semaforo rosso, mi fermai e guardai nella vetrina di un negozio vintage. Il mio riflesso mi fissava: capelli scompigliati dal vento, trucco sbavato, cappotto spolverato di zucchero a velo. Non sembravo efficiente. Non sembravo nemmeno in ordine. Sembravo... felice. Incompiuta, ma non rotta.

E mi andava bene così.

Arrivai a casa a tempo di record, aprii la porta del mio appartamento e depositai la torta sul bancone. Lo spazio era esattamente come l'avevo lasciato: ordinato, freddo, forse un po' solitario. Ma era la mia solitudine, alle mie condizioni. Ed era solo temporanea.

Mi misi in pigiama, controllai di nuovo il telefono. Niente di nuovo da Noah. Mi lavai i denti, indecisa se mandargli un messaggio della buonanotte, poi decisi di no. Sarebbe arrivato presto.

Mi infilai a letto, le lenzuola fresche e lisce contro la pelle. Fissai il soffitto e ascoltai il silenzio, catalogando le cose che di solito mi tenevano sveglia la notte. La lista era più corta che mai.

Forse è questa la sensazione di pace. Forse domani sarà un disastro, o forse sarà la solita routine. In ogni caso, sopravviverò. Meglio ancora, vivrò.

Chiusi gli occhi e mi addormentai, con la torta in cucina, la città fuori dalla finestra e la stabile, certa consapevolezza di essere abbastanza.

NOTA DELL'AUTRICE

Ciao a tutti,

Grazie di cuore per aver letto Incontro a Mezzanotte!

Scriverlo è stato un vero spasso e spero davvero che la lettura vi abbia regalato qualche sorriso.

Se il libro vi è piaciuto, vi sarei infinitamente grata se voleste lasciare una recensione.

Le recensioni aiutano moltissimo gli autori per vari motivi: forniscono un riscontro su ciò che apprezzano i lettori e migliorano la visibilità del libro sui siti di vendita online.

Grazie in anticipo — non vedo l'ora di leggere i vostri commenti.

Alia xx

CHI È L'AUTRICE

Alia Smith scrive commedie romantiche che scaldano il cuore, piene di umorismo, fascino e la giusta dose di caos.

Quando non scrive storie d'amore, la si trova di solito accoccolata con un libro, immersa nella realtà televisiva o intenta a impedire a Galaxy — la sua gatta e musa principale — di sedersi sulla tastiera.

Vive in una casetta accogliente nell'Oxfordshire, dove è fermamente convinta che ogni grande storia d'amore cominci con una buona tazza di tè.

www.aliasmithbooks.com

SUBSCRIBE TO ALIA'S MAILING LIST
&
RECEIVE YOUR FREE NOVELLA

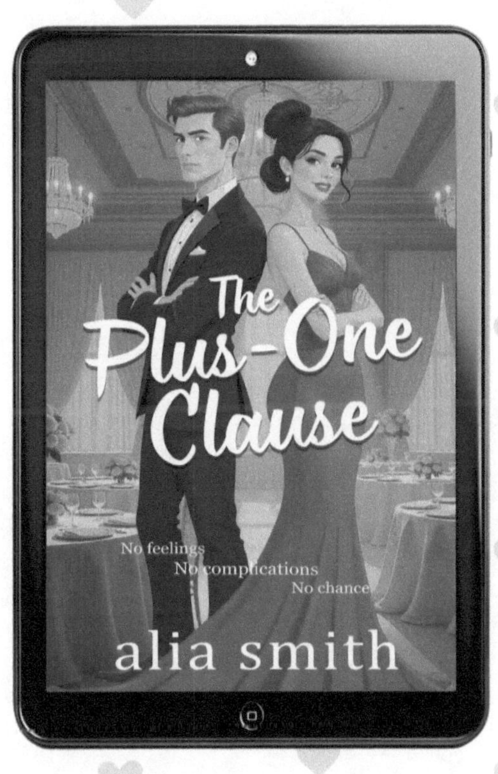

www.aliasmithbooks.com

BINGE THE SERIES

BALKON
media